SES PROPRES ARTIFICES

UN ROMAN D'AVENTURES STEAMPUNK

SHELLEY ADINA

Traduction par
FRÉDÉRIQUE MALBOS

MOONSHELL BOOKS, INC.

Création artistique : Jenny Zemanek chez Seedlings Design Studio.

Images : Shutterstock.com, utilisées sous licence.

Traduit par Frédérique Malbos – Language+ Literary Translations, LLC.

Ses propres artifices / Shelley Adina – 1° édition

❀ Réalisé avec Vellum

INTRODUCTION

Magnifiques Artifices • Livre Deux

Fous en cavale, enfants perdus, lords rancuniers, et amour. Décidément, la situation est en train de devenir insoutenable.

Lady Claire Trevelyan, restée seule après que le désastre de la bulle financière arabe ait englouti son foyer et sa famille, dirige maintenant le groupe de plus brillant de joueurs et de voleuses à la tire des bas-fonds de Londres. Elle découvre que le fusil à éclairs qu'elle a dérobé à une bande rivale, contient une source unique d'énergie – et que son inventeur a été enfermé à Bedlam par des hommes puissants afin d'en supprimer l'existence même. Pour que Lady Claire en comprenne le fonctionnement, elle doit consulter le scientifique fou... même si cela veut dire qu'elle doit sortir de l'institution la plus terrifiante de Londres.

Ensuite, dans un moment de folie, elle se fiance avec Lord James Selwyn, qui ne sait rien de sa double vie. Il s'attend d'elle qu'elle soit décorative et accueille en parfaite hôtesse les riches investisseurs intéressés au Carbonateur cinétique appartenant à Andrew Malvern et à lui-même. Mais comment ces fiançailles peuvent-elles survivre au fait qu'il ne veut pas que son travail à elle soit couvert par le brevet ? Et comment Andrew peut-il regarder sans rien faire, sachant que Claire épouse quelqu'un qu'elle n'aime pas ?

« Adina est un maître à penser dans son domaine. » – *BookLoons.com*

Pour mes lecteurs qui réclamaient d'autres aventures de la Dame

ÉLOGE DE LA SÉRIE MAGNIFIQUES ARTIFICES

« Ce livre est le premier d'une série bien accueillie par la critique qui évolue dans le monde des vaporistes. Ceux qui apprécient le mélange de culture victorienne et du genre Fantasy teinté de science-fiction déformant la réalité, se trouveront dans leur élément. »

— READERS' REALM, SUR LA DAME AUX ARTIFICES

« Un livre plein d'humour dans une série tout aussi pleine d'humour avec quelques excellents messages antisexistes, un personnage principal merveilleux (un de mes préférés dans le genre) et un grand sens du style et du langage victorien qui est à la fois élégant et amusant à lire. »

— FANGS FOR THE FANTASY, SUR MAGNIFIQUES ARTIFICES

« Adina a le don de nous transporter dans le monde steampunk avec joie et enthousiasme. Son intrigue est bien ficelée et l'ensemble des personnages bien amalgamé. C'est la description très vivante du Londres victorien qui vous fait tourner les pages. »

— NOVEL CHATTER

CHAPITRE 1

Londres, Août 1889

Ils étaient trop petits pour être des dirigeables et trop éphémères pour être des bombes. Brillant d'une douce lumière orange, chacun de la taille d'une lanterne, ils flottaient dans le ciel nocturne, alimentés par une seule bougie et le plus délicat des petits moteurs.

Après tout, ceux qui libéraient ces engins dangereux ne le faisaient pas sans disposer d'un moyen de les diriger vers leur objectif.

« Comme ils sont mignons, » dit Maggie dans un souffle.

« Chut ! » Sa sœur jumelle Lizzie qui, comme elle, n'avait pas de nom de famille connu des autres, seulement un sobriquet, lui donna sur le champ une bourrade. « La Dame a dit de se tenir tranquilles ! »

« Oh toi, tais-toi ! Depuis quand tu écoutes milady tout le temps comme ça ? »

« Mopsies ! » Lady Claire Trevelyan, sœur d'un vicomte, ancienne habitante de Belgravia et vivant pour l'heure dans un repaire de brigands à Vauxhall gagné au prix de la vie d'un malfrat, regarda les deux fillettes. Elles avaient l'expérience des surveillances de nuit ; qu'est-ce qu'il leur prenait de risquer de tout gâcher en chuchotant ?

Claire reconnaissait cependant que la beauté du vol onirique des ballons cachait le fait que Jake, Tigg et elle, les avaient construits avec les matériaux récupérés par des chiffonniers: avec une chemise en soie, une chemise de nuit en haillons si fine qu'elle pouvait la faire passer à travers la bague à l'émeraude de sa grand-mère, et une paire de pantalons bouffants qu'une dame bien en chair avait jetés à cause d'une déchirure qu'elle était trop riche pour repriser.

Ajoutez à cela un petit artifice auquel Claire avait travaillé, qui allait servir de mécanisme de direction et de propulsion, et vous avez un ensemble d'engins silencieux capables de s'introduire là où elle et ses complices ne le pouvaient pas.

Rentrant la tête dans les épaules sous la réprimande, les fillettes s'installèrent derrière les murs à moitié écroulés d'un cimetière pour surveiller la demi-douzaine de ballons qui s'éloignaient avec leur chargement au-dessus d'une rue, puis d'un mur en pierre de deux étages, aussi imprenable qu'un donjon médiéval.

L'araignée prend avec ses pattes, et se trouve dans les palais des rois. Eh bien, ce soir elle serait l'araignée, et les habitants de la forteresse du « Cudgel » Bonaventure, allaient recevoir une leçon de bonnes manières. On ne sautait pas impunément sur les associés de la Dame aux artifices dans la rue, en les délestant du fruit de leur travail de la nuit dans les salles de jeux. Les bougies qui avaient permis aux ballons de s'envoler ne mettraient pas le feu à la forteresse, mais le produit chimique contenu dans chacune des ampoules ferait certainement le travail.

Un hibou se mit à hululer, avec plus d'entrain que de coutume. « Ils ont dépassé le mur, » traduisit Snouts MacTavish. « On peut entrer quand vous donnerez le signal, milady. »

« Je pense qu'il est plus prudent d'attendre M. Bonaventure

dans la rue. Jake, est-ce que tu as les artifices gazeux à la capsaïcine, au cas où il ne serait pas raisonnable ? »

« Ouais. »

Elle connaissait Jake depuis plusieurs semaines maintenant, mais elle n'était toujours pas sûre qu'il ne se serve pas d'un artifice de ce genre contre elle, pour ensuite déboulonner Snouts et briguer le commandement de leur petite bande de laissés-pour-compte. Toutefois, pour instaurer une relation de confiance, il fallait obligatoirement se fier à lui. Lui laisser la responsabilité du cartable avec son contenu de fioles qui s'entrechoquaient était un risque calculé, mais elle devait le prendre. Ne serait-ce que parce qu'il avait composé lui-même les artifices.

« Très bien. Offrons donc nos conseils aux sans-abris et aux nécessiteux, d'accord ? »

La lueur au-dessus du mur brillait suffisamment pour éclairer leur chemin dans la rue, tandis que les bâtiments derrière prenaient feu.

Le contenu de chaque ampoule suspendue sous son ballon s'était enflammé au contact de l'air, parce que les bougies s'étaient consumées et que la force de gravité les avait fait tomber pêle-mêle un peu partout sur le toit du quartier général du Cudgel. Le bois qui s'était desséché pendant l'été très chaud – du vieux bois, qui était en place depuis longtemps, bien avant l'époque de leur glorieuse Reine – prit feu et en quelques secondes la partie la plus vieille du bâtiment s'était enflammée comme une chandelle romaine.

Claire regrettait la perte des mécanismes de direction un joyau d'ingénierie dont elle était très fière – mais au moins ils avaient servi pour une bonne cause.

Le Cudgel y regarderait à deux fois avant de s'en prendre à ses amis la prochaine fois.

La maison toute entière était enveloppée par les flammes quand le portail unique s'ouvrit à grand bruit et qu'une petite foule d'hommes et de jeunes garçons s'y précipitèrent en haletant et en chassant de leurs mains les étincelles fumantes. Ils tenaient des pans de vêtements devant leurs visages pour se protéger de la fumée.

Pff ! Et où étaient les femmes qui avaient des responsabilités dans la hiérarchie du Cudgel ? L'opinion qu'elle avait de son chef baissa encore d'un cran.

Le hurlement des camions de pompiers au loin lui fit comprendre qu'elle devait faire vite.

« M. Bonaventure ! » appela-t-elle, en se mettant bien en vue au milieu de la rue. Elle s'était habillée soigneusement pour l'occasion ; une vraie tenue pour un raid : une jupe noire pratique qui pouvait être enroulée et retenue par des lanières intérieures si elle avait besoin de courir ou d'escalader. Elle s'était dispensée de chapeau pour la soirée, préférant laisser simplement ses lunettes d'aviateur remontées devant ses cheveux relevés en chignon, un foulard léger enroulé au-dessus et autour de son cou. Elle portait un corselet en cuir équipé d'un certain nombre de crochets et de fermoirs, et à la place de son fidèle sac à dos, que Jake portait, elle arborait maintenant un harnais avec un étui dorsal, réalisé expressément pour le fusil à éclairs qu'elle avait pris à Lightning Luke Jackson trois semaines plus tôt. Elle était heureuse de voir que son chemisier en dentelles était resté bien blanc malgré la demi-heure qu'elle venait de passer blottie derrière le mur.

Elle passa la main derrière son épaule pour sortir le fusil de son étui et le tint à bout de bras, l'index près de la gâchette.

En un clin d'œil, la petite foule de malfaiteurs encore enfumés réalisa ce qu'elle tenait à la main et par conséquent qui elle était. Ils battirent donc en retraite lentement contre le mur, laissant le Cudgel seul face au danger.

Pff ! L'honneur ne pesait pas lourd chez les voleurs.

Le Cudgel la regarda. « Je vous connais. Qu'est-ce que vous cherchez ? »

4

Les sirènes semblaient se rapprocher. Elles allaient probablement traverser le pont Southwark sur la Tamise maintenant. « Seulement ça, » dit-elle, en articulant bien pour qu'il n'y ait pas de malentendu. « La nuit dernière, vos hommes ont attaqué quatre de mes amis qui rentraient des salles de jeux, et les ont dépouillés de tout ce qu'ils avaient. Ceci est un avertissement pour vous montrer que je ne tolèrerai pas que l'on maltraite mes amis, ni qu'on les détrousse de ce qu'ils ont honnêtement acquis. »

« Faut voir si c'est vrai, » dit-il d'une voix traînante. « Je peux rien dire parce que j'ai aucune idée de c'que vous racontez. »

Elle souleva le fusil et poussa la gâchette. « Je vous suggère d'utiliser le peu de matière grise que vous avez. »

Il avança la tête brusquement, comme un bulldog en colère auquel on aurait arraché l'os de la gueule. « Moi, je dis que vous feriez mieux de retourner à votre broderie, comme une brave fille, et de réfléchir à ce que je vais vous faire pour »

L'arme commença à bourdonner joyeusement, l'intensité et la fréquence indiquant qu'elle était prête à fonctionner. L'index de Claire reposait à présent sur la détente.

« Si j'apprends que vous avez mis le pied à Vauxhall, avec ou sans mauvaises intentions, vos tripes seront la dernière chose que vous verrez. »

Ne pas avoir de tripes ? Doux Jésus. C'était une tirade qui sortait tout droit des mélodrames qu'Emilie et elle avait adorés il y a des siècles – deux mois en fait – quand elle était encore naïve.

« Je vous dis que vous me devez quelque chose, jeune fille – »

« Quand vous vous adressez à moi, appelez-moi Milady. »

Il hurla de l'autre côté de la rue. « Et vous, vous allez me dire comment vous appelez *ceci*. Creeper ! Hiram ! Emparez-vous d'elle. » Il se mit à tripoter les boutons de son pantalon, tandis que Claire le fixait ébahie. Incroyable. Avec les camions des pompiers presque sur eux et sa maison quasi réduite en cendres pendant qu'ils parlaient, il pensait qu'il pouvait la menacer avec son horrible personne ?

Creeper et Hiram, puisqu'ils s'appelaient comme ça, ne la maîtrisèrent pas. Cependant, deux ombres se détachèrent du corps principal du rassemblement et se faufilèrent vers le bas de la ruelle au coin du mur. Snouts, Jake et Tigg formèrent une masse compacte derrière elle.

Claire soupira. « Voyons, M. Bonaventure, vous ne devriez pas vous servir d'une épingle quand vous avez besoin d'une aiguille, comme ma mère me disait souvent ; surtout quand l'épingle est aussi courte et mal fichue. »

Elle appuya sur la détente et un éclair traversa la rue, l'atteignant précisément entre les jambes et brûlant les coutures internes de son pantalon.

Le Cudgel se mit à hurler et fit un bond en arrière de deux mètres ; l'odeur de chair brûlée était plus forte que la fumée qui se répandait dans l'air. Hystérique, et souffrant certainement autant qu'il avait espéré la faire souffrir, il gémissait et se plaignait si fort que Claire avait du mal à distinguer ses cris des sirènes des pompiers qui se déployaient le long de la rue pavée.

« Billy Bolt ! » C'était le signal de se disperser, les amis de Claire se fondirent dans l'ombre avec elle, sans que quiconque puisse dire qu'ils avaient été là.

Snouts attendit qu'ils soient presque rentrés dans leur quartier pour parler. « On s'entraine à des tirs de précision, à ce que je vois. Ç'aura l'air qu'il s'est brûlé dans l'incendie et personne de la bande dira le contraire. »

« C'est ce que j'ai fait. » Le coin le plus éloigné du mur du jardin était écorché et portait la marque du coup comme preuve. « Inutile d'être considéré comme armé et dangereux si on ne peut pas vraiment toucher une cible. »

« Heureusement que ce fusil est précis. »

« Il est plus que précis, Snouts. Vous avez vu vous-même qu'il *sent* ce que vous visez. Même Willie pourrait atteindre une cible avec ça, j'en suis sûre. »

« Milady, dites-moi s'il vous plaît que vous n'allez pas »

« Non, certainement pas. Personne ne touche à ce fusil à part moi... ou vous, quand vous agissez à ma place. C'est plus que juste une arme, vous savez. Il symbolise ce que nous avons accompli. »

Snouts s'en tint pour dit ; il mit ses pas dans les siens, un œil sur les autres pour s'assurer que personne ne reste en rade et que personne ne les poursuive, et l'autre sur la rue devant eux, guettant le danger.

Claire était la première à reconnaître que maintenir l'ordre dans une bande de voleurs et de pickpockets serait pratiquement impossible sans le fusil – ou plutôt, sans la crainte de ce qu'elle pourrait faire avec. En vérité, elle n'avait tiré avec que trois fois, en-dehors du jardin : deux fois la nuit où il était entré en sa possession, et cette nuit.

Il était clair qu'elle avait hérité de son père non seulement le don du maniement des armes à feu, mais aussi sa foi dans le fait qu'on n'avait pas besoin de beaucoup parler, seulement de dire ce qu'il était juste d'entendre. Ou, comme Polgarth, l'homme qui veillait sur la volaille dans la propriété familiale en Cornouailles avait l'habitude de dire : *Parle doucement et brandis un grand bâton.*

Elle était contente qu'au moins Snouts, Tigg et les Mopsies reconnaissent son autorité sans y être forcés. Depuis qu'elle avait perdu sa maison dans les émeutes de la Bulle arabe et qu'elle était tombée sur cette bande des rues qui n'était guère plus qu'un groupe d'enfants désespérés et affamés, ils lui avaient enseigné à survivre – et elle leur avait appris à s'épanouir.

Entre les leçons de lecture et de maths, ils répétaient de nouveaux coups au Cowboy Poker, jeu qui faisait fureur dans les salons et les salles de jeux de Londres et qu'ils avaient eux-mêmes mis au point. Ceux qui étaient doués pour la chimie et la mécanique l'aidaient à assembler ses artifices. À présent la nourriture apparaissait sur la table avec une régularité réconfortante, et ils avaient chacun plus d'une tenue vestimentaire. Même Rosie, la poule qu'elle avait sauvée, qui régnait dans le maigre jardin derrière le cottage d'une patte de fer, avait commencé à prendre du poids.

Et pour couronner le tout, demain elle allait commencer à travailler comme assistante d'Andrew Malvern, de la Société royale des ingénieurs.

Le guetteur sur la plate-forme du toit qui surplombait l'entrée par la rivière siffla, et Snouts siffla trois notes en réponse. La porte s'ouvrit grand, ce qui fit entrer un large rai de lumière chaude sur les planches qui avaient été réparées après une série d'explosions malencontreuses, causées par les habitants précédents.

« Vous êtes rentrée, milady ! Que s'est-il passé ? » demanda impatiemment Lewis avant même qu'il n'ait franchi complètement la porte.

Willie le pleurnicheur, un gamin muet de cinq ans, se fraya un chemin à travers les jambes des nombreux garçons accourus sur le porche, et se jeta dans les bras de Claire. Elle l'enlaça, sentant un élan de gratitude l'envahir du fait qu'ici au moins, il y avait une personne au monde qui l'aimait sans réserves. Les autres la respectaient, et peut-être même étaient attachés à elle ; mais ce petit fragment d'humanité s'était collé à elle définitivement dès le moment où elle l'avait rencontré. À cause de lui – enfin, à cause d'eux, devrait-elle dire – elle avait gardé son cap au lieu de rentrer en Cornouailles les oreilles basses, pour devenir la femme d'un quelconque nobliau de campagne choisi par sa mère.

« Le Cudgel n'attaquera aucun de vous à l'avenir, » leur dit-elle, en remettant Willie debout. « Cet avertissement lui rappellera toujours les bonnes manières. »

Snouts fit un geste près de son pantalon qui fit écarquiller les yeux des gamins, d'un mélange d'horreur et d'admiration.

Elle était dévouée à sa nouvelle vie à présent, pour le meilleur et pour le pire.

Bien sûr, à part le Cudgel, éviter le mal était la première de ses priorités. C'est pour cette raison qu'elle avait laissé son nouvel employeur croire qu'elle était la gouvernante de cinq de ces enfants, et qu'une partie de leur accord était qu'ils pouvaient compléter de temps en temps leur éducation dans son laboratoire.

Elle serait sûrement capable de garder son secret. Après tout, il ne l'avait pas trop interrogée sur l'endroit où elle habitait, ni sur les parents qui permettaient à leurs enfants de sortir avec elle pour faire des expériences dans un entrepôt des bords de la Tamise. Elle devrait seulement rester agréablement dans le vague sur certains détails, et compter sur sa réserve naturelle et sa politesse.

Ce n'était pas le genre de personne à qui on pouvait confier qu'il abritait la tristement célèbre Dame aux artifices, meurtrière par inadvertance de Lightning Luke Jackson et souveraine régnante des bas-fonds du Sud.

Sa réputation en société n'avait aucune chance de s'en relever.

CHAPITRE 2

*M*ademoiselle, un mot s'il-vous-plaît. » Granny Protheroe, qui était leur cuisinière et avait un lien de parenté avec Lewis qui n'avait jamais bien été tiré au clair, sortit dans le jardin clos où les Mopsies essayaient d'encourager quelques haricots et petits pois à pousser. Elle contempla les treillis faits de ficelle d'un air désabusé. « Cette poule n'en fera qu'une bouchée avant qu'ils n'aient que quelques centimètres de haut. Et puis l'été est trop avancé pour faire pousser ça. »

Claire regarda les fillettes qui continuaient à travailler comme si elles n'avaient rien entendu. « Peut-être vous surprendront-elles ; Rosie préfère les choses qui ont des pattes plutôt que les choses à feuilles. » Elle se tourna vers Granny. « De quoi vouliez-vous parler ? »

« Cette poule ne pond pas assez d'œufs, et c'est bête de les troquer contre autre chose. On devrait avoir un troupeau. »

Les Mopsies se figèrent. « Un troupeau ? D'autres poules comme Rosie? »

Maggie courut vers elles et prit la main de Claire. « Siouplaît, milady, on peut en acheter ? Rosie a besoin d'un troupeau ; elle doit pas rester toute seule ici ! »

Rosie n'avait pas l'air particulièrement esseulée. C'était même le contraire – un despote à plumes qui avait presque effrayé le pauvre Lewis et les plus jeunes garçons, qui évitaient soigneusement le jardin, quel que fut le motif. Claire rassembla ses arguments.

« Chères jeunes filles, si on faisait cela et qu'on soit attaqués par le Cudgel ou sa bande, qui protègerait ces poules ? »

« Ben nous ! comme on protège Rosie maintenant. » Lizzie la défiait du regard, comme si Claire avait mis en doute sa capacité de s'occuper de ses affaires. « C'est pas nous qu'on l'avait sauvée, d'abord ? »

« Oui, mais c'est beaucoup plus facile de se battre ou de détaler avec un seul oiseau. Comment pourriez-vous rester en sécurité si vous en aviez quatre ? Ou bien six ? »

« On pourrait en avoir six ? » Le visage de Maggie s'éclaira.

« Oui enfin, pour l'instant je ne fais que des suppositions. »

« C'est quoi les supo... zizions ? »

« J'imagine les choses, c'était un exemple. »

« Ah. Eh ben, c'est simple... on courrait pas. On se servirait du fusil avec tous ceux qui s'approchent. »

« On ne peut pas dépendre du fusil pour tout, » fit remarquer Claire. « Le triste exemple de Lightning Luke nous l'a bien montré. »

« On peut leur faire une maison, » dit Lizzie. « Une qui bouge, com'ça on peut les emporter avec nous. »

« Ou qui flotte, » ajouta Maggie. « Elles pourraient dormir sur la rivière et venir dans l'jardin le matin. »

« On ne parle pas de canards, » dit Granny Protheroe. « Les poules n'aiment pas l'eau. Vous avez jamais entendu dire 'Heureuse comme une poule dans l'eau ? Non ? eh bien justement... Et puis, elles se feraient attraper par des punaises d'eau, figurez-vous, et manger. Ça vous plairait ça ? »

Les yeux de Maggie se remplirent de larmes et Claire se dépêcha d'ajouter, « Mais c'est une bonne idée quand même. Un poulailler ambulant. Est-ce que vous le mettriez sur une table de roulement, comme un bus à vapeur, ou des pieds, comme ces automates qu'on avait vus au Crystal Palace? »

« Des pieds, » dirent les jumelles à l'unisson.

Claire, n'en laissant rien paraître, jubilait intérieurement car elle avait enfin trouvé un projet pour ces deux petites filles butées, qui combinait toutes les leçons qu'elle avait essayé de leur inculquer – un projet qu'elles étaient décidées à mener à bien grâce à leurs instincts féminins de protection, les plus forts qui existent.

« C'est parfait, » dit-elle. « Nous allons commencer par dessiner le plan, » (Art du dessin et perspective), « puis nous passerons à la construction de la structure. » (Mathématiques et physique). « Nous aurons besoin d'un petit moteur à vapeur pour l'alimenter, et quelques éléments qui permettent de faire bouger les pieds. » (Mécanique).

« Quand est-ce que nous pourrons avoir les poules ? »

Claire soupira. Une chose à la fois. « Quand vous irez en ville demain, ouvrez bien les yeux. Je suis certaine que Rosie n'était pas la seule poule de Londres à sauver. Mais attention, ne les volez pas ! Les poules que vous trouvez doivent vraiment avoir besoin d'un abri. »

« Pourquoi est-ce qu'il faut qu'on aille en ville? » s'enquit Lizzie. « On devrait rester de c'côté de la rivière et se la jouer discrète après la nuit dernière. »

« C'est mon premier jour comme assistante de M. Malvern, donc je peux vous conduire jusqu'à Blackfriars. Snouts vous emmènera en mission de reconnaissance pour récolter du matériel pour votre poulailler. Vous pourriez trouver votre bonheur dans les terrains vagues derrière les fonderies. Nous travaillerons sur une liste plus tard dans la journée. » (Prise de mesures et calligraphie).

L'attrait des poules l'emporta sur la prudence naturelle de Lizzie. Sa sœur et elle revinrent au treillage à pois, en bavardant à voix basse de l'aspect que devrait avoir le poulailler ambulant. Granny Protheroe était rentrée à l'intérieur, laissant Claire faire les cent pas dans le jardin toute seule. 'Jardin' était d'ailleurs un grand mot pour qualifier le demi-acre parsemé de ronces et de nids-de-poules (!) sortis de terre à l'improviste, le tout entouré d'un mur d'un mètre quatre-vingt de haut et de trente centimètres d'épaisseur au moins. Aucun percepteur n'avait besoin d'un tel mur; seulement les criminels qui s'étaient approprié le cottage délabré avaient intérêt à le faire pour défendre leur territoire. Est-ce que Lightning Luke s'était servi du terrain pour des tirs sur cibles non précisées ? Un missile ou un explosif serait susceptible de faire des trous de ce type.

Cela ne gênait en aucune façon Rosie, d'ailleurs. Claire regardait la poule rousse jeter de la poussière en l'air avec délectation tout en profitant d'un bain de poussière au fond d'un petit cratère. « Je suis heureuse que tu les trouves utiles ces trous, » dit-elle, « et je parie que tu es prête à les partager. Les Mopsies vont bientôt t'amener des camarades. »

Rosie cligna des yeux d'un air placide, pas vraiment inquiète à l'idée de l'arrivée de concurrents.

« J'aimerais avoir ton sang-froid. » En fait elle était un peu nerveuse car elle appréhendait de commencer à travailler au laboratoire. Doutes et peurs piquaient sa confiance en soi comme des moustiques. Est-ce que Lord James Selwyn serait là ? Est-ce qu'il trouverait moyen de saboter ses efforts et de la faire paraître incompétente ? Il avait eu du mal à cacher sa colère la dernière fois qu'elle l'avait vu. Sa mauvaise humeur avait-t-elle fait long feu, ou bien couvait-elle sous la cendre jusqu'à la prochaine confrontation ?

Le souvenir de cette tentative de la corrompre pour lui faire refuser l'offre d'emploi d'Andrew Malvern l'avait à la fois mise en colère et vexée. Même maintenant, repenser à son insolence au Crystal Palace lui faisait brûler les joues et la mettait hors d'elle.

C'est vrai qu'en prenant cet argent, elle aurait pu réaliser tous ses rêves de diplôme universitaire et de carrière. Mais à quel prix ?

Celui de son intégrité.

De la sécurité des enfants.

Et de l'estime de M. Malvern.

Elle ne pouvait se permettre de perdre ni la première ni la deuxième, et quant à la troisième... eh bien, il allait devenir son employeur, n'est-ce pas ? Bien sûr, elle voulait qu'il ait une bonne opinion d'elle.

Comme toute personne qui se respecte.

~

SNOUTS, les Mopsies, et Willie le pleurnicheur – qui s'était refusé catégoriquement de rester à la maison pour aider Granny Protheroe à faire des tourtes, s'il y avait d'autres poules comme son adorée Rosie à chercher – vinrent grossir les rangs de la foule qui traversait le Blackfriars Bridge.

« Es-tu sûr sur que tu ne veux pas aller avec eux ? » Claire suivit du regard la petite troupe tant qu'elle le put, mais la perdit de vue assez vite.

Tigg remua sur son siège derrière elle. « J'irai si vous m'le dites, milady, mais j'préfère rester avec vous. » Sa voix baissa en un murmure. « J'pourrais apprendre quèqu'chose d'utile. »

La chaleur de son approbation se sentit dans son ton quand elle dit rapidement, « Je suis sûre que ce sera le cas, et je salue ta détermination opiniâtre, Tigg. » Tout en souriant, Claire conduisit le landau à vapeur dans le dédale de ruelles étroites, jusqu'à ce qu'elle arrive à Orpington Close – un autre nom grandiloquent pour une allée menant à la rivière ayant à peine la largeur nécessaire pour la faire passer avec son engin étincelant. « Je suis sûre que M. Malvern pourrait utiliser un apprenti pour ses expériences avec le charbon. Et si ce n'est pas le cas, nous allons le persuader de prendre quelqu'un pour balayer après. Je n'ai certainement pas envie de porter mon pardessus pendant que je travaille, de peur d'abîmer mes vêtements. »

Elle gara le landau et tourna le bouton servant à éteindre la flamme et à amorcer le processus de refroidissement de la chaudière, puis elle sauta par-dessus la portière pour en sortir. Pas de voiture ornée d'un blason nobiliaire ni d'ailleurs aucun autre véhicule en vue, mais Lord James aurait pu venir avec un fiacre.

« Oh, ça suffit, » murmura-t-elle, en dénouant son foulard en mousseline et en enlevant ses lunettes d'aviateur. « Tu as parfaitement le droit d'être ici, ma fille, et il peut très bien se comporter en gentleman. »

« Vous dites quoi, Lady ? »

« Rien, Tigg. Peux-tu t'assurer que le capot est bien fermé, s'il te plaît ? Il serait déplaisant que quelque fouineur y mette son nez pendant que nous sommes à l'intérieur. »

Son cache-poussière sur le bras, sa jupe bleu marine impeccable et son chapeau solidement en place, elle attendit près de la porte qu'il contrôle les loquets brillants sur le rabat du capot en laiton qu'il entretenait à la perfection. Il approuva du chef et ils gravirent les marches d'escalier vers le loft, où Andrew Malvern avait son bureau. L'espace en bas était rempli de piles de matériel de construction et d'une énorme chambre de pesée en verre avec des rivets en laiton et des tuyaux entrant et sortant de celle-ci comme des serpents. Elle sentit son dos étrangement nu sans le poids du fusil à éclairs, mais même dans ce quartier, cela en étonnerait plus d'un si l'on arrivait au bureau armé.

Personne n'avait besoin de savoir qu'il était sous le siège du landau.

Son employeur leva la tête quand il la vit déboucher en haut de l'escalier, et il laissa tomber son crayon à dessin. « Mademoiselle Trevelyan ! Heu... je veux dire, Lady Claire. Bonjour! Je suis heureux de voir que la ponctualité est une valeur pour... » Il s'arrêta dans son élan, alors qu'il venait à sa rencontre. « Hé bien Tigg, je ne t'attendais pas. »

Tigg rougit de plaisir qu'il se soit souvenu de son nom. Une semaine seulement s'était écoulée mais quand même... beaucoup n'auraient pas prêté attention à un garçon de treize ans.

Claire lui serra la main et faillit rougir de plaisir elle aussi quand Andrew serra également celle de Tigg, comme s'il était son égal. « J'espère que cela ne vous ennuie pas qu'il m'accompagne. Comme vous le savez, il est doué pour la mécanique et vous aviez dit que si l'occasion se présentait... »

« C'est vrai, je l'ai dit et je le maintiens. »

« Si je ne peux pas vous aider pour le gros moteur qui est en bas, Monsieur, je pourrais balayer... ou bien faire des commissions... ou... » Tigg avait du mal à contrôler ses émotions. « ...j'vous remercie, Monsieur, » bafouilla-t-il à la fin.

« Ton arrivée est providentielle, » lui confia Andrew. « Cela va accélérer énormément mon travail d'avoir quelqu'un qui travaille au tender à charbon pendant que je conduis des expériences dans la chambre principale. Il faut continuellement que je fasse des allers retours et que je mette le charbon à la pelle dans la trémie. »

« Je suis votre homme, Monsieur. » Tigg se tint encore plus droit.

« Parfait. Tu pourrais aller chercher un tablier en bas, ainsi qu'une paire de gants épais. Si je ne peux vous avoir que le matin, je dois profiter au maximum de votre présence. Je vais vite donner à Lady Claire quelques instructions, et nous commencerons immédiatement. »

Tigg disparut dans l'escalier à une telle vitesse que Claire se demanda si ses pieds avaient touché les marches.

« Merci, » dit-elle dans un souffle. « C'est un garçon différent depuis que nous nous sommes tous rencontrés au Crystal Palace et que vous lui avez montré le fonctionnement de ces engins. »

« J'admire les esprits curieux, » dit Andrew. « Dites-moi, est-ce qu'il a déjà démonté votre landau ? »

« Juste la chaudière. J'ai peur de lui laisser toucher les mécanismes de commande des roues au cas où elles ne se remettraient pas en place. Au pire, je sais comment réassembler la chaudière. »

Andrew éclata de rire. « Ce n'est qu'une question de temps. Est-ce que je vous ai dit combien je suis heureux que vous ayez accepté mon offre? »

« Pas ce matin. »

« Il faut que je m'entraîne à le dire tous les jours. »

« Je suppose que Lord James s'est enfin résigné à avoir une meilleure opinion de moi, maintenant que nous allons travailler ensemble ? » Elle osait à peine espérer que ce soit le cas, mais il fallait qu'elle sache.

« Franchement, je ne sais pas. Le lendemain de notre rencontre fortuite à l'Exposition, il est parti pour les Midlands pour rencontrer le Président de l'une des compagnies de chemin de fer locales. » Une ombre passa devant ses yeux noisettes. « J'aimerais qu'il attende jusqu'à ce que nous ayons des résultats en main, mais qu'est-ce que j'en sais ? C'est lui l'homme qui a la vision et l'argent. Je ne suis que celui qui met en pratique ses idées. De toutes les façons, les banquiers et les présidents de compagnies de chemin de fer avec leurs beaux discours me donneraient de l'urticaire, donc ça tombe bien qu'il soit doué pour ça. »

Claire haussa les sourcils devant cette confidence inattendue. Était-il normal qu'il lui raconte ce genre de choses sur ses affaires ? Bon, c'est vrai qu'en rangeant les piles de papier chancelantes autour d'elle, elle finirait par tout savoir, qu'il le lui dise ou pas.

« Bien. » Il regarda tout autour de lui comme s'il se demandait comment ce désordre s'était produit. « Je crois que vous aviez dit que vous aviez un plan, quand vous êtes venue pour l'entretien ? »

Elle avait encore bien présent à l'esprit l'entretien catastrophique, au cours duquel elle avait appris avec horreur que Lord James avait été sur le point de lui faire la cour – jusqu'à ce qu'il s'aperçoive qu'elle était sans le sou et recherchait même un emploi auprès de son associé. Il avait été si insultant qu'elle avait battu en retraite.

Hé bien, elle ne battrait plus en retraite maintenant. Quoiqu'il dise elle lui tiendrait tête et se battrait pour ce qu'elle voulait – qui était d'en apprendre suffisamment d'Andrew Malvern pour demander son admission à l'University of London pour faire des études d'ingénieur, et faire en sorte qu'il lui donne une lettre de références, le moment venu.

Elle s'efforça de déplacer son attention des rêves d'avenir à la réalité du présent. « Oui, je crois bien avoir dit que je travaillerais en cercles concentriques, en commençant par le bureau pour m'étendre vers l'extérieur. »

« Je n'ai pas de système d'archivage, » dit-il humblement. « Je vous fais confiance pour en créer un. »

Elle n'avait jamais fait une chose de ce genre de toute sa vie. « Bien sûr. J'utiliserai la méthode qui semblera la plus logique. » Elle dit cela comme si elle connaissait sur le bout des doigts toutes les méthodes existantes, et il eut l'air soulagé.

« Très bien. Je vais vous laisser alors pour que vous puissiez commencer. À midi je vous emmènerai manger, ainsi que Tigg. Il faut fêter dignement votre premier jour de travail ici. » Il sourit, et elle relâcha un instant son esprit solidement ancré sur la liste des choses à faire.

Claire rassembla ses esprits tandis qu'il dévalait l'escalier, et elle se concentra sur le bureau. Elle ne devait pas se laisser déstabiliser continuellement. Elle avait du pain sur la planche.

Quand midi arriva, elle s'était débrouillée pour débarrasser le bureau, ne laissant que les dessins auxquels il travaillait, ses plumes, un encrier, et un livre épais qu'il avait l'air de consulter pour son projet de dessin. Elle s'était frayé un chemin entre les piles de journaux, revues universitaires, reçus et rapports, en s'arrêtant de temps en temps pour lire ce qui lui semblait intéressant. Il s'était assis sur un journal, elle l'enleva donc du siège et le secoua, prête à l'utiliser pour envelopper des colis ou faire partir le feu dans le poêle à bois. En le pliant, son regard tomba sur une publicité avec un portrait au verso.

AVEZ-VOUS VU CETTE JEUNE DAME?
ECRIVEZ S'IL VOUS PLAÎT EN DONNANT DES
INFORMATIONS À :
THE EVENING STANDARD

« Bonté divine! » Claire jeta le journal dans le poêle d'un geste instinctif, puis elle se calma et le reprit.

Elle se rapprocha de la fenêtre ronde sans rideaux, où il y avait plus de lumière.

Il devait y avoir une erreur.

Le portrait, pris d'un daguerréotype de classe supérieure et reproduit dans le style de « la tache d'encre et la ligne dessinée » du *Standard*, était d'elle.

CHAPITRE 3

$\mathcal{L}$ e temps qu'Andrew et Tigg viennent la chercher, le *Standard* avait été réduit en cendres au fond du poêle et Claire mettait toute son ardeur à essuyer l'encrier avec un chiffon propre.

Cela t'apprendra à ne pas répondre à la lettre de ta mère, se dit-elle en colère tout en démarrant le landau et en attendant qu'Andrew se faufile sur le siège du passager et que Tigg grimpe dans le petit espace derrière eux où la capote en laiton articulée était rabattue par beau temps. *Elle en est réduite à faire de la publicité pour les informateurs.*

Dès qu'ils seraient rentrés au cottage, elle écrirait une lettre bien sentie à envoyer en Cornouailles. Cette absurdité devait finir. Avec la chance qu'elle avait, Julia Wellesley verrait la publicité et en ferait des gorges chaudes pendant la Saison – car bien sûr, quiconque devait gagner sa vie dégringolait forcément de l'échelle sociale.

« Pouvez-vous me guider, Monsieur? » Elle fit rouler le landau en marche arrière jusqu'à ce que les feux avant pointent vers Orpington Close, et elle relâcha le levier permettant à la colonne de vapeur de les faire avancer.

« Aux dames de choisir ! Où voulez-vous aller ? »

Elle connaissait plein d'endroits – chacun d'eux grouillant de personnes dont elle savait qu'elles lisaient aussi l'*Evening Standard*. D'autre part, quelle meilleure façon de faire taire les commérages que de se montrer comme si tout était normal et de s'en moquer comme d'une curiosité ? Après tout le dessin n'était pas si ressemblant que ça.

« J'adorerais aller au *Swan and Compass*, à Piccadilly. C'est l'un des endroits préférés de l'entourage des Churchill, vous savez. » Elle braqua pour aller sur le pont, et remonta le levier au point qu'Andrew dut se cramponner à son chapeau.

« Je me demandais... à quelle vitesse roulons-nous ? »

« Trente miles à l'heure. »

Il eut un sourire d'entente avec Tigg par-dessus son épaule.

« Merveilleux ! Je ne pensais pas que j'aurais vu ça un jour. »

« C'est un jour nouveau, M. Malvern, » dit-elle enjouée tandis qu'ils arrivaient près du pont. Heureusement, il n'y avait pas trop de gens ni de véhicules qui le traversaient, bien qu'un peu plus loin la circulation avait ralenti considérablement à cause d'un chariot faisant marche arrière dans la rue.

Quand ils l'eurent dépassé et furent sur le Victoria Embankment, elle ralentit la voiture à un rythme respectable.

« Aimeriez-vous apprendre à conduire, Monsieur ? » demanda-t-elle.

« Vous pourriez aussi bien me demander si j'aimerais prendre le ballon dirigeable intercontinental pour l'Amérique du Sud et explorer les jungles. » Il était toujours cramponné à son chapeau, bien que leur vitesse de croisière suffît seulement à brasser un peu d'air. « Les deux choses supposent que l'on engage de grosses sommes et que l'on risque sa vie. »

« Aucun risque avec les dirigeables, » lança Tigg. « Aussi sûrs que des maisons, on m'a dit. Pas que j'aie essayé. Le plus près que j'aie été, c'est quand y sont passés au-dessus de ma tête. »

« Je pensais aux jungles. Vous avez tout à fait raison de dire que les ballons dirigeables sont les moyens les plus sûrs et les plus efficaces qui aient été inventés, pour voyager sur de longues distances. Mais pour répondre à votre question Lady Claire, non, je n'ai aucune envie d'apprendre à conduire. J'ai une admiration sans bornes pour ceux qui savent, par contre. »

Il lui décocha un coup d'œil qu'elle fut obligée d'ignorer, sous peine de renverser un piéton innocent. Bonté divine ! On aurait presque dit qu'il l'admirait. Mais ce n'était pas possible. Il l'avait embauchée pour son cerveau.

Ce qui était fort bien.

« Nous voilà arrivés. » Elle s'arrêta après avoir ralenti, à un pâté de maison du *Swan and Compass*, et le temps qu'ils atteignent le restaurant, elle avait retrouvé ses esprits. Il avait seulement voulu être aimable. Elle devait prendre ce que disaient les gens au premier degré, sans toujours chercher à interpréter les conversations banales.

On les conduisit à une table bien éclairée devant la fenêtre, de laquelle ils pouvaient surveiller les gens qui se promenaient sur le trottoir, et Claire vit Tigg observer soigneusement Andrew tandis qu'il tirait une chaise pour la faire asseoir. Avec un tel exemple, le garçon absorberait en un rien de temps beaucoup plus que des formules chimiques et des théories de physique. Avec les occasions que le monde offrait à cette époque moderne, il ne serait pas obligé de rester dans le milieu où elle l'avait trouvé. Ils pourraient même en faire un vrai gentleman probablement.

Une dame prenant un repas dans un restaurant, lui avait-on enseigné, pouvait grignoter du bout des dents une endive ou siroter du thé avec une pâtisserie. Mais Claire était affamée, et sa mère était à l'autre bout du pays. Elle commanda un steak et une tourte aux champignons avec une salade, puis dévora le tout si rapidement et si proprement que Lady St. Ives elle-même aurait pu se demander si elle avait eu quelque chose dans son assiette.

« C'est un plaisir de vous voir manger, » remarqua Andrew, en découpant le dernier morceau de sa sole de Douvres. « Ma mère n'a jamais compris pourquoi les jeunes femmes de la haute société devaient manger avant de sortir, pour ne pas avoir l'air d'être affamées. »

« Est-ce que votre mère a reçu cet enseignement de sa mère ? »

« Oh non ! Maman était cuisinière chez les Dunsmuir. Elle devait servir le dîner le soir aux jeunes filles de la famille avant qu'elles ne sortent. Elle disait souvent qu'au moins elle savait que les filles auraient apprécié quelque chose qu'elles avaient mangé ce soir-là. »

« Les filles ? » Sa mère n'avait pas pu être employée dans la maison de *ces* Dunsmuir. « Vous voulez dire les sœurs du garçon qui... »

« Celles-là même oui. »

Le regard de Tigg allait de Claire à Andrew, un peu perdu. « Quel garçon ? Qu'est-ce qui lui est arrivé ? »

« Vous n'avez jamais entendu cette histoire ? » Andrew remplit de nouveau son verre de limonade et en versa un autre entier à Tigg. « Il y a deux ans, la nounou était dans le jardin avec le fils de Lord et Lady Dunsmuir, héritier de leur fortune – la famille possède pratiquement la moitié Ouest des Canadas, vous savez, y compris de grandes mines de diamant, et quand ils ne possèdent pas ils sont actionnaires – et elle s'est endormie au soleil. Quand elle s'est réveillée, le garçon avait disparu, et malgré les avis de recherche, avec une récompense énorme à la clé, et l'embauche de plusieurs détectives, personne n'a jamais découvert ce qui s'était passé. »

« Il s'est enfui, c'est clair. Quelqu'un doit toujours avoir l'œil sur not' Willie, et sur les Mopsies aussi. Curieux comme des chouettes, ceux-là. »

« Pourtant, il n'aurait pas pu s'échapper, » dit Claire. « Je me souviens d'une description de la maison qui disait que le mur entourant le jardin mesurait trois mètres de haut et que les deux portails étaient verrouillés. »

« Deux mètres et demie, mais quand même. Ma mère dit que sa seigneurie avait invité une des princesses royales pour le thé, de sorte que toute la maisonnée était en émoi. C'est pour ça qu'ils étaient allés dans le jardin. La gouvernante avait espéré que l'enfant dorme dans sa poussette. »

« Ces pauvres parents, » dit Claire en soupirant. « Ils ne sont plus sortis en société depuis. Apparemment Lady Dunsmuir marche dans les rues le soir – *endormie*. Ils doivent l'enfermer dans ses appartements. »

Andrew hocha de la tête. « Ma mère à la fin a donné sa démission et a pris sa retraite. Elle a dit que toute cette tristesse était trop lourde à supporter. »

« Claire? »

Une foule de gentlemen et de dames étaient entrés, en jacassant comme des pies, et Claire éloigna son regard d'Andrew pour voir Peony Churchill se faufiler entre les tables.

« Claire, c'est toi! Mon Dieu, mais où étais-tu? On ne fait que parler de toi en ville. » Peony l'étreignit très fort puis la tint à bout de bras en la dévisageant de haut en bas. « En tous cas, tu n'as pas l'air de quelqu'un qui s'est fait enlever. »

« Sûrement pas. Peony Churchill, je te présente mon employeur, M. Andrew Malvern, et son assistant, M. Tigg. »

Peony leur serra la main avec beaucoup de naturel, et les épaules de Tigg s'abaissèrent comme s'il déplaçait le poids, récent pour lui, des bonnes manières, pour être plus à son aise.

« Voulez-vous rester avec nous ? » dit Andrew.

« Oh non, je ne veux pas m'imposer. En plus, ils ne me le pardonneraient jamais. Je les ai convaincus à venir ici alors qu'ils voulaient aller dans un boui-boui horrible prés du fleuve 'juste pour s'amuser'. » Peony leva au ciel ses yeux noirs très expressifs.

« Ta mère va bien ? » demanda Claire avec empressement.

Isabel Churchill – exploratrice, hôtesse renommée, et épine dans le pied de nombreux parlementaires – était l'une de ses idoles.

« Très bien. Tu te souviens de la délégation d'Esquimaux? »

« Mais oui. Il y en avait tant dans la maison que les enfants dormaient sous la table de la salle à manger. »

« C'est ça, mais le plaidoyer de Maman en leur faveur n'a pas fonctionné, et donc elle prépare une expédition dans le Nord des Canadas pour semer le plus de trouble possible dans les mines de diamants. »

Claire serra les mains l'une contre l'autre, béate d'admiration. « Et après, elle organisera des syndicats de travailleurs parmi les Esquimaux. »

« Je suis sûre que ça fait partie de son plan – les conditions dans les mines sont abominables. Je vais aller avec elle, tu sais. Maintenant que je suis diplômée, il n'y a aucune raison pour que je traîne à Londres. »

« Mais tu ne vas pas participer à la Saison ? » Tout d'un coup Claire se souvint qu'elle aurait dû être présentée à Sa Majesté pour commencer sa propre Saison... quand ? Oh, mon Dieu... quelle semaine étions-nous ?

« Moi? Danser avec tous ces garçons qui ont plus d'air dans la tête que le *Perséphone* lui-même? Sauf les présents, bien sûr, » s'empressa-t-elle d'ajouter devant Andrew qui manquait s'étrangler avec sa limonade.

« C'est qui le Père Séfone ? » murmura Tigg à l'oreille de Claire.

« C'est le nom du dirigeable intercontinental dont on parlait tout à l'heure, » murmura-t-elle en retour. « Celui qui va d'ici à Paris, New York et Buenos Aires. »

« Je me soucie de la Saison comme de ma dernière chaussette, » continua Peony. « Mais je prends des cours de vol. Personne ne pourra me dire que je ne peux pas être une aviatrice aux Canadas. »

« Je ne pense pas que quiconque puisse vous dire une chose

pareille, ici, » dit Andrew, en lui souriant d'un air si admiratif que Claire l'interrompit presque pour dire, « Avant que tu t'en ailles, Peony, explique-nous une chose que tu as dit tantôt. Pourquoi est-ce qu'on parlerait de moi en ville ? »

Les sourcils de Peony s'arquèrent en signe d'incrédulité. « Bonté divine, Claire, tu ne pensais quand même pas snober Sa Majesté et t'en aller comme si de rien n'était ? »

Oh bon sang ! Oh bon sang, bon sang, bon sang !

« Et je ne pense pas qu'elle n'ait pas remarqué le silence assourdissant qui a suivi l'appel de ton nom dans le Salon mardi dernier. On entendait clairement Julia et Catherine pouffer de rire à l'autre bout de la salle. »

« Est-ce qu'elle... elle était en colère ? » Elle ne s'était inquiétée que de la fureur de sa mère. Jamais un cheveu de sa tête n'avait imaginé qu'elle aurait pu provoquer aussi la colère de la Reine de l'Empire britannique.

« En fait, ton absence a été en partie justifiée par le fait que tu es toujours en deuil. Il n'empêche que tu ne recevras pas de si tôt une invitation pour un thé. »

Claire soupira. « Alors, c'est plutôt une chance que mes aspirations sociales n'atteignent pas ces sommets. » Contrairement à sa mère, qui avait pris le thé avec la reine à plusieurs reprises.

Claire prit conscience du fait qu'Andrew et Tigg la regardaient comme s'ils la voyaient pour la première fois. Peony l'embrassa et se retourna dans un tourbillon de velours vert bouteille pour rejoindre ses amis, laissant Claire les regarder l'un après l'autre.

« Qu'est-ce qu'il y a ? Est-ce que j'ai de la sauce sur le menton ? »

Tigg retrouva sa voix. « Du thé ? une tasse de thé avec la reine, milady ? »

« Oui, enfin, c'est plutôt le contraire. Je ne prendrai pas le thé avec la reine, en fait, car j'ai raté ma présentation à la Cour, à ce qu'il paraît. »

« La Cour ? » fit Andrew en écho. « Vous deviez être présentée ? »

« Oui, mais ça ne s'est pas fait. » *J'étais trop occupée à brûler les maisons de mes rivaux et à survivre, pour me souvenir de me présenter à Buckingham Palace.*

« Mais vous auriez pu. »

« Oui, bien sûr, si je n'avais pas été en deuil. S'il vous plaît M. Malvern. Je suis sûre que Lord James vous a mis au courant de mon histoire et de ma famille. Je regrette de l'avoir passée sous silence quand je vous ai rencontré la première fois. »

Andrew avait visiblement du mal à parler, et Tigg la regardait simplement bouche bée. « Oui, il l'a fait, » finit-il par dire. « Et les journaux ont gonflé les faits avec des tonnes de suppositions. »

La Bulle arabe. L'investissement de son père dans le projet absurde du moteur à combustion, et l'échec qui en découla. Les émeutes de Belgrave.

Claire comprit soudain qu'elle n'aurait pas dû s'inquiéter du fait d'avoir raté la Saison.

D'abord elle n'avait pas été la jeune fille la plus en vue de Londres ; maintenant elle pourrait se considérer heureuse de tomber sur le fils d'un baron, ou peut-être un chevalier veuf affublé d'un domaine délabré et de sept enfants brailleurs.

C'était une chance que le mariage n'ait jamais fait partie de ses plans de vie.

CHAPITRE 4

Quand ils rentrèrent au laboratoire, le ventre agréablement plein et les joues rougies par le vent, Tigg et Andrew restèrent en bas alors que Claire monta à l'étage pour attaquer la partie suivante des écuries d'Augias.

Andrew et elle étaient tombés d'accord sur le fait qu'elle travaillerait surtout le matin, laissant ses après-midis libres pour rentrer au cottage et suivre les leçons des enfants. Mais Tigg semblait être si absorbé par son travail qu'elle ne se sentait pas le courage de l'en détacher. Elle les entendait parler les instructions du genre 'apporte une autre pelletée, l'ami' et 'surveille cette flamme, s'il te plaît' se mêlaient aux explications de la raison pour laquelle certains composants se comportaient de telle façon quand on les stimulait. Si seulement ce professeur arriéré au St. Cecilia avait consenti à donner des explications au lieu de simples ordres! Elle aurait déjà pu gagner son entrée à l'université sans avoir besoin de passer des examens. Au lieu de cela, elle avait récolté d'excellentes notes en langues et en maths mais avait eu tout juste la moyenne en chimie domestique, sans parler des arts ménagers, qui avait fait baisser sa moyenne jusqu'au point de non retour.

Claire essayait de rester optimiste. Au moins de cette façon, elle avait toujours la possibilité de passer ses examens d'entrée à l'automne; après tout elle n'était pas en Cornouailles.

Un claquement soudain accompagné d'un cri la sortirent de ses rêveries. Elle dévala quatre à quatre l'escalier. « M. Malvern? Tigg? Que s'est-il passé? »

« Rien, » entendit-elle en provenance d'un tube en verre gros comme un homme.

Tigg s'efforçait d'en soulever un côté suffisamment long pour libérer Andrew de son poids ; elle s'empara donc de l'autre extrémité. À tous les deux, ils le soulevèrent pour qu'Andrew puisse se dégager en roulant sous le tube. « Bonté divine, M. Malvern, vous n'avez rien ? »

Il avait l'air essoufflé mais en même temps il les aida à le poser sur le sol. « Doucement. Il me faudrait un mois pour en refaire un – on n'a pas tout ce temps. »

Une fois le tube posé solidement sur le sol, Claire se redressa.

« Comment a-t-il pu tomber sur vous ? »

« Il était en train d'l'amener vers la chambre et il lui a échappé... il a pas voulu le laisser s'écraser par terre, et il a préféré lui servir d'amortisseur. »

On aurait dit que Tigg admirait ce comportement étonnant.

Cette chose devait peser au moins cinquante kilos.

Andrew s'épousseta le pantalon et tira sur sa veste avant de rattacher son tablier en cuir. « Viens, Tigg. J'ai compris l'erreur que je faisais : nous allons porter le tube tous les deux dans la chambre et diviser la charge. Si ce tube pèse quarante-six kilos, quelle va être la charge de chacun ? »

Tigg réfléchit, tout en portant une extrémité du tube en verre sur son épaule. « Ça va faire vingt-trois, Monsieur. »

« Parfait. Allons-y. »

Claire les suivit dans la chambre vitrée, où se trouvaient des tuyaux qui, au lieu d'attendre d'être attachés au tube au moyen de colliers métalliques, étaient parcourus par une série de câbles. « À quoi ça sert ? »

« J'ai arrêté d'essayer de changer la densité en carbone du charbon en appliquent à l'extérieur des gaz chimiques. » Andrew souffla un peu et ils abaissèrent le tube pour l'installer dans son nid de câbles. « Mes calculs sont erronés ; pas moyen de m'en sortir. Alors, après d'autres recherches, j'ai décidé d'expérimenter le courant électrike. »

« Mais vous utilisiez déjà le courant électrike, n'est-ce pas ? » Elle avait vu les interrupteurs ; qu'est-ce que cela pouvait être d'autre ? « Est-ce que vous appliquez les théories de M. Tesla ? »

« Oui. Nous allons voir dans quelle mesure l'exposition prolongée à de hauts niveaux de courant affectera le charbon. Le meilleur résultat serait que le courant le fige, le faisant durer plus longtemps et faisant ainsi économiser des millions à l'industrie du chemin de fer, surtout pour les longues distances. »

« Du genre qui z'ont dans les Amériques, » ajouta Tigg en abondant dans son sens, heureux visiblement de pouvoir apprendre quelque chose à Claire pour une fois.

Claire acquiesça, mais ne vit pas le verre, ni les jeunes hommes en face d'elle. Elle vit au contraire un éclair de lumière traverser une place déserte – vit un homme tomber, sa poitrine réduite à un tas de cendres fumantes. Un tas fumant, raidi par le feu. Son esprit revint au moment qui la hantait encore. Le moment où elle avait, sans le vouloir, mis fin à la vie d'un homme.

« Claire ? »

« Milady ? » Tigg lui toucha le bras. « Vous allez bien ? »

Elle cligna des yeux, et au lieu du passé, le présent se réinstalla tout autour d'elle. « Oui, merci, Tigg. Je – c'est juste une chose qui m'a traversé l'esprit. »

Elle les laissa à leurs affaires et retourna aux siennes, mais elle n'arrivait plus à se concentrer. Quelque chose la gênait concernant ce souvenir – quelque chose de plus que le côté tragique de la situation. Quand l'après-midi s'acheva, elle ramassa son pardessus et son chapeau et descendit l'escalier les sourcils légèrement froncés.

Ça lui reviendrait. Ces tracasseries mentales lui faisaient toujours cet effet, et elle les couchait en général dans son cahier de notes techniques avec son fidèle crayon.

Ils avaient terminé le nouveau montage et quand elle fut sur la dernière marche, Andrew lança : « Tous les boutons sont poussés ? »

« Oui, Monsieur, » la voix de Tigg lui répondant venait d'un endroit derrière, plongé dans l'obscurité.

« Alors, voyons comment elle marche. » Dans le tube en verre, un chargement de charbon attendait. Andrew se plaça devant un tableau de commande à un bout de la chambre et il tira un levier vers lui. Tout l'assemblage commença à bourdonner, puis à luire. Le tube de verre, elle le voyait à présent, n'était pas complètement vide. Des canaux pour le courant y avaient été enfilés et ils brillaient d'un vert étrange dans l'obscurité.

« J'l'ai presque eu, » murmura Tigg, en se matérialisant près de son coude, si brusquement que Claire dut se retenir pour ne pas sauter.

En un éclair, le tube passa du vert au jaune familier des réverbères électrikes et des phares des bus à vapeurs. Maintenant le charbon lui-même devenait d'un jaune brillant, comme s'il brûlait dans son cercueil de verre.

Était-ce cela le but de l'expérience ? Juste de le réchauffer sans le faire brûler ? Il devait y avoir sûrement quelque chose de plus, pour faire tous ces efforts.

Andrew abaissa l'interrupteur. « Ça arrête le courant électrike, vous voyez, » dit Tigg à voix basse. « Il a besoin de se refroidir et M. Malvern a dit qu'on va examiner le chargement dans la matinée. »

Examiner le chargement. Claire se retint de commenter son

31

excellente façon de parler, et dit simplement, « Je vois. Est-ce que vous avez fini votre travail de la journée alors ? »

« Oui. Est-ce que j'allume la chaudière ? »

« Oui, s'il te plait » Quand il ouvrit la porte, la lumière du jour la fit cligner des yeux.

« Vous partez ? » Andrew les rejoignit. « Je n'ai pas eu l'occasion de vous remercier de votre travail. Tous les deux. » Il se pencha vers la rue pour observer Tigg, sur le siège du conducteur, entamer la séquence d'allumage. « C'est un jeune homme très utile. Je crois que notre collaboration va porter ses fruits. »

« Je l'espère. Bonne nuit, M. Malvern. »

« Bonne nuit, Lady Claire. Heu... puis-je vous demander pourquoi il abrège votre titre ? Tigg, je veux dire. Et j'ai remarqué que les petites filles le font aussi. »

Elle réfléchit rapidement. « Le petit Willie n'arrive pas bien à prononcer toutes les syllabes, alors il m'appelle Milady. Les autres ont juste... copié sur lui, je suppose. » Elle ne lui dirait pour rien au monde ce que cela signifiait vraiment. « Ils devraient être reconnaissants du fait que puisque mon frère a hérité du titre, il n'est plus approprié de m'appeler Mademoiselle Trevelyan. Pauvre Willie, il n'y arriverait jamais. »

Il sourit et toucha d'un doigt ses lunettes d'aviateur, ce qu'elle interpréta comme un signe de salut, puis il recula et lui tint la porte ouverte. Elle enfila ses propres lunettes et recouvrit son chapeau du foulard, l'attachant fermement sous son menton en laissant les extrémités flotter sur ses épaules. « À demain, alors. »

« Avec grand plaisir. »

Tout en roulant dans les rues pour rentrer chez eux, elle repensa au fait qu'il les avait remerciés de l'avoir aidé dans son travail.

Il n'avait rien voulu dire de plus, pas de sous-entendus.

UNE FOIS ARRIVÉE AU COTTAGE, Claire mangea les saucisses et les légumes que Granny Protheroe avait préparés pour le dîner, plongée dans ses pensées. Elle fit une grand geste pour saluer les joueurs de poker qui sortaient pour une autre nuit de pillage civilisé, au cours de laquelle ils éblouiraient les gentlemen dans les salles de jeux avec leurs prouesses dans toutes les nouvelles versions du Cowboy poker. Aucun des joueurs qu'ils fréquentaient ne semblait avoir compris que ces mêmes garçons avaient inventé les coups qu'ils jouaient. Snouts lui avait raconté en riant, qu'un soi-disant lord leur avait dit, indigné, qu'il avait étudié religieusement les coups sur la dernière page de l'*Evening Standard*, et que puisqu'ils ne pouvaient pas avoir fait la même chose, ils devaient forcément tricher.

Ils ne trichaient pas – du moins, pas à la connaissance de Claire. Ils étaient parfaitement capables de gagner sans recourir à cet escamotage. C'était d'ailleurs une question d'orgueil pour Snouts McTavish.

Cinquante pour cent des gains lui revenaient pour les dépenses courantes et l'investissement concernant la maison, et le joueur gardait le reste pour financer son prochain jeu ou pour le dépenser comme bon lui semblait. De la même façon, quand ils s'étaient installés ici au début, ils avaient trouvé un coffre plein d'argent en espèces – le produit des escroqueries et des crimes de Lightning Luke. Ne connaissant pas les propriétaires de cet argent, Claire avait investi la moitié du butin et distribué le reste parmi tous ceux qui restaient dans la maison, à part un don substantiel au tronc des pauvres à l'église au bout de la rue.

L'argent s'amoncelait de nouveau dans le coffre à l'étage, au point que cela représentait une réelle tentation pour quelqu'un qui pourrait donner des informations dessus. L'embuscade du Cudgel à quatre des gamins en était la preuve. Par conséquent ce soir-là, Claire monta au premier étage et sortit du papier et de l'encre.

Arundel & Hollis, Solicitors
London SW1

Cher Maître,

Merci de l'assistance, que vous et vos associés nous avez apportée récemment à la Bourse, pour acheter des parts de la Compagnie de chemins de fer Midlands et de la Compagnie London Electrick pour moi et mes amis.

J'ai bien peur de devoir recourir à votre aide à présent dans le domaine immobilier. J'aimerais que vous découvriez le propriétaire du domaine qui contient un poste de douane et un cottage assorti d'un jardin clos tout de suite à l'Ouest du Regent Bridge dans Vauxhall Gardens. Je souhaiterais acquérir cette propriété le plus tôt possible.

Avez-vous eu des acheteurs pour la maison de Wilton Crescent? Bien qu'elle ait subi des dégâts, l'emplacement est très prisé. Je ne comprends pas pourquoi elle ne se vend pas. Je suis sûre que ma mère vous a déjà interrogé à cet égard, donc je ne m'étendrai pas davantage sur le sujet. C'était simplement de la curiosité.

J'espère que vous allez bien. Encore une fois, merci de toute votre aide.

Sincères salutations
Claire Trevelyan

ELLE CACHETA LA LETTRE, l'enfila dans un tube de livraison et tourna le code sur le devant pour que les lettres et les chiffres reflètent l'adresse du bureau de l'avocat.

Puis elle prit une autre feuille de papier.

Lady Flora St. Ives
Gwynn Place
St. Just in Roseland
Cornwall

Chère Maman,

Tout d'abord, je tiens à vous assurer que je vais bien et que vous n'avez pas besoin de mettre des annonces dans les journaux faisant croire que j'ai disparu. Je n'ai pas disparu. En fait, je suis terriblement gênée que vous fassiez ce genre de choses. J'ai un emploi rémunéré au laboratoire de M. Andrew Malvern, à Orpington Close à Londres, qui est l'associé de Lord James Selwyn. Vous avez reçu ce dernier à la maison de Wilton Crescent, donc vous pouvez être rassurée sur le fait que je suis bien suivie et absolument pas sans protection. J'ai un logement confortable et des gens qui travaillent à mes côtés. Vous ne devez vous faire aucun souci à mon égard.

Maman, je comprends que vous me vouliez auprès de vous pour vous apporter un réconfort moral; mais je dois vous dire qu'il y a ces personnes ici à Londres qui ont tout autant besoin de moi, sinon plus, et que ces têtes et ces cœurs seraient en danger si je les quittais pour vous rejoindre. J'ai un poste de responsabilité, je vais bien et suis heureuse autant que je puisse l'être sans vous et le petit Nicholas.

Embrassez s'il vous plaît mon frère pour moi, et serrez-le dans vos bras, et transmettez mon affection à Polgarth, notre cher gardien de la volaille. Il sera content d'apprendre que les leçons qu'il m'a données il y a longtemps portent leurs fruits maintenant, car je vais bientôt être la propriétaire d'une demi-douzaine de poules.

Soyez assurée de mon amour indéfectible et de ma tendre affection.

Votre fille

Claire

Elle aurait pu en dire beaucoup plus sur le sujet des annonces, mais elle se retint et enroula la lettre, l'enfila dans le pneumatique et l'envoya. Ensuite elle descendit, ouvrit la trappe, et le système bruyant d'aspiration de la Royal Mail engloutit les deux tubes dans son énorme gueule. Dans le cas de celle pour Gwynn Place, il faudrait plusieurs jours pour qu'elle se fraye un chemin entre les aiguillages manuels jusqu'en Cornouailles, donc elle avait à peu près une semaine à attendre avant de recevoir une réponse.

Elle espérait que celle de M. Arundel serait beaucoup plus rapide.

Ce travail accompli, elle alla sortir le fusil à éclairs de sa cachette sous le siège du landau, et s'assit dans la chaise en osier devant la porte de derrière du cottage. Elle le posa sur ses genoux et le regarda d'un air pensif.

Une des Mopsies jaillit comme une fusée de la porte de derrière. « Vous faites quoi, Milady? »

Comme Lizzie ne lui adressait jamais en premier la parole, ce devait être Maggie. « Je réfléchis. »

« À quoi ? »

« Aux éclairs, aux courants électrikes et autres choses bizarres. »

« Ah. » Maggie n'y voyait rien d'intéressant. « Où est notre Rosie ? »

Claire regarda en haut vers les chevrons du porche branlant. Rosie était perchée sur une poutre noircie, se fondant parfaitement dans les ombres maintenant que le crépuscule s'était installé. Maggie suivit son regard. « Ah. Elle est déjà couchée. J'aimerais bien savoir comment elle arrive à monter là-haut, ça oui. »

« C'est l'endroit le plus en sécurité qu'elle connaisse, et je ne peux pas lui donner tort. Elle pourrait être attaquée si elle était juchée sur le mur, et une outre pourrait venir du fleuve et s'en emparer si elle dormait sur le sol. Au fond, elle s'est servie de ses capacités de déduction et elle a trouvé l'endroit le plus propice, comme l'aurait fait toute Dame pleine de ressources. »

« Je l'ai jamais vue voler. »

« Les poulets vous surprendront. Comment vont vos plans pour construire un poulailler ambulant ? Avez-vous trouvé des fournitures aujourd'hui ? »

Maggie acquiesça. « Ces gens qui travaillent le métal, ils gaspillent beaucoup. On a trouvé des pistons et un jeu de pieds. Un peu abimés mais en état de marche. Les garçons nous ont rejointes près de notre vieux squat sur le fleuve et on a chargé la barque.

« Vous avez trouvé des poules ? »

« Non, mais faut dire qu'on s'est pas approchées des marchés. Demain, Snouts a dit. » Un appel provenant de l'étage supérieur lui coupa son sifflet. « Bon'nuit, milady. »

« Bonne nuit, Maggie. Fais de beaux rêves. »

Avec seulement Rosie comme compagnie, Claire s'assit dans l'obscurité enveloppante et laissa son esprit partir à la dérive. Cette pensée obsédante dans sa tête avait quelque chose à voir avec l'éclair. Le courant électrike était jaune la plupart du temps ; ou vert, parfois, s'il n'y en avait pas beaucoup. Andrew faisait passer du courant intensif à travers son tube de verre, et donc sa couleur jaune était parfaitement cohérente et attendue.

Alors pourquoi... ?

Pourquoi est-ce que la charge de projection du fusil à éclairs était blanche bordée de bleu ?

Quelle était la différence ?

Le courant électrike n'avait jamais fait de mal à personne. Il était réservé exclusivement aux usages domestiques et industriels. Le tube de verre était devenu chaud, mais le courant lui-même n'était pas dangereux.

Alors pourquoi est-ce qu'un coup parti de ce fusil avait été capable de tuer un homme ? Est-ce que c'était des centaines de fois plus fort que le courant ordinaire ? Ou bien était-ce d'un type complètement différent – quelque chose que seul son fabricant connaissait ?

Elle devait montrer ce fusil à Andrew Malvern et lui poser ces questions. Elle avait besoin de savoir ce que signifiait cette différence de couleur et de puissance et chose encore plus importante, comment il avait été fabriqué. La pile dans le fusil ne semblait pas être différente de celles qui alimentaient les articles ménagers comme le balai brosse, qui nettoyait les sols à l'aide de l'énergie cinétique.

Qu'est-ce qui différentiait le fusil de ces appareils ? Qu'est-ce qui le rendait si meurtrier ?

Andrew pourrait –

Non. Elle ne pouvait pas apporter ceci à Andrew. Peut-être qu'il ne savait pas qui était Lightning Luke ni ce qui lui avait valu ce sobriquet, mais il penserait sûrement que les dames bien élevées de noble ascendance ne se promènent pas les armes à la main, surtout quand elles étaient douces et gantées.

Claire serra les dents.

Au diable les scrupules... il fallait qu'elle sache !

Jusqu'à quand allait-elle permettre aux convenances de lui dicter son comportement, alors qu'elles entravaient clairement la voie de la connaissance ?

CHAPITRE 5

igg réussit à contrôler son impatience suffisamment longtemps pour qu'elle saute hors du landau et qu'elle le rejoigne à la porte, mais une fois à l'intérieur, il traversa à grandes enjambées le sol de l'entrepôt. Andrew était déjà arrivé et était en train d'enlever le collier du tube de verre.

« Est-ce que ça a marché, Monsieur? » demanda-t-il pendant que Claire enlevait son pardessus.

« Vous ne devez pas vous attendre à ce que quelque chose marche du premier coup, Tigg, » dit Andrew quand Claire les rejoignit. « Donne-moi un coup de main avec ça, s'il te plaît. »

Ils posèrent ensemble le tube par terre et Andrew y piocha une poignée de charbon.

« Il a l'air pareil que quand on l'a mis dedans, M'sieur. »

Andrew avait l'air abattu. « Tu as tout à fait raison. » Il tapa sur le charbon avec un marteau et le brisa en plusieurs morceaux. « Il n'y a aucune différence. Il n'est ni plus dur ni plus friable. Il... est, tout simplement. » Il soupira. « Hé bien, c'est le propre de la science. Je dois tourner mon esprit vers une approche différente, c'est tout. »

« Et si c'était justement la nature du courant électrike le problème ? » demanda Claire, dans leur dos.

Andrew et Tigg se retournèrent, comme s'ils étaient surpris de la voir là. « Sa nature ? » répéta Andrew.

« Est-ce qu'il n'y aurait pas une autre sorte de courant électrike à appliquer ? Un courant plus... fort, peut-être ? »

« Je crains que la Ville de Londres ne puisse pas fournir un courant plus fort, » dit Andrew. « En effet, en plus du moteur à vapeur qui l'alimente, j'ai plusieurs convertisseurs dans le système de cette chambre qui ne seraient pas, disons... approuvés par notre bon Commissaire aux Travaux publics, parce qu'ils augmentent le courant à un point qui est trop dangereux pour l'usage ordinaire. D'où la chambre de verre. Je ne veux pas que mon laboratoire prenne feu. »

« M. Malvern... » Elle s'arrêta. Elle devait y aller à pas de velours. « Qu'est-ce que cela signifierait si un courant électrike n'était pas jaune ou vert, mais bleu-blanc ? »

Tigg la regarda d'un drôle d'air, mais à sa décharge, ne dit pas un mot.

« Où avez-vous vu cela ? » Andrew fronça les sourcils en la regardant de façon déconcertante. « Même les piles de M. Tesla ne produisent pas de courant bleu-blanc. Elles sont toujours jaunes ».

« Mais qu'est-ce que cela signifierait ? »

« Hé bien, cela proviendrait de la plus forte concentration d'énergie que j'aie jamais vue. »

Suffisamment forte pour tuer un homme d'un simple contact.

« En effet, j'ai lu un article une fois concernant un engin qui pouvait générer un tel courant, mais la conception relevait à la fois du génie et de la fiction. Même si un tel dispositif existait encore, il serait tellement dangereux que personne ne pourrait travailler avec de peut d'être tué. »

« Il a existé autrefois ? »

« Je pense que oui. Quand on veut publier un article, on doit soumettre ses inventions à la Société royale des ingénieurs pour qu'ils les approuvent. »

« Savez-vous qui peut bien avoir écrit l'article ? » Un nom lui donnerait un endroit pour commencer à fouiller son bureau à sa recherche.

Andrew se mit à rire. « Oui, mais ça ne nous servirait pas à grand-chose. Vous m'avez bien entendu dire que c'était un mélange de génie et de fiction ? »

« La partie concernant le génie pourrait nous intéresser. »

« Il n'y a pas de distinction bien nette entre le génie et la folie chez certaines personnes, malheureusement. L'auteur de cet article n'est plus parmi nous. »

Les épaules de Claire s'affaissèrent sous la déception. « Il est mort, alors ? »

« *Elle* est morte... et puis, non, elle n'est pas morte. Elle est dans un asile de fous, au Bedlam. »

« Une scientifique au Bedlam, M'sieur ? Folle ? » Même Tigg avait l'air choqué.

« J'ai bien peur que oui. Elle y a été internée il y a quelques années, quand elle a attaqué Sir George Longmont, l'ingénieur en chef, à une réunion de la Société royale. Je n'étais pas présent – j'étais encore un écolier à l'époque – mais les anciens m'ont dit que la scène avait été horrible. Elle avait été l'une des premières femmes admises dans la Société, vous savez. Quand elle a commis cet acte, ça a fait reculer les Méritos de vingt ans en arrière. »

Claire réprima un frémissement. Si la dame avait été internée au Bethlehem Royal Hospital il y a des années, cela voulait dire qu'elle se trouvait dans le service des Incurables. La plupart des gens étaient soignés puis ils sortaient un an après, ou même moins. Seuls les véritables fous étaient enfermés pour leur propre bien et celui de la société.

Andrew fixait le charbon dans sa main. « Quel gâchis, d'enfermer cet esprit d'exception ! Les appareils électrikes ont tous été détruits, par sécurité. Ou presque tous. Certains manquaient, mais on ne les a jamais retrouvés. J'imagine que ça se saurait si c'était le cas – difficile de ne pas s'apercevoir d'explosions ou d'immeubles détruits par des incendies soudains. »

Les épaules de Claire se couvrirent de chair de poule. « Qu'est-ce qui se passerait si l'on en retrouvait un ? »

Andrew éclata de rire. « La probabilité que quelqu'un sache quoi en faire serait très faible. »

« J'ai connu un homme, une fois, » dit Tigg. « C'est un macchabée maintenant, mais on disait qu'il était allé à l'université avant de tout laisser tomber et de devenir un délinquant ; il savait manier le courant électrike, lui. » Tigg évitait soigneusement de regarder Claire.

« Je n'aimerais pas voir l'un de ces engins tomber aux mains d'un criminel, » dit Andrew lentement. « Heureusement, ils étaient de petite taille. Le Dr Craig – c'était le nom de la scientifique, Rosemary Craig – pouvait en porter un dans sa petite bourse et avoir encore de la place pour des timbres et un portefeuille. »

« Mais si y-avait un gros fusil ? » demanda Tigg. « ç'aurait fait quoi ? »

Andrew contempla sa chambre en verre. « D'après mes souvenirs, même une petite pile pourrait probablement alimenter cette chambre. »

« Pourriez-vous en construire un ? » demanda Claire. « Si vous arriviez à remettre la main sur cet article ? »

Il secoua la tête. « Pas si l'ordre a été donné de les détruire. Une fois que la Société a pris sa décision, elle est définitive. Chaque exemplaire de l'article dans leurs archives a dû être détruit. Je me souviens maintenant que c'est cet ordre justement qui a déclenché l'attaque sur l'ingénieur en chef ; le Dr Craig a tout simplement perdu la tête. »

Claire se demandait si elle n'aurait pas fait la même chose à la place de la malheureuse dame. Imaginez de consacrer votre vie à un magnifique artifice, de le mettre au point et de faire les démonstrations nécessaires – et puis on vous dit que c'est dangereux et que chaque exemplaire doit être détruit. Se jeter sur l'ingénieur en chef semblait une réaction raisonnablement adéquate.

Mais peut-être que tous les exemplaires n'avaient pas été détruits.

Le fusil à éclairs. Avait-il contenu l'un des artifices perdus de Rosemary Craig ? Et si c'était le cas, comment est-ce que Claire pouvait trouver la manière de l'utiliser pour aider Andrew dans ses travaux ?

L'ennui était qu'elle n'en savait pas suffisamment sur le courant électrike. Elle pouvait lui montrer le fusil, mais elle se mettrait alors dans l'inconfortable situation de devoir lui raconter où elle se l'était procuré. Et ça c'était impossible.

Non. Elle devait en apprendre davantage sur Rosemary Craig et sur ce qu'elle avait crée. Mais comment ? et où ?

Claire grimpa à l'étage et commença à travailler sur les piles de traités, formules et mesures sur un des côtés du bureau. Pendant qu'elle triait, elle commença à voir des modèles – dans les documents, les noms, et dans la nature des expériences d'Andrew. Et une petite idée se mit à trotter dans sa tête.

Le Dr Craig avait dû avoir une famille. Et si c'était une famille respectable, personne n'en saurait plus sur eux que leur personnel. Et personne ne connaissait plus de monde parmi les employés des grandes maisons que Mme Morven, l'ancienne cuisinière des Trevelyan à Wilton Crescent.

Maintenant elle travaillait pour Lord James Selwyn à Hanover Square, mais Claire ne se laisserait pas décourager par ça. Lord James n'était pas là, et rien de l'empêchait de rendre visite à une ancienne employée chère à son cœur, n'est-ce pas ?

MME MORVEN OUVRIT la porte si rapidement que Claire pensa qu'elle attendait derrière qu'elle y frappe. « Chère Lady Claire ! » Elle n'avait jamais était très démonstrative, mais elle enveloppa Claire dans ses bras, la pressant sur sa large poitrine et elle déposa des baisers sonores sur ses deux joues.

Claire l'embrassa en retour, remit en place son chapeau, et entra dans la demeure de Lord James. Elle sentait les œillets et la cire pour les meubles. « Je suis ravie de vous voir, Mme Morven. Est-ce que Lord James vous traite bien ? »

Tout en parlant elle prenait note de chaque détail. Le parquet dans le hall d'entrée. Ah, les œillets étaient bien là, dans le petit salon de devant, qui était décoré avec goût de bleu Wedgwood et de vert Nil. Pas le moindre grain de poussière en vue, des murs peints couleur crème au mobilier et aux boiseries. Quiconque entretenait la maison pour lui était une perle. Claire pensa à son logement sens dessus dessous dans le cottage, à sa table tachée à cause des expériences chimiques et à son sol recouvert de boue plus ou moins sèche malgré les balayages.

Tant pis, c'était plein de vie, pas comme ce silence guindé qui parlait de l'absence du maître de maison et de ses amis.

« Oui, milady, il traite très bien son personnel. Toujours aimable, un vrai gentleman. C'est très tranquille je dois dire. Quand même, pas aussi vivant que Wilton Crescent. Mais comment va le petit vicomte, votre frère ? »

« Il va bien, » dit Claire, en espérant que cela corresponde à la vérité. « J'attends une lettre de ma mère, donc j'aurai des nouvelles de lui sous peu, j'en suis sûre. »

« Et Sa Seigneurie ? »

« Elle va bien également. » *Vous n'avez pas vu d'annonce avec mon portrait dessus, n'est-ce pas ?* Non, il valait mieux ne pas demander.

« Venez dans mon salon. » Mme Morven la conduisit dans une petite pièce confortable au sous-sol, en face de son bureau, où le thé avait déjà été préparé. « Quand j'ai eu votre pneu ce matin, j'ai été contente d'avoir fait cuire quelques pâtisseries. J'espère que vous aimez toujours les génoises à l'orange. »

Claire faillit s'évanouir. À part le soufflé au citron de la cuisinière, les petits gâteaux à l'orange glacés au chocolat fondu étaient ses préférés. « Vous avez le don de la télépathie : je crois que j'en ai rêvé la nuit dernière. »

Comblée, Mme Morven servit le thé et lui tendit une tasse. « Et maintenant, Mademoiselle – heu, je veux dire Lady Claire – je dois dire que je suis heureuse de vous voir saine et sauve. Après les émeutes, j'avais quelques doutes sur votre sécurité. Le petit message que vous aviez envoyé n'était pas très rassurant. »

« Je vais très bien, en effet. D'ailleurs hier j'ai déjeuné à Piccadilly, et j'ai rencontré Peony Churchill au restaurant. Elle a fait la même remarque que vous. »

« Gorse aussi a essayé d'avoir de vos nouvelles. Je suis ravie de pouvoir lui dire que je vous ai vue de mes propres yeux et que vous vous portez comme un charme. »

« Transmettez-lui mes amitiés, et dites-lui que j'ai maintenant moi-même un élève de mécanique, qui en saura exactement autant que lui quand il aura grandi. Est-ce que Gorse est... content à Wellesley House ? » Claire espérait que oui. Mais dans sa tête, même les joies d'un landau à quatre pistons roulant dans les allées n'auraient pas compensé le fait de devoir travailler pour la famille de Julia Wellesley. Parler d'*Aristos à l'arrogance insupportable* était un doux euphémisme.

« Il semblerait que oui. Mais son cœur étant en Cornouailles, je pense qu'il n'attache pas trop d'importance à l'endroit où est le reste de son corps. »

Pauvre Gorse. « Je ne comprends toujours pas pourquoi il n'a pas chassé le deuxième valet de pied du Flying Dutchman pour partir avec Silvie, s'il est amoureux d'elle. »

Mme Morven la regarda tendrement. « Ah, les jeunes. Vous pensez que l'amour mérite que l'on renonce à une bonne situation et aux perspectives d'une vie stable. Gorse est

SHELLEY ADINA

suffisamment vieux pour savoir qu'il doit être en mesure d'offrir un foyer à Silvie. Travailler à Wellesley House lui permettra de le faire. Travailler dans la remise à voitures de Gwynn Place, les circonstances de votre mère étant ce qu'elles sont, ne lui suffirait pas. »

« Je sais. » Claire soupira. « Vous avez tout à fait raison. J'espère qu'il se mariera en tous cas.» Si sa mère acceptait de laisser partir Silvie, car une femme de chambre française pouvant déceler les tendances de la mode venant de Paris et les reproduire avec les matériaux disponibles, ne courait pas les rues.

« Alors Mademoiselle, maintenant que je sais que vous allez bien et que vous savez que nous allons bien, vous pouvez peut-être me dire ce que signifiait cette ligne mystérieuse dans votre message ? Vous vouliez 'fouiller dans mes souvenirs', disiez-vous à peu près. »

« C'est vrai. » Claire plaça sa tasse de thé sur la soucoupe, remarquant que ce n'était autre que le troisième service par ordre d'importance de Wilton Crescent. Au moins, quelques-unes de leurs choses avaient survécu aux émeutes. « J'aimerais savoir si vous savez quelque chose au sujet de la famille Craig – notamment, la famille de la scientifique nommée Rosemary Craig, qui devrait être, à ce qu'on m'a dit, une des malheureuses internées à Bedlam. »

Mme Morven prit une longue gorgée de thé et se balança légèrement sur sa chaise. « Une triste histoire, pour sûr. »

« J'en ai un peu entendu parler. Connaissez-vous la famille ? »

« Je les connaissais autrefois. Ma cousine était fiancée à leur majordome, à l'époque où ils pouvaient s'en permettre un. »

« Et maintenant ? » Claire l'encouragea à continuer, en espérant que ça ne s'arrêterait pas là.

« Eh bien, à la fin ils se sont mariés, mais seulement quand il a pu retrouver une situation. Après que Mademoiselle Craig ait été internée, la famille ne se montra plus en société. Ils avaient honte aussi. Apparemment il y avait une sœur qui allait faire ses débuts en société, et quand cela ne s'est pas fait, elle aussi a un peu perdu la boule. »

« Je ne comprends pas comment on peut devenir folle parce qu'on a raté ses débuts. »

« Excusez-moi, Mademoiselle, mais vous êtes un peu différente de la plupart des jeunes filles en ville. Vous savez aussi bien que moi que certaines se préparent dès la naissance pour leur Saison. »

C'était bien vrai. Si Julia Wellesley avait mis la moitié de l'énergie qu'elle avait utilisée pour améliorer son aspect, à améliorer son cerveau, elle aurait pu obtenir le respect de la part d'un homme au lieu de susciter son admiration. « Peut-être cela cachait-il autre chose. Est-ce que la famille est toujours en ville ? »

« Oh, oui. La dernière fois que j'ai parlé avec ma cousine, ils avaient pris une maison à Chelsea. Ils sont un peu plus 'bohémiens' là-bas ».

La folie dans la famille étant un avantage social dans ce quartier, était le sous-entendu qui coulait de source pour Claire. Mme Morven préférerait mourir plutôt que d'accepter un emploi en-dehors des grilles noires en fer forgé de Belgravia ou Kensington.

Des bruits de sabot et le son de roues freinant sur le pas de la porte les firent relever la tête. « Doux Jésus, » dit Mme Morven. « J'espère que ce n'est pas Sa Seigneurie. Nous ne l'attendions pas avant jeudi. Le majordome a pris son jour libre. »

Des bruits de pas dans le hall au-dessus firent comprendre à Claire que la femme de chambre était allée ouvrir. « Si c'est Sa Seigneurie je ne vais pas rester. Je vais juste sortir en vitesse et – »

« Oh non, Mademoiselle ! Il serait terriblement vexé si vous partiez sans le saluer comme il convient. Il parle de vous tout le temps, je vous assure. »

Ben voyons. « Vraiment, je ne peux pas ; je suis sûre qu'il est fatigué et qu'il a envie de – »

Une voix profonde et cultivée se mélangea aux notes aigües de la femme de chambre dans l'entrée au-dessus d'elles. Et avant que Claire ait pu récupérer son chapeau et son réticule et s'enfuir, la jeune fille avait passé la tête dans l'entrebâillement de la porte.

« Excusez-moi Lady Claire, Sa Seigneurie dit qu'il est ravi de votre présence et voudrait vous rencontrer dans la bibliothèque. Mme Morven, il demande quelques rafraîchissements. »

« Un rafraîchissement pour gentleman, ou du genre qui convient à ma jeune dame, ici ? »

La jeune fille hésita, son regard allant de Claire à la femme plus âgée. « Il ne l'a pas dit, Madame. »

« J'enverrai les deux alors. Millie, montre à Lady Claire où est la bibliothèque. Quand vous reviendrez, j'aurai un plateau prêt. »

Oh, mon Dieu, c'était vraiment insupportable ! Claire gravit les marches de l'escalier comme elle était sûre qu'avait fait Mary, reine d'Écosse, en allant sur l'échafaud à Fotheringhay. Elle aurait dû s'enfuir tant qu'elle le pouvait. Elle n'aurait pas dû venir du tout, en fait. Pourquoi n'avait-elle pas simplement envoyé un mot et posé quelques questions par correspondance ? Où diable avait-elle eu la tête ?

« Lady Claire Trevelyan, Votre Seigneurie, » annonça de sa petite voix la femme de chambre, comme un violon joué d'une main inexperte, et Claire fit quelques pas vers l'homme qu'elle méprisait le plus sur terre.

CHAPITRE 6

Il s'arracha à sa contemplation du vase de fleurs en papier qui ornait le foyer de la cheminée, éteint l'été. Deux semaines n'étaient même pas passées depuis qu'il avait essayé de la faire chanter, et la force des émotions sous la poitrine de Claire n'avait pas eu le temps de diminuer.

Elle ignorait complètement ce qu'il pouvait penser. Il était debout, en vêtements de voyage encore, et il la regardait comme si elle était venue faire une levée de fonds pour une œuvre de charité. Eh bien, quel qu'ait été son comportement, sa famille remontait au quatorzième siècle, et elle n'allait pas faire mentir sa bonne éducation en faisant allusion aux défauts de son caractère.

Peut-être n'avait-il qu'une pairie à vie. Il faut faire des concessions.

« Lord James, » dit-elle poliment, quand il fut clair que, bien que l'ayant invitée il n'avait pas l'air de vouloir parler. « J'imagine que vous avez fait bon voyage ? »

« Tout à fait, » dit-il, l'air un peu absent.

« Je suis heureuse de l'entendre. Je me suis laissé dire que vous rencontriez des responsables de chemins de fer. »

« En effet. » Son regard se concentra davantage sur elle. « Vous avez dû parler avec Andrew. »

« C'est mon employeur, » dit-elle d'un ton ferme. « Nous parlons très fréquemment, puisque je suis dans son bureau quatre heures par jour, au bas mot. »

On entendit taper à la porte et Millie entra portant un plateau. Elle posa la théière et les tasses – de Limoges, pas de services de troisième choix ici – de la génoise à l'orange de nouveau, et une carafe d'eau de vie.

Quand la porte se referma derrière elle, il dit, « Voulez-vous un peu de thé ? »

« Non, merci. J'ai rendu visite à Mme Morven et nous – »

« Alors, j'espère que vous ne verrez pas d'objection à ce que je prenne un verre. »

C'était bien un pair à vie.

« Je suis sûre que vous êtes fatigué après votre longue absence. Je ne vais pas vous déranger. » Elle se tournait déjà vers la porte, quand le bruit d'un verre posé bruyamment sur la table la fit sursauter et se retourner. Par réflexe, elle mit la main sur son épaule pensant y trouver le fusil à éclairs, et quand elle réalisa ce qu'elle était en train de faire, elle fit semblant de saisir son épingle à cheveu.

« Lady Claire. » Il versa brusquement du whisky dans son verre malmené, mais ne le prit pas à la main. « Je constate que malgré ma demande expresse, vous avez accepté l'embauche de la part de mon associé. Il m'a envoyé un pneu il y a deux jours m'apprenant que vous aviez commencé à travailler. Je veux savoir pourquoi. »

Parce que la Dame aux artifices ne cède pas aux chantages.

« Quand nous nous sommes parlé la dernière fois, je vous ai dit que je l'aurais fait. Je dois avoir un toit, Monsieur. Vous le savez pertinemment. »

« Vous avez un toit convenable à Carrick House. »

« La maison est en vente, et après les émeutes elle est

inhabitable. À part les toits, j'ai du mal à comprendre pourquoi le fait que je travaille pour votre associé vous gêne à ce point. »

« Vous savez pourquoi. »

La tentation de lui jeter la carafe à la figure lui traversa l'esprit, mais elle la maîtrisa. « Absolument pas. Éclairez donc ma lanterne. »

Ses doigts se refermèrent si fort autour du verre que le liquide vibra. « Pour moi, il est inconcevable qu'une femme que j'avais espéré courtiser, travaille pour moi. Voilà. Ça vous suffit ? »

Il avait dit une chose de ce genre lors de l'entretien désastreux. « Pour moi, il est inconcevable que vous entreteniez un tel espoir, Monsieur. Je n'étais au courant de rien. Et même si je l'avais su, cela ne m'aurait pas arrêté. Je veux travailler pour votre associé ; j'ai besoin d'apprendre de lui. »

« Et de le charmer pour qu'il vous livre ses secrets ? »

Elle fixa la carafe. Un cristal lourd. Un bon kilo.

« Je n'aurai pas besoin de me servir de mes charmes, même si j'étais assez stupide pour m'abaisser à le faire. Je range des milliers de papiers, et je suis parfaitement capable de lire ce qui m'intéresse. Est-ce qu'il y a quelque chose que vous ne voulez pas que je voie ? »

« Andrew fait un travail remarquable. Tous les traités qu'il a écrits pourraient être vendus. »

« Et vous me croyez capable de le faire ? »

Il inspira profondément, comme s'il allait répondre, puis il expira. « Je ne sais absolument pas de quoi vous êtes capable. »

Là nous sommes d'accord.

« Je dois avoir votre parole, Lady Claire, que rien de ce que vous apprendrez dans notre laboratoire n'en sortira. Rien, vous comprenez ? »

Elle lui jeta un regard glacial. Snouts McTavish aurait couru à l'autre bout du jardin s'il avait vu ce regard, sachant qu'un éclair allait fuser.

« Vous m'insultez, Monsieur, en insistant pour que je vous

fasse cette promesse. Bien sûr que je ne parlerai pas de ce que j'apprends au laboratoire. Tigg non plus d'ailleurs, ni – » Elle allait dire les Mopsies mais se retint à temps. « – aucun des enfants. »

« Ces enfants ne sont pas censés venir dans ma propriété ! »

« M. Malvern a déjà donné sa permission. »

« Eh bien, je l'annule. »

« Pourquoi ? »

Il la regarda fixement. « Pourquoi ? Parce que les enfants n'ont rien à y faire, voilà pourquoi. Ils peuvent se faire mal, ou détruire des choses, ou – »

« Tigg est déjà en train de travailler comme assistant de M. Malvern, et il le fait très bien d'ailleurs. Êtes-vous en train de me dire que vous avez l'intention de le priver d'une façon de progresser ? Comment peut-on être aussi méchant ? »

Il ne savait plus quoi dire à présent. Elle profita d'un moment de silence, bienvenu.

« Si j'avais eu quelques sentiments pour vous autrefois, Milord, cet entretien y aurait mis un terme. Un homme de votre rang devrait être capable d'altruisme à l'égard des moins chanceux que lui, surtout si cela ne lui coûte rien. Si Andrew a la volonté de le former, comment pouvez-vous lui dire qu'il ne peut pas apprendre ? »

« Vous êtes une... Mérito, » lâcha-t-il.

Elle sourit. « Vous avez le sens de l'observation, Monsieur. Mais vous n'avez pas répondu à ma question. »

Elle s'était permis de le critiquer. Il devint tout rouge et heureusement que le verre était solide, sinon il aurait été réduit en mille morceaux depuis longtemps, vu la façon dont il le serrait.

« Votre père aurait honte de vous. »

« Mon père est mort, et j'ai de bonnes raisons d'avoir honte de lui. »

« C'est la première fois que j'ai le malheur de rencontrer une jeune femme manquant autant de tenue. »

« J'attend toujours votre réponse, milord. »

« Vous ne me tiendrez pas en otage avec vos questions infernales. »

« Mais vous êtes libre de me faire du chantage en toute impunité ? »

Il voyait rouge à présent. Il trépignait presque sur le tapis persan. Il la toisait d'au moins trente centimètres, et aurait probablement pu la casser en deux s'il avait porté la main sur elle, mais elle ne recula pas d'un pouce. Un an auparavant, elle aurait fondu en larmes rien qu'en le voyant, et serait allée se réfugier dans sa chambre.

La Dame aux artifices ne fuyait devant personne.

Il contrôla son humeur en serrant les dents et en respirant profondément. « Je vais écrire à votre mère. »

Elle pouvait résister à Lightning Luke Jackson. Elle pouvait affronter The Cudgel sans crainte. Mais ça... ça ! Ça, c'était trop.

« Pourquoi devriez-vous faire cela ? » dit-elle les lèvres pincées.

« Pour annuler la lettre que je lui ai envoyée il y a trois semaines. »

Il y a trois semaines ? Avant qu'il ait essayé de la forcer à refuser l'offre d'embauche d'Andrew ? « Quelle lettre ? »

« Celle dans laquelle je lui faisais part de mes intentions à votre égard, qu'elles étaient honnêtes et je lui demandais l'autorisation de vous faire la cour. Je n'ai assurément aucune envie de le faire maintenant, et vous avez abondamment montré que ce sentiment est réciproque. »

C'était à son tour maintenant de le fixer, bouche bée. Elle devait avoir l'air de sortir elle aussi de Bedlam. « Vous – vous avez fait *quoi* ? »

« Vous ne m'avez pas cru, n'est-ce pas, quand j'ai interrompu votre entretien avec Andrew ? Je vous assure que quand j'ai écrit cette lettre j'étais sincère. Malgré le fait que vous n'ayez plus de dot, et que vous n'êtes certainement pas le bon parti que vous étiez au mois de juin, j'étais toujours prêt à faire une offre honorable. Et Dieu sait que vous auriez besoin qu'on vous tienne la bride haute. »

Elle ignora ces remarques insultantes, toute occupée à calculer la vitesse du courrier par pneumatique. Sa mère avait envoyé une lettre disant qu'elle la traînerait physiquement en Cornouailles, si elle ne venait pas de son propre chef. La lettre de Lord James l'avait probablement croisée. Pas étonnant qu'elle n'ait plus eu de ses nouvelles. Lady St. Ives était probablement en train de remercier le Ciel et de préparer le mariage.

Lord James voulait la courtiser. L'épouser. Lord James Selwyn.

Cela dépassait son entendement.

« Mais – mais pourquoi ? » S'il avait été un théorème de Fermat vivant, elle n'aurait pas pu être plus perplexe.

« Pourquoi voudrais-je vous faire la cour et envisager ma vie en votre compagnie ? Je suis d'accord, c'est vraiment incroyable. »

« Raison de plus pour que j'en sache davantage. »

Il posa délicatement son verre sur la cheminée, et étudia les fleurs en papier, comme si elles venaient tout juste d'être livrées en provenance des Antipodes. « Parce que vous avez presque gagné du premier coup au Cowboy Poker. Parce que peu importe comment ces baudruches vous traitent, vous conservez vos bonnes manières. Parce que, Lady Claire, vous avez du cran. »

« Vous ne sembliez pas avoir apprécié mon cran, il y a quelques minutes. »

« J'ai mon caractère. Pour le meilleur et pour le pire, parfois. »

Un gentleman de bonne famille sait contrôler ses émotions. Claire ne releva pas. « Baudruches ? »

« Ces filles. Julia et Catherine, et cette tête de linotte d'Astor. »

« Vous êtes très désobligeant, Monsieur. » Des baudruches.

Grosses à l'extérieur, mais absolument vides à l'intérieur. Elle se mordit la lèvre pour ne pas rire bêtement.

« Ça tombe à plat apparemment, » dit-il en soupirant, puis il jeta un coup d'œil vers elle. « On dirait que ça n'a pas eu vraiment d'effets sur vous. »

J'ai tué un homme, même si je ne l'ai pas fait exprès. Des remarques désobligeantes n'ont plus l'effet qu'elles avaient avant.

« Êtes-vous un pair à vie, Monsieur ? »

Il la regarda, un peu surpris. « Non. Les Selwyn possèdent des terres et le titre dans le Derbyshire depuis 1625. Pourquoi ? »

Elle secoua la tête. « Pour rien. Je dois vous remercier de vos bonnes intentions, Lord James, c'est le strict minimum. Envoyez votre lettre si vous le devez vraiment. »

« Je pense que je dois le faire. À moins que vous ne vouliez que nous – je veux dire, si vous vouliez que je – bref, ce que je veux dire c'est – »

Il balbutiait et pataugeait, son visage rougissant à mesure qu'il réalisait qu'il s'exposait à sa langue acérée – et à la piètre opinion qu'elle avait déjà de lui.

Plusieurs idées lui traversèrent l'esprit avec une force foudroyante.

Malgré ses dénégations craintives, peut-être voulait-il quand même poursuivre son dessein, après tout.

Si le bruit courait qu'il lui faisait la cour, elle serait à l'abri des commérages.

Elle pourrait continuer ses activités le soir, et personne ne ferait le lien entre la Dame tristement célèbre et la promise de Lord James Selwyn.

Il n'était pas amoureux d'elle. Donc quand elle devrait inévitablement rompre, il ne souffrirait pas.

Et cela en boucherait un tel coin à Julia et Catherine et leur clique, qu'elles ne s'en remettraient jamais. Elle serait la première de sa classe du lycée à se fiancer. Elle, celle qui n'avaient pas de prétendants – qui, en fait, connaissait plus la disgrâce sociale que les grâces sociétales – serait la première à être choisie.

Elle retomba sur terre, après cette vision étincelante d'un futur radieux, pour réaliser qu'il était en train de la fixer, tout en récupérant sa couleur habituelle. Il se préparait probablement à essuyer un refus bien appuyé.

« Il faut que je puisse continuer mon travail dans votre laboratoire, » s'entendit-elle dire.

Il lui fallut un moment pour réaliser ce qu'elle entendait par là. « Je vois que je n'ai pas le pouvoir de vous arrêter, à moins de clouer une planche en bois sur la porte avec un marteau. »

« Je suis responsable des enfants. »

« La curiosité me pousserait à vous poser des questions sur eux, mais je vais garder cela pour une autre fois. »

« Vous ne me rendrez pas visite à la maison. »

« Ce serait très déplacé. »

« Je vais poser ma candidature pour entrer à l'Université de Londres, pour commencer les cours à l'automne. »

« Claire… »

« Je suis inflexible sur ce point. »

« C'est une condition sine qua non ? »

« Effectivement. »

« Il va y avoir de longues fiançailles alors. »

« Quatre ans. Trois, si je suis des cours de perfectionnement et que j'étudie pendant l'été. »

Il ne baissa pas le regard. « Je trouve que c'est un drôle de revirement : je voulais faire tout mon possible pour vous faire sortir de cette maison. »

« Cela n'aurait pas été digne de vous, Monsieur. »

« Appelez-moi James. Si nous devons nous fiancer, vous devez m'appeler par mon prénom. »

Elle ne pensait pas pouvoir forcer sa langue à prononcer le mot. En lieu de quoi, elle tira sur ses gants et tendit la main. « Je dois prendre congé. Merci pour le… heu, thé. »

« Je ne vais pas écrire en Cornouailles, alors. » On aurait dit qu'il voulait une confirmation du fait que ce qu'ils venaient de faire était ce qu'il pensait qu'ils auraient fait.

« Seulement pour donner à ma mère... la bonne nouvelle. Ou plutôt non, peut-être devrais-je le faire moi-même. »

« Si vous voulez. Eh bien... au revoir, alors. Pour l'instant. »

« Au revoir, Lord James. »

Ce n'est que quand elle fut assise dans la rame de métro qu'elle fut frappée par les conséquences de ce qu'elle avait fait.

Une dame âgée assise en face d'elle eut la gentillesse de lui prêter un mouchoir pour essuyer ses larmes.

CHAPITRE 7

*E*lle avait dû perdre la tête.

Elle allait écrire à Lord James dès son retour à la maison ce soir et annuler tout cela. Ensuite elle écrirait à sa mère et lui raconterait qu'elle avait tout annulé. Puis Lady St. Ives sauterait sur le train suivant pour Londres. Oh mon Dieu!

Claire pencha la tête pour la poser sur la vitre de la rame et ferma les yeux, désespérée, ce qui fit qu'elle faillit rater son arrêt de métro.

En remontant en surface, après le tunnel, dans la lumière vive de l'après-midi finissant, elle attendit que ses yeux s'accoutumassent. Si elle rentrait au cottage maintenant, elle devrait faire le voyage jusqu'à Chelsea un autre jour. Naturellement, le fait de chercher le Dr Rosemary Craig passait au second plan, par rapport à ce que Claire venait de faire concernant sa vie privée. D'un autre côté, avoir une tâche concrète à accomplir pouvait servir de distraction, lui donnant un peu de recul jusqu'à ce qu'elle s'éclaircisse les idées.

Un bref arrêt au commutateur local de la Royal Mail lui fournit l'emplacement de la maison des Craig, qui se révéla être un appartement au troisième étage d'un immeuble serré entre deux plus prospères. Alors les Craig ne sortaient pas en société? Claire se demandait s'ils arrivaient même à sortir de chez eux.

C'est seulement quand elle fut devant la porte qu'elle se souvint qu'elle aurait d'abord dû envoyer une carte, pour s'assurer que les habitants étaient bien à la maison et aptes à recevoir de la visite. Toutefois, en l'absence de quelqu'un *à* qui elle aurait pu faire monter une carte, elle devait s'en tirer par ses propres moyens.

Dès qu'elle eut frappé à la porte, celle-ci s'ouvrit largement et elle se retrouva face à face avec une femme d'une trentaine d'années, portant un ensemble sévère gris du style élaboré et engoncé de la décennie précédente.

« Bonjour, » dit Claire de la façon la plus mondaine possible. « Je suis Lady Claire Trevelyan, et je vous prie de m'excuser tout d'abord de ne pas vous avoir avertis de ma visite. Ai-je le plaisir de m'adresser à Mademoiselle Craig ? »

La femme trembla légèrement au niveau des genoux, comme si elle ne savait pas bien si elle devait faire une révérence. Claire tendit la main et serra la sienne pour la mettre à son aise. Enfin, cette dernière dit, « Je m'appelle Dorothy Craig. Mais entrez, je vous en prie. »

Le mobilier était si brillant de cire que l'on pouvait presque passer outre l'état défraîchi des coussins. Le sol brillait tout autant, et le seul tapis en vue était un vrai persan. Des daguerréotypes dans des cadres en argent étaient disposés sur une console et Claire se demanda si le portrait de Rosemary Craig figurait parmi eux.

« Aimeriez-vous une tasse de thé ? » demanda Dorothy.

« Je vous remercie, mais non, je ne veux pas abuser de votre gentillesse. Je suis simplement venue pour vous demander des informations sur une femme qui devrait être votre sœur. Le Docteur Rosemary Craig. »

« En entendant le mot 'sœur', l'expression d'intérêt poli mais perplexe se changea en choc. Malgré l'impression, qui lui tordit les entrailles, qu'elle venait de faire une gaffe, Claire s'empressa d'ajouter : « Je m'intéresse de près au travail de votre sœur pour un article que je suis en train d'écrire, et – ». Pas de réaction. « Mademoiselle Craig ? »

« Je suis navrée de vous décevoir, Lady Claire, mais il se trouve que j'ai une migraine épouvantable. Ne m'en veuillez pas si je vous raccompagne à la porte. »

Bizarre. Elle ne semblait avoir aucun des symptômes que montrait sa mère pendant ses crises de migraine – pâleur, phobie du bruit, incapacité de supporter la lumière.

« Je suis désolée d'être la cause de votre mal à la tête, » dit-elle doucement. « Je vais m'en aller, mais j'espère que vous pourrez répondre à une question. Est-ce que votre sœur a laissé des documents ou des informations que je pourrais consulter pour ma recherche ? »

« Si c'était le cas, ils auraient été brûlés il y a longtemps, » dit Dorothy, la gorge serrée. « Avant qu'elle ne soit mise à l'écart. »

« À Bedlam. »

« Tous ceux qui portent un titre semblent être au courant, n'est-ce pas – de la disgrâce de ma famille ? » dit-elle d'un ton amer.

« Pas du tout. C'est quelqu'un de la Société royale des ingénieurs qui me l'a dit. Je veux dire – pas la disgrâce, qui n'est sûrement pas vraie, mais les circonstances de la mésaventure de votre sœur. »

« Qui conduisirent à notre disgrâce. Mon père n'était qu'un avocat, mais qui engagerait un homme censé être de confiance alors qu'une veine de folie compromet sa famille ? »

Claire vit qu'il y avait des portes fermées dans un minuscule couloir à sa droite. « Est-ce que vos parents vont bien ? »

« Ma mère est morte il y a deux ans. Je sers d'infirmière à mon père. Comme vous voyez – » Sa voix tremblait, mais Claire n'aurait pas su dire si c'était de chagrin ou de rage. « – notre famille ne s'en est jamais remise. »

La propre famille de Claire ne s'était pas relevée de sa disgrâce non plus, mais on ne pouvait pas simplement baisser les bras et abandonner. « Est-ce que vous voyez votre sœur ? » demanda-t-elle doucement, s'attendant à être poussée dehors d'un moment à l'autre.

« Oh oui ! Une fois par mois, aussi fidèle que possible. Pour ce que ça sert... »

« Est-ce qu'elle vous reconnaît ? »

« Bien sûr ; c'est même ça le problème. Elle nous reproche de l'avoir internée, vous savez. Dans sa tête dérangée, elle pense qu'elle est parfaitement saine d'esprit et que c'est nous qui sommes fous. » Elle se retourna et prit l'une des photographies. « Je ne sais pas pourquoi mon père garde ça. » Elle la tendit à Claire.

Une jeune femme aux cheveux foncés avec un chignon haut sur la tête, portant une robe corsetée se tenait contre une colonne grecque. Une main était posée sur le socle, alors que l'autre tenait à la main ce qui semblait être une clé. La clé de la connaissance, pouvait-on supposer. Elle avait l'air farouche, des yeux foncés et intenses, comme si elle mettait au défi le photographe de continuer : elle avait du travail à faire. C'était le visage d'une femme qui attaquerait un homme qui se mettrait en travers de son chemin.

« Merci de me l'avoir montrée. » Elle la lui rendit. « Donc on peut lui rendre visite ? »

« Seulement la famille. Qui d'autre d'ailleurs voudrait voir à quoi son cerveau l'a réduite ? Elle, et nous autres par la même occasion. »

Toute la compassion que Claire aurait pu éprouver s'évanouit rapidement. Cette femme n'était pas handicapée, et ne manquait pas non plus d'intelligence. Elle aurait pu elle-même tracer sa route, s'il n'avait pas été plus confortable de blâmer quelqu'un d'autre pour son propre malheur.

« Merci de m'avoir consacré un peu de votre temps. » Claire lui tendit de nouveau la main. « Au revoir. »

Elle regagna l'Embankment le plus vite possible, heureuse de fuir cette maison étriquée. Alors le Dr Rosemary Craig pouvait recevoir sa famille, n'est-ce pas ? Eh bien, il était clair qu'elle n'obtiendrait pas d'informations de sources extérieures. Peut-être que la pauvre femme à Bedlam apprécierait une visite de la part de sa cousine très éloignée du Shropshire.

~

Courrier express
À livrer immédiatement

Ma chère Claire,

Je reçois à l'instant ton pneumatique. Nous ne discuterons pas de l'annonce je l'ai faite car j'étais désespérée. Je veux parler de sujets plus réjouissants.

Comme tu peux l'imaginer, depuis que j'ai reçu la lettre de Lord James, il y a deux semaines, je suis toute en émoi. Je me suis retenue d'acheter un billet de train et de venir en ville immédiatement. Maintenant je comprends pourquoi tu étais aussi réticente pour me rejoindre ici à Gwynn Place.

Quelle petite cachottière! Tu me parlais toujours de tes œuvres de bienfaisance alors que tu ne faisais que flirter avec Lord James... mais je dois rendre hommage à ton goût, malgré ton inexpérience.

Laisse-moi te donner un conseil, ma chérie : n'accepte des invitations que d'un cercle très restreint de personnes. Du fait de notre situation, tu n'as pas pu être présentée à Sa Majesté, ce qui signifie que tu dois commencer ta Saison en respectant les bonnes manières. Tu peux fréquenter le théâtre en compagnie de Lord James, ainsi que de petits diners, mais résiste à la tentation d'être vue à des bals, à part ceux que j'aurais pu fréquenter avec ton cher père. La Comtesse Selkirk, la Duchesse de Wellesley, Lady Mount-Batting... voilà les meilleures hôtesses et ce sont les seules invitations que tu devrais accepter.

Je vais mettre l'annonce de vos fiançailles dans le Times cette semaine. Je vais aussi écrire à Maître Arundel, pour voir s'il y a la moindre possibilité de t'accorder une somme d'argent. Lord James a été très généreux j'ai lu entre les lignes et il est prêt à vous prendre avec seulement ton manteau sur le dos ah, l'amour des jeunes! Mais il doit bien y avoir quelque chose, quelque part, dans les comptes. Comment pourrons-nous faire sinon, pour faire faire une robe de mariée?

Nicholas t'embrasse, et Poulgarth, le gardien des poules, me prie de t'informer que chaque oiseau doit avoir quarante-six centimètres pour se percher dans le poulailler. Je ne sais pas ce que cela signifie exactement, mais je te transmets fidèlement l'information.

Je vais m'arrêter là. Écris-moi le plus vite possible et dis-moi quels sont tes projets. Je dois avoir une date de mariage pour mettre dans l'annonce. Et fais en sorte que Lord James te conduise ici nous voir d'ici la fin du mois. Je veux le connaître un peu mieux.

Ta mère toujours aimante

CLAIRE ENROULA le papier qui sentait la lavande et le lança dans le feu qui brûlait allègrement dans la cheminée du cottage. Willie tourna vers elle de grands yeux et il grimpa en s'accrochant à l'accoudoir du canapé branlant, sur ses genoux.

« Vous ne devriez pas gâcher du bon papier, milady, » l'informa Lizzie. « Même Willie le sait, ça. »

« C'était une lettre de ma mère, et je ne voulais pas que quelqu'un voie son contenu. »

« On n'aurait pas regardé. J'aurais pu faire un autre dessin de notre poulailler ambulant, sur le verso. Pis ça sentait bon. »

« Peut-être que Granny Protheroe vous apprendra à faire de l'eau de lavande, comme ça vous aurez la vôtre. »

Lizzie se rendit et marmonna quelque chose que Claire préféra ne pas entendre.

En berçant Willie, qui en mangeant des repas normaux était

en train d'exploser dans ses vêtements, elle éleva la voix et s'adressa aux chimistes à la table, aux fillettes devant la cheminée et aux joueurs de poker, qui n'étaient pas encore partis pour la soirée. « Est-ce que l'un d'entre vous est déjà allé à Bedlam ? »

La pièce était animée jusque là, tout le monde bavardait, mais tout à coup le silence s'installa. « Bedlam, milady ? » demanda Lewis. « En tant que visiteur ou malade ? »

« Comme visiteur, jeune sot. Je voudrais rendre visite à une des patientes là-bas et j'aimerais savoir comment c'est avant d'y aller. »

Jake et l'un des chimistes se regardèrent. « Ma mémé a dit une fois qu'avant ils vendaient des billets aux gens qui voulaient aller voir les fous. »

« Oui, hé bien, ça ne se fait plus à notre époque, » dit Claire sèchement.

Jake n'avait pas fini. « J'y ai été une fois. Et j'suis pas prêt d'y retourner. C'était l'enfer, là-bas. »

« Mais encore, Jake ? » Elle ne voulait pas demander qui il allait voir, au cas où le sujet serait sensible.

« Y'avait des gens qui faisaient les cent pas dans les couloirs, certains habillés d'autres en chemise de nuit, d'autres sans rien sur le dos. Ça criait, ça demandait de l'aide... l'horreur ! »

Claire déglutit. « Tigg et moi avons appris que la scientifique qui a inventé l'artifice qui alimente le fusil à éclairs est à Bedlam. Je voudrais lui en parler. »

Jale secoua la tête. « Vous ferez comme vous voulez, bien sûr, mais à votre place je le ferais pas. Aucun artifice ne m'y ferait retourner. »

« J'irai avec vous, » dit Tigg tranquillement, émergeant de l'obscurité du couloir, hors de portée des lampes et de la lueur du feu.

« Pas sans moi, » dit Snouts, son nez projetant une ombre de vautour sur le mur derrière lui. « Mopsies ? Prêtes pour une mission ? »

Assises sur le tapis devant la cheminée, les filles échangèrent un regard, puis se tournèrent vers Claire. Elles secouèrent la tête d'un seul mouvement. « Pas nous, milady, » dit Maggie. « Ces fous me fichent la frousse. »

Claire approuva d'un signe de tête. « Très bien. Snouts et Tigg m'accompagneront. Le nom de la scientifique est Docteur Rosemary Craig, par conséquent je serai sa cousine, Lady Claire Craig, du Shropshire. Snouts et Tigg seront mon secrétaire et son assistant. Peut-être devrais-tu mettre la main sur une paire de lunettes, Snouts, pour compléter le tableau. »

« J'crois qu'j'en ai une, milady. J'les ai gagnées au poker ya quelque temps. Elles ont de jolies montures en or. »

« Parfait. Nous irons demain. »

Tigg et Snouts opinèrent du chef, puis disparurent dans le noir. C'était eux qui avaient le premier tour de garde ce soir. Le corps de Willie s'était détendu sur ses genoux et quand elle le regarda, elle vit qu'il s'était endormi.

Elle le monta à l'étage, et par conséquent ne vit pas les Mopsies prendre le tisonnier et repêcher ce qui restait de la lettre de sa mère en la passant hors de la grille.

CHAPITRE 8

*L*e son de la porte de l'entrepôt se refermant à l'étage du bas tira Andrew de sa concentration intense sur un article récent sur la montée en puissance du courant électrike à usage industriel. Il n'avait pas entendu arriver le landau, ni le froufrou des jupes dans l'escalier. De toutes les façons, Claire ne venait pas si tard dans la nuit.

Ça ne pouvait être que – « Bonsoir James. »

James Selwyn gravit les dernières marches sous la lumière de la lampe et il sourit. « Toujours au travail comme je vois. Je pensais que tu y serais. » Son regard se posa sur le bureau, le sol, un placard.

« Il y a quelque chose de différent ici. »

« Tu vois les résultats initiaux de l'influence de Claire. »

Andrew tendit la main pour indiquer le dessus de son bureau. « J'ose à peine laisser un bout de papier pour ne pas me faire sermonner le lendemain matin. »

« Tu es son employeur, » dit James sèchement. Il alla vers la table près de la fenêtre et se servit un doigt de Scotch. « Tu pourrais lui dire de te dispenser du sermon. »

« Ah, mais dans ce cas je serais privé du plaisir de l'entendre. Comment cela s'est-il passé à la Midlands ? »

James prit une bonne gorgée avant de parler, et fit une grimace quand la liqueur descendit le long de son gosier. « Pas si bien que ça, malheureusement. Ils voient le potentiel de ce que nous faisons – en fait ils sont enthousiastes là-dessus ; mais ils ne veulent pas s'engager à acheter l'un de nos engins sans l'avoir vu en action. »

Il avait dit à James que c'était prématuré, mais James l'avait-il jamais écouté quant à sa vision de leur partenariat ? « Tu ne peux pas les blâmer. Nous ferions la même chose toi et moi. »

« Peut-être ; mais nous avons besoin d'un groupe puissant pour nous épauler et nous donner une certaine légitimité. Les gens des chemins de fer sont connus pour se montrer toujours unis, bien qu'ils ne perdent en rien de leur compétitivité. Si nous en convainquons un, nous aurons tous les autres. »

« Je t'ai dit que c'était trop tôt. Nous devons avoir un prototype opérationnel avant de contacter qui que ce soit. »

James haussa simplement les épaules. « Comment marchent les expériences ? Ça s'améliore ? »

Andrew secoua la tête en signe de dénégation. « J'ai abandonné les essais qui consistaient à imprégner le charbon de gaz et je m'intéresse maintenant au courant électrike augmenté. D'où quelques petites recherches. « Il indiqua l'article. « Claire semble penser que – »

« Claire ? Qu'est-ce qu'elle a à voir avec ça ? »

Andrew souleva un sourcil. James était trop bien élevé pour couper la parole... habituellement. Mais Claire avait mis son grain de poussière dans l'engrenage, depuis le premier jour où ils s'étaient rencontrés. « Tu sais qu'elle veut devenir ingénieur, n'est-ce pas ? »

« Je sais oui, malheureusement. »

« Je lui ai promis de l'aider à entrer à l'université par tous les moyens. Et cela signifie normalement parler ensemble des différents problèmes. » James se contenta de renifler et vida son verre. « Tu n'as pas confiance en elle ? »

« Que j'aie confiance en elle ou pas n'a aucune importance. Cette jeune fille a été embauchée pour ranger de la paperasse, pas pour offrir ses avis non informés sur un travail important. »

« Ses avis sont loin d'être non informés ; en fait, elle a élaboré une théorie que je vais explorer, je crois. »

« Ridicule. Après, tu vas lui tenir la pelote pendant qu'elle tricote. »

« Je ne crois pas que cette dame tricote, » dit Andrew froidement. « Et je dois dire que je ne comprends pas ton attitude vis-à-vis d'elle. »

« Mais si, je te l'ai déjà dit. »

« Que tu avais des intentions honnêtes et que maintenant tu ne supportes pas de la voir en position de dépendance par rapport à nous – à toi ? »

« C'est un assez bon résumé, oui ; en plus du fait que je me sens complètement impuissant pour l'arrêter. »

Andrew n'était pas un homme qui s'immisçait habituellement dans la vie privée de son ami, mais c'était vraiment trop pour lui. « Pourquoi voudrais-tu l'arrêter, James ? Si elle a refusé tes attentions mais représente un atout pour notre entreprise, en quoi est-ce que cela te concerne encore ? »

James semblait en proie à une lutte interne. « Tu vas le découvrir, de toutes les façons, » murmura-t-il.

« Qu'est-ce que tu as dis ? »

Il leva la tête ainsi que son verre vide pour porter un toast. « Félicite-moi Andrew, » dit-il d'un ton qui ressemblait à de la bonne humeur. « Je suis sur le point d'avoir le fameux boulet au pied, disons dans quatre ans. »

Perplexe, Andrew le fixa droit dans les yeux. « Pour l'amour de Dieu, James, de quoi diable parles-tu ? »

« De ça tout simplement : à mon grand étonnement, et sans presque savoir comment c'est arrivé, je me suis retrouvé fiancé avec ton assistante de laboratoire. »

James était-il si épuisé qu'un simple doigt de whisky avait pu déranger son cerveau ? « Je ne te suis pas. » Les lèvres d'Andrew étaient comme gelées, sa langue tout juste capable de former les mots.

« Je vais te le dire autrement ; cet après-midi, je crois que j'ai demandé Lady Claire Trevelyan en mariage, et je suis presque absolument certain qu'elle a accepté. »

Andrew sentit sa mâchoire se décoincer – tout comme sa matière grise. Il n'arrivait pas cependant à faire coïncider la réalité et cette nouvelle information, pour aboutir à quelque chose de sensé.

« Oui, c'est aussi comme ça que je me sens, » continua James, récupérant son aplomb, maintenant que la révélation avait été faite. « Je ne suis toujours pas sûr que cela soit vrai. »

« Ça ne peut pas être vrai : tu ne l'aimes même pas. » Andrew s'accrocha à un fait dans le tourbillon vaseux qui agitait son cerveau. « Tu n'as jamais dit une chose positive sur elle, sauf qu'elle avait de jolis yeux. »

« Elle a du cran, Andrew. J'admire ça d'elle. »

« Je t'ai entendu dire d'elle qu'elle était bornée et ne savait pas où était sa place. Ici même, dans cette pièce en fait. »

Ça ne pouvait pas être vrai. James ne pouvait pas se fiancer avec Claire. En plus, elle ne l'aurait jamais accepté comme fiancé. Elle pouvait à peine supporter d'être dans la même pièce que lui, bon sang !

« Tu dois admettre qu'elle est certainement ces deux choses à la fois. Mais le fait subsiste ; j'ai écrit à sa mère en déclarant mes intentions, et quand je l'ai révélé à Claire, elle a accepté ma demande en mariage. »

« Elle n'a pas pu faire ça. » Andrew n'arrivait pas à projeter sa pensée au-delà de ça. « Elle veut devenir ingénieur et – et explorer l'Amazonie. Construire des dirigeables. Bâtir des ponts en Chine. Pas devenir la femme d'un pair et servir le thé à des présidents de compagnies de chemin de fer. Non James, tu dois te moquer de moi. »

« Je t'assure que je ne plaisante pas le moins du monde. »

« La Claire que je connais ne t'épouserait jamais. »

« Tu crois vraiment ? » Le ton de James était devenu dangereusement doux.

« Et comment se fait-il que tu la connaisses si bien au bout d'une semaine seulement ? »

« Je sais qu'elle est ambitieuse. Je sais qu'elle tient beaucoup à ces enfants. Je sais qu'elle ne ferait jamais ça. »

« Est-ce si terrible d'être fiancé avec moi ? »

Oui, ça l'était. C'était la pire des choses qui s'était jamais passée ; parce qu'Andrew comprenait maintenant, que si c'était vrai, elle n'avait pas choisi le bon homme.

Si Claire Trevelyan devait épouser quelqu'un, ce devait être lui.

~

CLAIRE PASSA la matinée suivante à ranger les armoires à classeurs derrière le bureau d'Andrew. Puisque tout ce qui était sur le bureau l'intéressait probablement en ce moment, il était logique de les mettre plus à portée de la main. Cela signifiait bien sûr que le contenu de la première armoire devait aller ailleurs. Pour l'instant, elle faisait des piles bien ordonnées sur le sol.

Andrew avait été très distrait tantôt, la saluant du bout des lèvres et faisant partir Tigg de la chambre pour continuer ses expériences. Snouts avait choisi de rester dehors pour monter la garde au landau, ses sifflements parvenaient par moments par la fenêtre ouverte. À midi, Claire s'épousseta les mains et rassembla les garçons pour le déjeuner.

« Où est M. Malvern? » demanda-t-elle à Tigg, en enfonçant les épingles dans son chapeau. « C'est tout juste si je lui ai adressé la parole aujourd'hui. »

« Il a pas parlé à grand-monde, milady. Il a l'air de mauvaise humeur, ma parole. J'l'ai laissé à l'arrière, en train de fabriquer un autre interrupteur pour la montée en puissance. Mais j'sais pas si ça produira rien de bon... le courant électrike, c'est pas vraiment fait pour ce genre de travail. »

« Nous verrons si notre voyage d'aujourd'hui ne va pas changer à la fois ses expériences et son humeur. Viens avec moi. »

Après un déjeuner reconstituant dans un pub près de Tower Bridge, Claire conduisit le landau vers le Sud, en direction de St. George's Fields. Là, elle s'arrêta devant les barreaux menaçants en fer noirs du portail qui séparait le Bethlehem Royal Hospital du monde des gens normaux. Au-delà de la pelouse et de l'allée circulaire, la coupole centrale de l'énorme bâtiment s'élevait au-dessus des quatre étages et vers le ciel. Ils entendaient, venus de nulle part, des gazouillis d'oiseaux, et pouvaient voir quelques personnes flâner sur la pelouse, tout en bavardant. À part cela, il n'y avait aucun bruit.

« Si on entre là-dedans, on pourra pas en ressortir, pas vrai? » dit Tigg d'une petite voix.

« Même les fous peuvent avoir des visiteurs, » dit Snouts. « Remue-toi, Tigg. »

Un homme vint à la grille. « C'est pour quoi ? »

Claire leva le menton. « Lady Claire Craig ; je suis ici pour rendre visite à ma cousine, le Docteur Rosemary Craig, je vous prie. »

« Mais certainement, milady. » Il déverrouilla la grille et Claire poussa la barre de commande en avant pour qu'ils entrent. « Vous devriez demander son médecin dans la salle d'accueil, et ils feront en sorte de la faire venir. »

« Merci Monsieur. » Ils avancèrent le long de l'allée circulaire puis s'arrêtèrent devant le perron. Claire descendit et enleva sa tenue de conduite, puis elle rangea sa veste de pilote et fit en sorte que son jabot en dentelles soit bien bouffant. Enfin elle remarqua Tigg qui n'avait pas bougé d'un pouce.

« Tigg, tu ne viens pas ? »

« S'il vous plaît, milady, » murmura-t-il. « Je ne peux pas faire ça. Je ne peux pas entrer là-dedans. »

« Allez, Tigg, » dit Snouts d'un ton encourageant. « J'ai même pas peur... tu devrais pas en avoir non plus. »

Des profondeurs du bâtiment monta un cri strident et prolongé. Tigg pâlit ; s'il avait pu ramper sous le landau et s'aplatir sur le gravier, Claire était sûre qu'il l'aurait fait. « J'viens pas, » chuchota-t-il. « Vous pouvez pas m'forcer. »

« Maintenant que j'y pense, » dit Claire, en jetant un coup d'œil sur les portes, « je ne crois pas que je devrais laisser le landau sans surveillance. Au fond tu n'as pas tort, Tigg. Si tu veux monter la garde, je t'en serai très reconnaissante. »

Le garçon poussa un soupir de soulagement. « Vous pouvez compter sur moi, milady. » Il sortit du siège arrière et se plaça près de la portière du passager, appuyé sur sa surface luisante comme s'il y était scotché. « Je ne bougerai pas d'ici, et personne ne touchera à cet engin. »

« Merci, Tigg. Tu me tranquillises. Allez, M. McTavish. Cette cravate en soie devrait être enfilée dans ton gilet, pas mise par-dessus ; et n'oublies pas de mettre tes lunettes. »

Jusqu'à présent aujourd'hui elle avait été deux personnes : la Dame aux artifices et l'assistante studieuse d'Andrew Malvern. Maintenant Claire devait se mettre dans la peau d'un troisième personnage – quelqu'un qui ressemblait bizarrement à sa mère. Elle redressa l'échine et pencha le menton de sorte qu'elle était obligée de loucher vers son nez, puis attrapant ses jupons d'une main et sa pochette de l'autre, contenant son carnet d'ingénierie, elle avança d'autorité vers la réception, drapée dans sa dignité.

« Je voudrais rendre visite à ma cousine, le Docteur Rosemary Craig, » dit-elle à l'infirmière au comptoir d'un ton agréable mais affecté. « Je suis Lady Claire Craig, de Craigsmoor House dans le Shropshire, et voilà mon secrétaire, M. McTavish. »

L'infirmière eut l'air impressionnée, comme si les dames de la noblesse ne venaient pas très souvent en visite. Peut-être ne le faisaient-elles pas effectivement. « Certainement, Votre Seigneurie. Je vais aller chercher le médecin qui s'occupe d'elle. Entre temps, peut-être voudriez-vous un rafraîchissement, ici, dans le petit salon ? »

Elle leur montra un salon agréable avec les murs peints en blanc et plusieurs chaises. Elle revint très vite avec une carafe d'eau et trois verres, qu'elle posa sur une petite table. « Le docteur va vous rejoindre sous peu. »

Claire venait juste de se servir un verre d'eau ainsi qu'à Snouts quand un homme en blouse blanche entra. Il ressemblait beaucoup à la personne épouvantable au British Museum qui lui avait fait passer un entretien – et s'était intéressé beaucoup plus à son anatomie qu'à ses connaissances sur le catalogage des spécimens. Claire réussit à vaincre son dégoût irrationnel et instantané et lui tendit la main.

« Lady Claire, » dit-il poliment, en la serrant. « Je suis le Docteur Thomas Longmont, à votre service. »

« Ravie de vous rencontrer. Je vous présente mon secrétaire, M. McTavish. »

Snouts serra la main avec sérieux, ses lunettes jetant des éclairs de la lumière provenant de la fenêtre.

« On m'a dit que vous vouliez voir votre cousine, Rosemary Craig ; vous serez sûrement la bienvenue, mais avant, je pense que je dois vous préparer, puisque c'est votre première visite ici. »

« Me préparer, Monsieur ? Est-ce que Rosemary est malade ? » elle se mordit la lèvre : bien sûr qu'elle était malade, c'était même la raison pour laquelle on l'avait enfermée ici. « Je veux dire – »

Il sourit. « J'imagine que vous vouliez me demander si elle

SHELLEY ADINA

souffrait d'autre chose que d'une maladie mentale. Je vous rassure, elle va bien physiquement. Toutefois mentalement... Depuis quand n'avez-vous pas vu votre cousine ? »

Claire fit semblant de réfléchir. « J'étais toute jeune, et sa famille et elle – ma tante et mon oncle, et la cousine Dorothy – étaient venues à Craigmoor House pour Noël. Je crois qu'elle venait juste de faire une présentation d'envergure à la Société royale des ingénieurs, et ce fut donc une période de fête très joyeuse pour nous tous. »

Snouts la regardait baba d'admiration pour ce récit relevant de l'exploit. Claire l'ignora et arbora une expression souriante en attendant que le docteur s'exprime à son tour.

« Donc il y a quelques années, maintenant. Eh bien, permettez-moi de vous informer brièvement sur sa situation, en espérant que cela ne vous chagrine pas trop. » Il tira sur son pantalon et s'assit. « Son humeur est déconcertante. Préparez-vous à cela d'emblée. Elle ne peut regarder personne dans les yeux et ses réponses aux questions sont incohérentes. Elle persiste à croire que sa famille est folle et qu'elle est parfaitement saine d'esprit, donc je vous en prie, ne laissez pas votre compassion naturelle et féminine prendre le pas sur le bon sens. » Il fit une pause, comme s'il se préparait à dire le pire. « La présence de votre secrétaire présente un danger majeur, je le crains. Elle déteste les hommes, même ceux qui, comme moi-même, agissent pour son bien. En même temps, elle a une histoire de violence, et donc la présence de ce jeune homme avec vous est positive. Tout ce que je peux faire c'est placer une aide-soignante à portée de voix, qui sera prête à intervenir au moindre signe de votre part. »

Claire était sûre qu'elle avait pâli, et en effet le médecin scrutait attentivement son visage.

« Je comprends que vous soyez impressionnée. Mademoiselle Craig n'est pas la même femme que celle dont vous vous rappelez à cette époque heureuse au sein de sa famille, je suis navré de devoir le dire. »

Elle approuva de la tête puis se leva bien qu'elle sentit que ses genoux ne la portaient pas bien. « Puis-je la voir maintenant ? »

CHAPITRE 9

*L*e Dr Longmont les conduisit dehors. « Les incurables ont leur propre aile du bâtiment, avec leur propre jardin pour prendre l'air. Il ne serait pas bon de les mélanger aux patients sur lesquels les traitements réussissent mieux. »

Claire sentait que Snouts était très près d'elle et elle ne se sentit pas du tout gênée en le prenant par le bras et en le serrant. Ils avançaient dans une longue galerie bordée de portes. C'était apparemment le secteur des femmes, et les patientes, dans différentes tenues plus ou moins débraillées, faisaient d'ailleurs les cent pas... ou bien étaient affalées près des fenêtres ; l'une d'elles, était étendue sur le sol dans un coin, en sanglotant sans retenue. De l'intérieur d'une chambre provint un cri, de la même sorte que ceux qui avaient fait si peur à Tigg, et Claire sentit nettement Snouts flancher.

Ils tournèrent à droite et dépassèrent deux double portes sur lesquelles il était écrit BAINS FROIDS et sur une autre TRAITEMENT ÉLECTRIQUE.

Claire regarda ailleurs.

Le médecin déverrouilla une série de portes avec la clé contenue dans un petit placard portant un cadenas à combinaison, et ils se retrouvèrent dans l'aile des incurables. Ce couloir était beaucoup plus court, et chaque porte était close et fermée à clé. Claire voyait les têtes des personnes à travers de petites fenêtres percées dans les portes – des personnes en mouvement perpétuel, semblait-il, se jetant contre les murs, marchant en rond, fixant les visiteurs, la bouche ouverte.

Ils traversèrent une autre porte et évoluèrent dans le service, avec les lits contre les murs, probablement pour les incurables les moins dangereux. Une aide-soignante en uniforme blanc immaculé les rejoignit. Claire jeta un coup d'œil aux lits. Au niveau de la tête et des pieds, se trouvaient des lanières en cuir, de celles qui pouvaient envelopper les chevilles ou les poignets. Encore quelques portes verrouillées et puis ils furent dehors.

Une inspiration profonde ne suffit pas à éliminer la vague de peur et de détresse qui les submergea en sortant de la porte à leur suite.

Le jardin pour prendre l'air était un carré de pelouse garni de deux bancs en pierre. Tout au bout, une femme en robe de chambre blanche était assise, regardant fixement un mur en pierre de la hauteur de deux hommes. Personne d'autre ne semblait prendre l'air ce jour-là, bien que l'après-midi fut agréable.

« Souvenez-vous, » dit le Dr. Longmont, « au moindre signe d'agitation, M. Wellburn sera tout près pour vous aider. »

« Merci, » murmura Claire.

« Voulez-vous que j'aille avec vous? »

Elle aurait voulu qu'il la ramène à travers toutes les portes verrouillées jusqu'à l'entrée principale, pour qu'elle puisse s'enfuir de cet endroit. « Non, merci. Elle se souviendra de moi, j'en suis sûre. »

Il acquiesça et s'en alla. Claire respira un bon coup, puis Snouts et elle s'approchèrent de la figure en blanc. Une tentative avait été faite de dompter sa coiffure, mais sans épingles il était difficile de faire autre chose qu'une tresse. Elle se tenait raide, comme si elle portait encore un corset.

« Docteur Craig ? » Pas de réponse. Claire marcha autour d'elle en demi-cercle pour aller s'assoir à ses côtés. « Docteur Craig. Je suis Lady Claire Trevelyan, fille du vicomte St. Ives. J'ai prétendu être votre cousine du Shropshire pour venir vous rendre visite. »

Un tremblement sembla parcourir le corps de la femme, mais son regard restait fixé sur un point au sommet du mur.

Eh bien, en tous cas elle n'était pas sourde. Claire ne voyait pas d'autre solution que s'assoir près d'elle et de continuer. « J'espère sincèrement que vous ne révèlerez pas ma supercherie à l'éminent docteur. La raison de ma visite est que je crois être en possession de l'un de vos artifices à éclairs. Contrairement aux bruits qui ont couru, il semblerait qu'ils n'aient pas été tous détruits. Je suis venue aujourd'hui dans l'espoir que vous puissiez m'apprendre la façon dont ils fonctionnent. »

« Le travail est égal à la force multipliée par la distance, » murmura la jeune femme.

Snouts déplaça son poids sur ses jambes et la tête du Dr Craig se tourna d'un coup sec en l'apercevant. Elle sursauta en retenant sa respiration.

« Je vous présente mon secrétaire, M. McTavish, » dit Claire rapidement, avant que le sentiment d'outrage qui se lisait sur le visage de la femme ne se transforme en quelque chose d'autre – un cri strident, peut-être, ou un acte de violence physique. « Il ne vous veut aucun mal. Il est ici pour me soutenir moralement. Je – je ne suis jamais venue à Bedlam. »

Tout en expirant, la femme se concentra sur un point au-dessus du genou de Claire.

C'était sans espoir. Si elle ne réagissait pas à la mention de ses artifices, dont la destruction l'avait conduite ici, peut-être alors les avait-elle oubliés ? Est-ce qu'elle était venue jusqu'ici pour rien ?

Elle étudia le visage de la femme et se rendit compte qu'elle ne regardait pas dans le vide, mais était plutôt concentrée sur sa pochette, et plus précisément, sur la forme du carnet qu'elle contenait.

Le travail est égal à la force multipliée par le déplacement. Une formule de physique.

Claire le sortit, en même temps qu'un crayon. « C'est mon carnet d'ingénierie, » dit-elle. « J'y enregistre les artifices que j'ai fabriqués – pas à l'échelle du vôtre, bien sûr. Mes aspirations et mon talent sont beaucoup plus modestes. » Elle ouvrit le carnet et le feuilleta. « Ceci est une bombe gazeuse à la capsaïcine, et là ce sont des croquis pour mes lampes à feu, que j'ai utilisées récemment avec beaucoup de succès. J'ai été très contente des résultats des mécanismes de direction magnétiques, ici. »

Ah, elle avait l'attention de la scientifique. Le regard vague avait disparu, et à sa place, Claire voyait l'intensité de quelqu'un dont la concentration était absolue. Elle tourna la page. « Ça c'est un croquis d'un montage d'augmentation pour du courant élec – »

Un doigt osseux et blanc se posa au bas de la page. « Cette pile n'est absolument pas assez puissante. »

Claire contrôla tous les muscles de son visage et continua comme si elles avaient parlé normalement dès le début. « Je sais. Ça m'inquiète beaucoup d'ailleurs. La chambre a au moins trois montages d'augmentation et aucun d'eux ne semble en mesure de produire suffisamment de puissance. »

« Qu'est-ce que vous essayez de fabriquer ? »

« Mon employeur veut augmenter la densité en carbone du charbon pour qu'il brûle plus longtemps, afin de réduire le coût des voyages en train sur les longues distances. »

« Crétins. » La dame mit sa bouche en cul de poule, elle prit le carnet des mains de Claire, et chercha le crayon de ses doigts fébriles. Puis elle commença à dessiner avec la précision et l'assurance de quelqu'un connaissant l'ingénierie sur le bout des doigts. « Vous ne pouvez pas augmenter l'électricité de la ville, ni retirer du courant supplémentaire sans mettre en danger tout le système. Vous devez partir de zéro. » Sur le papier, une chambre commença à prendre forme. « Vous n'utilisez pas le courant électrike. Vous utilisez la cinétike. »

« Comme les balais brosse ? » Claire avait brièvement envisagé cela, mais la pile aurait besoin d'être énorme afin d'alimenter la chambre, et donc elle avait abandonné l'idée.

« C'est à peu près ça, mais pas tout à fait. Avec ça vous pourriez traiter votre charbon dans une chambre conductrice. » Elle posa le crayon et remit le carnet sur les genoux de Claire.

« Cela ressemble à ce qu'il a installé. Mais la pile est ce qui nous turlupine : celle que j'ai est grosse comme ça – » Claire tenait ses mains gantées à cinq centimètres l'une de l'autre. « ce qui n'irait sûrement pas à mon avis. »

Le Dr Craig la regarda. « Où vous l'êtes-vous procurée ? »

« Elle faisait partie d'un fusil fabriqué par un homme, un certain Luke Jackson, qui est passé de l'ingénierie à une vie de délinquant. Je l'appelle le fusil à éclairs. »

« Il peut tuer un homme, vous savez. »

« Oui, je sais. » Claire ne cilla pas. « Il faut que vous me disiez comment je peux faire pour construire une pile de ce type, qui puisse alimenter cette chambre. »

« Sans provoquer d'incendie dans la moitié de la ville de Londres ? Pourquoi devrais-je le faire ? » La colère, qui avait été temporairement étouffée par la curiosité intellectuelle, afflua sur son visage. « Pourquoi devrais-je vous aider, vous, une parfaite étrangère, alors que personne ne m'aide, moi ? »

« Rien ne vous y oblige, » dit Claire fermement. « Mais si, ne serait-ce qu'une petite partie de votre héritage, existe encore, et que je peux prouver qu'elle fonctionne, est-ce que cela ne pourrait pas servir à blanchir votre réputation – et peut-être même à changer votre situation ici ? »

Le Dr Craig pivota sur son siège pour faire face à Claire.

« Est-ce que vous pensez que je suis folle ? » demanda-t-elle.

« Je n'en ai pas la moindre idée. Est-ce que vous l'êtes ? »

« Absolument pas ; et pourtant je suis ici, en train de me désintégrer année après année, au point que je commence à douter de moi-même. »

« Le docteur et votre sœur avaient prédit tous les deux que vous auriez dit ça. »

« J'imagine ! et savez-vous pourquoi, jeune dame ? »

Claire secoua la tête. Elle n'était plus effrayée, mais quand même son corps était en tension au cas où elle aurait besoin de s'enfuir.

« Thomas Longmont est le jeune frère de George Longmont, dont vous avez entendu parler je suppose, n'est-ce pas ? » Claire ayant acquiescé, elle continua, « George a vu une promesse – le génie – dans mon travail et a compris l'effet que cela aurait sur la famille. Les hommes Longmont ont le monopole du conseil d'administration de la London Electrick Company, et un monopole équivalent sur les actions. »

Claire inspira d'un coup en comprenant l'énormité de l'affaire. Elle s'appuya au dossier du banc tout en relâchant la tension qui l'habitait. « Votre invention pouvait bouleverser le monde électrike. Elle pouvait même provoquer la faillite de la LEC. »

« Et donc au lieu d'adopter la nouveauté et de changer les vieilles pratiques pour s'adapter à l'époque, ils ont détruit tous les exemplaires de mon travail et m'ont faite interner – avec la complicité de ma sœur, qui est une femme jalouse, vindicative. » Elle fit triste mine. « À mon grand regret. »

« Et pourtant, elle vous rend visite chaque mois, » dit Claire d'un ton étonné. Comment avait-on pu permettre un tel complot machiavélique de nos jours ?

« Elle ne me rend pas visite. Je pense qu'elle a des vues sur le Dr Longmont, la pauvre. Elle écoute ses rapports sur mes « progrès » et minaude, sourit et s'en va, satisfaite de ses bonnes œuvres ; et puis ils disent que *c'est moi* qui suis folle. Thomas Longmont ne l'épousera jamais. Il préfère de loin la compagnie des hommes, tous à fumer leurs cigares et à jouer aux cartes en refaisant le monde de leurs fauteuils du club. »

« Comment savez-vous tout ça ? »

« Tout le monde sait tout sur le personnel ici ; et sur les autres malades. Grand bien nous fasse. »

Claire n'avait jamais vu une aliénée, mais cette femme ne semblait pas du tout folle ; en colère peut-être – au point de l'affaiblir – mais pas folle. Elle avait l'air de posséder toutes ses facultés, et si ce qu'elle disait était vrai, elle avait subi une injustice criminelle.

Qui méritait réparation.

Mais elle ne pouvait pas s'obtenir dans les tribunaux – malgré son jeune âge, Claire se rendait bien compte qu'une collusion d'hommes puissants ne permettrait jamais à cette affaire de sortir à la lumière du jour.

Par conséquent, la solution devait être trouvée pendant la nuit.

« Docteur Craig, quelle est la hauteur de ce mur ? »

« Quatre mètres soixante neuf. Sans compter les pointes en fer. »

« Et qu'est-ce qu'ils ont pris comme mesures de sécurité dans ce bâtiment ? »

« Ici, dans l'aile des incurables, nous sommes enfermés à clé et on nous fait sortir pour les repas, pour les examens physiques et pour les traitements. »

Elle appuya sur les derniers mots avec amertume. « Ceux d'entre nous qui sont considérés comme moins dangereux pour eux-mêmes et les autres, ont un lit dans le service, mais nous, nous sommes attachés avec des courroies la nuit. Le service est verrouillé également. Leur salle électrike est une mascarade ; ils s'en servent pour torturer, pas soigner, et je n'ai pas envie de discuter de l'utilité des bains gelés. » Elle se ressaisit et continua d'un ton plus calme. « C'est la première fois que je viens dans ce jardin depuis six mois. Je me suis amusée à calculer par triangulation la hauteur du mur. »

« Y a-t-il quelqu'un qui monte la garde ? »

« Pas de gardes, seulement les aides-soignants. Mais vous avez certainement remarqué qu'ils sont embauchés pas tant pour leurs connaissances médicales mais plutôt pour leur carrure. »

« Vous dites que vous faites partie de ceux qui sont dans la salle commune ? » Attachés au lit pour dormir. Dieu du ciel ! « Quelle sorte de cadenas y a-t-il ? »

« Seulement un verrou, à l'extérieur. Pénétrer dans l'aile elle-même, en venant de l'hôpital principal, est plus difficile. Cela requiert la combinaison pour l'armoire à clés, qui est un secret bien gardé. Que proposez-vous, jeune dame ? »

Claire se rapprocha un peu plus de la femme sur le banc. « Je propose qu'en échange du fait que nous vous libérions de cette prison, vous fabriquiez une pile cinétike pour mon employeur. Une fois qu'elle sera terminée, nous ne nous serons redevables de rien, et vous serez libre de reprendre votre vie d'avant de la façon qui vous plaira. »

L'espace d'un éclair le visage du Dr Craig prit un petit air mutin. « Et comment pensez-vous mener à bien votre partie du marché ? »

Pardessus l'épaule de la dame, Claire vit l'aide-soignant avancer vers eux. Il était costaud, aucun doute là-dessus. Et son heure de visite était terminée. « Il faut que je m'en aille. Cette nuit, à trois heures, soyez prête à partir. »

Claire se leva et sourit à l'aide-soignant. Il lui offrit son bras, et tandis qu'ils marchaient sur la pelouse, elle jeta un coup d'œil en arrière.

Le Dr Rosemary Craig s'était approchée du mur et semblait compter les briques, tâtant de ses doigts chaque interstice et chaque fissure.

On aurait dit que la scientifique se préparait déjà.

CHAPITRE 10

*C*omment z'allez vous débrouiller, M'dame ? » demanda Snouts quand ils furent de nouveau en sécurité dans le landau et parcouraient Lambeth Road.

« On s'en fiche de comment, mais surtout... pourquoi ? » voulut savoir Tigg, ses yeux couleur chocolat tout arrondis. « Libérer des fous ? Avec tout mon respect, M'dame, vous êtes pas un peu folle ? »

« Pas du tout, et elle non plus ne l'est pas. » Claire prit le tournant juste avant le pont et se dirigea vers le cottage en remontant vers l'amont du fleuve. « Si nous voulons que M. Malvern réussisse, nous avons besoin de ses connaissances, parce qu'apparemment tous nos cerveaux mis ensemble ne suffisent pas à la besogne. Je suis convaincue que la pile à éclairs est la clé pour que cette chambre fonctionne. »

« Alors, qu'est-ce qu'y se passera après ? vous vous présenterez au laboratoire avec une scientifique folle et M. Malvern se mettra de côté pendant qu'elle fera ce qu'elle voudra ? »

Claire se mit à réfléchir tout en amorçant un autre virage, puis elle poussa la barre vers l'extérieur jusqu'à ce qu'ils roulent à trente miles par heure, en s'éloignant de St. George's Fields.

« Nous avons le choix entre deux choses, Tigg ; soit nous la conduisons au laboratoire et nous la présentons, soit nous fabriquons la cellule dans l'intimité de notre cottage et nous présentons la pile en les mettant devant le *fait accompli.* »

« J'sais pas c'que c'est, mais si vous voulez dire qu'on f'ra semblant qu'on l'a faite, ça m'paraît pas juste non plus. »

« Tu as tout à fait raison. Alors je crois que nous devons choisir la première solution et présenter la dame elle-même. » Elle ne savait pas encore bien comment elle allait s'en tirer, mais bon, chaque chose en son temps.

Les garçons restèrent tranquilles pendant le reste du voyage. Ce n'est que quand ils s'arrêtèrent devant le cottage que Snouts dit, « Alors, tant pis si j'me répète, mais comment on va faire ça ? »

« Entre, » dit Claire, en ramassant ses affaires y compris le fusil à éclairs qui était sous le siège. « La chose va être assez... compliquée. Je vais avoir besoin de tous autant que vous êtes si nous voulons achever nos préparatifs avant minuit. »

Leur plus grande chance était que les murs de Bedlam étaient faits pour garder les personnes à l'intérieur, et pas empêcher ceux de l'extérieur d'entrer. En effet, réfléchit Claire tout en accrochant une boucle de la corde au clip en laiton sur son corset en cuir, c'était peut-être la première fois dans l'histoire que quelqu'un essayait d'entrer par effraction.

Elle retroussa ses jupes noires au-dessus des genoux, révélant seulement des bas en laine noire, et le poids du fusil à éclairs était un fardeau rassurant sur son dos. Un foulard en voile noir allait servir à cacher son visage, mais pour le moment il était drapé sur ses épaules.

∿

LE MUR, bien que lisse et sans guère d'aspérités à l'intérieur, était assez facile à escalader de l'extérieur. Un tonneau et un vieux cageot leur permirent d'arriver presque à mi-hauteur, et le grappin ainsi que la corde firent le reste.

Le jardin réservé aux malades n'était éclairé en aucune façon seule la lueur des lampes électrikes dans les couloirs brillaient à travers le verre, ce qui ne suffisait pas à causer la moindre difficulté. L'ombre longue du bâtiment servirait de couverture une fois qu'ils l'auraient atteint. Un oiseau de nuit gazouilla assez loin au bout de la rue, vers l'angle avec Lambeth Road.

Lizzie montait la garde.

« Vite, » chuchota Claire. « Quelqu'un arrive – ça doit être les gendarmes. »

Elle tira sur la corde un bon coup et de l'autre côté du mur Snouts la mit en tension. Elle commença à grimper, son corset craquant sous son poids, les pieds dans ses grosses chaussures, à la recherche d'un point d'appui. Parvenue au sommet, elle se remit d'aplomb en se servant des pointes en fer, bien heureuse que Bedlam n'ait pas encore vu la nécessité d'englober du verre pilé dans la maçonnerie.

Elle se laissa glisser de l'autre côté du mur, et quand Snouts l'attrapa elle détacha la corde de son mousqueton. Ils n'avaient pas d'autre choix que de la laisser pendre là, prête pour le voyage de retour. Elle entendit un raclement de grosses chaussures sur les pavés de l'autre côté, tandis que son équipe s'éparpillait dans les rues et les allées leur faisant face, puis ce fut le silence. L'air entrait et sortait bruyamment de ses poumons, et elle essaya de respirer plus calmement, pendant qu'elle se faufilait avec Snouts derrière le banc qu'elle avait occupé cet après-midi.

Deux voix d'hommes se mirent à murmurer, et ils distinguèrent clairement le raclement du tonneau, indiquant que les gendarmes – si c'était bien eux – défaisaient leur rampe artisanale.

Pourvu qu'ils ne regardent pas en haut et s'aperçoivent du grappin.

Dix très longues minutes plus tard, un autre oiseau de nuit

lança son appel du côté opposé du bâtiment. Maggie, qui signalait la fin de l'alerte.

« Tout va bien, » chuchota Snouts. « On peut y arriver sans échelle. »

« J'espère que le Docteur Craig y arrivera aussi. Venez. »

Ils traversèrent à toute vitesse, le corps ramassé, la pelouse à découvert, et se faufilèrent à l'abri des ombres. Claire se déplaça le long du mur de l'aile des incurables, Snouts sur ses talons, jusqu'à ce qu'ils atteignent un ensemble de fenêtres aux vitres givrées. « Les bains froids, » murmura-t-elle. « C'est le chemin le plus facile pour entrer, et le plus éloigné des oreilles indiscrètes. »

Snouts regarda en haut. « Il y a des barreaux aux fenêtres, milady. Vous proposez qu'on passe à travers ? »

« Non, ce que je propose c'est qu'on se serve du fusil. »

Elle le dégaina et appuya sur la gâchette. Le bourdonnement qui s'en suivit brisa le silence de façon gênante, mais au lieu de laisser la charge monter en puissance et devenir une force mortelle, elle recula d'un pas et visa la fenêtre. Si quelqu'un envoyait la foudre dans le sable, le résultat serait du verre. Et si on envoyait la foudre dans le verre...

Une guirlande de lumière bleue-blanche traversa l'espace en décrivant un arc, éclairant chaque feuille des buissons, avant de répandre sur la surface de la fenêtre comme des fissures en forme de toiles d'araignée sur une plaque de glace. Dans un tintement, la fenêtre se désintégra en un million d'échardes, formant des piles de grains scintillants sur le rebord.

« Complètement désintégrée et redevenue sable, » murmura Claire. « On pouvait penser que ça allait fondre, mais non. C'est une propriété de ce courant qui – »

« Milady ! On peut laisser la leçon pour plus tard ? »

Très juste. Peut-être qu'après que le Dr Craig aura été vengée aux yeux de ses pairs, Claire écrirait un article sur les propriétés du courant. En laissant de côté ses utilisations pour le vol et le vandalisme, bien sûr.

Pendant ce temps-là les barreaux en fer étaient encore en place.

Une autre dose de courant résolut ce problème, tandis que le métal luisait, se craquelait, et tombait dans les buissons comme un château de cartes qui s'écroule, malgré tous les efforts de Snouts de les retenir dans ses mains munies de gants ; le bruit était assourdissant.

Ils tombèrent sur les genoux, figés sur place. Dix longues minutes passèrent encore, mais quand ils virent que le bâtiment endormi n'était pas réveillé par une alarme, Claire s'agrippa au rebord de la fenêtre et se hissa par-dessus pour entrer.

Inutile d'avertir Snouts de faire attention ; il avait tous les muscles tendus, le visage mortellement pâle. Elle était plutôt tendue elle aussi, en contournant deux réservoirs d'eau. Ce n'était pas des piscines à proprement parler, aucune ressemblance avec celles du gymnase de St. Cecelia. Ils étaient assez gros pour contenir peut-être deux personnes qui flottent, et elle put voir grâce à la lumière qui filtrait par la partie vitrée de la porte, qu'ils devaient avoir une profondeur d'un mètre cinquante.

Le Dr Craig n'avait pas voulu en parler.

Le son de leurs pas résonnait à cause de l'eau d'une façon étrange. Claire se dirigea vers la porte aussi vite que possible ; elle s'était préparée à tirer dessus, mais elle n'était pas fermée à clé. Probablement les portes principales vers l'aile des incurables faisaient en sorte que la population générale restaient en dehors, et les bains eux-mêmes confinaient les incurables dans leur espace.

À moins qu'on ne les y conduise de force.

Ils se faufilèrent et tournèrent le coin vers les portes de la salle commune. Le verrou glissa facilement, et en pliant les jambes pour ne pas se faire voir par un aliéné insomniaque à travers les petites fenêtres des chambres verrouillées, ils pénétrèrent dans le grand dortoir.

Quel était le lit du Dr Craig ?

Claire se maudissait de ne pas le trouver. Ils n'avaient pas été occupés cet après-midi, et elle avait été si horrifiée par les courroies en cuir qu'elle avait chassé de son esprit tout le dortoir. Et maintenant elle payait son erreur.

« Montez la garde, » murmura-t-elle à l'oreille de Snouts. Elle glissa donc le plus silencieusement possible dans le couloir entre les lits. On n'y voyait rien. La lumière qui filtrait à travers la porte de la salle n'était pas suffisante pour voir les traits des femmes endormies, et elle n'osait pas allumer les lampes électrikes au-dessus de leurs têtes.

Du moins elle espérait que les femmes étaient endormies.

Quelqu'un émit un son, presque sous ses pieds, et Claire sursauta, se couvrant la bouche de la main juste à temps pour étouffer son propre cri.

« Maman ? » dit une femme. « Papa me fait du mal. » Claire alla vers le lit suivant. « Maman ? » répéta la femme à plus haute voix.

Zut ! Quelqu'un pouvait venir, et il n'y avait aucun endroit pour se cacher à part les casiers au bout du dortoir ; et une fois qu'ils seraient cachés, comment pourraient-ils sortir ? Ces murs étaient conçus pour contenir, et ils étaient bien conçus.

« Chut, » murmura-t-elle. « Tout va bien. »

« Mais il me fait mal; fais-le arrêter. »

« Je vais le faire. Maman va lui tirer dessus et comme ça il ne te fera plus de mal. »

La femme eut l'air de se calmer. Claire espéra vivement que ses rêves ne fissent pas ensuite l'objet d'une discussion avec son médecin.

« Qui est là ? » dit une voix provenant du fin fonds de la salle.

« C'est vous ? »

Claire se tourna immédiatement vers l'endroit d'où provenait le son. « Docteur Craig ? » murmura-t-elle.

« Bien sûr. Je suis restée éveillée toute la nuit. Il faut que vous défassiez ces courroies. »

Elles étaient plus serrées que ce à quoi s'attendait Claire. Comment est-ce que les docteurs pensaient que les femmes puissent dormir, attachées de cette façon ? Elle défit les sangles au toucher une main, un pied, ensuite le contraire de l'autre côté. Le Dr Craig prit la fine couverture en laine et l'enroula sur ses épaules puis elle balança les jambes au-dessus de la barrière en fer du lit.

« Où sont vos vêtements ? »

« Je n'en ai pas, » murmura-t-elle en retour. « Ils m'ont tous été confisqués quand j'ai été hospitalisée. Je n'ai rien d'autre que cette chemise de nuit et la couverture. »

« D'autres affaires ? »

« Aucunes. »

« De l'argent ? »

« Bien sûr que non. »

« Bien, alors allons-y. »

« Maman ? » Mince, la femme s'était réveillée de nouveau. « Maman, fais-le arrêter. »

« Oui, ma chérie, » murmura Claire en passant près d'elle.

« Ne l'encouragez pas, » dit le Dr Craig d'un ton sec. « Cela rend les souvenirs plus intenses et ça la bouleverse. »

« Maman ! » La femme se débattait contre ses attaches maintenant.

Alerte rouge. Snouts tint la porte ouverte et ils s'y précipitèrent, puis refermèrent derrière eux. « Par ici ! »

« Papa, non ! ». Ils entendirent le cri terrifiant à travers le solide panneau en bois, et Claire se précipita vers le coin du couloir et poussa les portes des bains froids.

« Que faites-vous ? Je ne veux pas aller là-dedans ! »

« Vous avez peur, M'dame, » dit Snouts derrière elle.

« Bas les pattes ! »

Il la poussa pour qu'elle entre et referma la porte derrière lui.

À présent, la dame du dortoir criait et au bout du couloir ils entendaient quelqu'un approcher en courant.

« Docteur Craig, vous devez passer par la fenêtre. Arrêtez de vous débattre, tout de suite ! » Claire attrapa sa main et à tous les deux ils traînèrent la femme de l'autre côté des deux cuves, puis jusqu'à la fenêtre ; là, Claire sauta la première et Snouts poussa l'autre femme dehors.

« Ouf ! » Le Dr Craig tomba lourdement sur les mains et les genoux.

« Ils ont dû s'apercevoir de votre absence maintenant. »

Le Dr Craig inspira de façon saccadée. « Je... déteste... »

« Je sais. Venez, nous n'avons pas beaucoup de temps. »

En courant le dos courbé, les trois traversèrent à toute vitesse la pelouse. Snouts se mit à siffler et il tira sur la corde pour s'assurer que le grappin tenait toujours bien. De l'autre côté un sifflement lui répondit. La voie était toujours libre.

« J'vais vous prendre sur le dos, M'dame, » dit Snouts laconiquement en pliant les genoux. Sans lui laisser le temps de protester, Claire la mit sur le dos de Snouts ; heureusement la femme de sciences n'était pas bien lourde. Il attrapa la corde et commença à escalader le mur tandis que Claire jetait constamment des coups d'œil en arrière.

Les trente secondes les plus longues de sa vie passèrent tandis que Snouts grommelait et s'efforçait de grimper à l'aide de la corde jusqu'en haut du mur. De là, il remit le Dr Craig dans des mains invisibles et enfin ce fut le tour de Claire.

Elle n'avait jamais grimpé à la corde aussi vite ; elle venait juste de poser les pieds sur les pointes en fer quand un cri provenant du bâtiment – de l'extérieur du bâtiment – lui fit lever la tête.

« Hé ! Vous là-bas ! Arrêtez-vous ! » Un homme traversait la pelouse en courant, sa blouse blanche battant ses genoux.

Claire n'attendit pas d'en voir davantage. Elle saisit la corde et bondit, le chanvre rugueux brûlant si rapidement qu'elle sentit la chaleur à travers ses gants. Elle atterrit dans la rue avec un bruit sourd.

« Laisse le grappin, » s'exclama-t-elle. « Billy Bolt ! »

L'ourlet de la chemise de nuit du Dr Craig disparut dans une allée sombre et Claire se précipita à sa suite en traversant la rue. En zigzaguant d'un bâtiment à un autre, ce fut deux rues plus loin seulement qu'elle arriva à courir sérieusement en ligne droite.

La lueur soyeuse du landau qui attendait au coin de la rue, avec Tigg sur le siège du conducteur, fut une apparition aussi bienvenue qu'un lever du soleil.

Le temps que les gendarmes de Southwark se soient aussi mis en branle et aient commencé à passer la zone au crible à la recherche de la folle en cavale, le Dr Craig avait été accompagnée dans le cottage de Vauxhall Gardens – échevelée, essoufflée, et ne réalisant pas encore bien que ce que ses sens lui indiquaient correspondait bien à la vérité.

On l'avait faite évader de Bedlam et elle était libre pour la première fois depuis une décennie.

CHAPITRE 11

*L*a première tâche à laquelle ils s'attelèrent fut de trouver des vêtements pour leur hôte, puisqu'on ne pouvait pas se promener en chemise de nuit, surtout dans une maison pleine de garçons. Claire venait juste de fixer le cerceau bleu dans les cheveux de Maggie – celui qui allait avec sa plus belle robe – pour se préparer à faire des achats dans Regent Street, quand elle entendit le chuintement et le bruit sourd d'un pneumatique arrivant à destination.

Chère Lady Claire,

Permettez-moi de vous féliciter de votre bonne santé. J'accuse réception de votre lettre demandant des informations sur la propriété adjacente à Regent Bridge, et je suis heureux de vous annoncer qu'elle appartient à une entreprise dont les directeurs m'assurent qu'ils seraient ravis de vendre. M'étant rendu sur les lieux pour constater l'état de ladite propriété, je vous avoue que je suis perplexe quant aux raisons qui vous poussent à désirer de l'acquérir. Mais chacun est libre de ses choix et je n'entends certainement pas les contester.

Je vous conseille de ne pas offrir plus de cinquante livres sterling pour ce bien – somme déjà très généreuse vu les conditions et les occupants actuels des lieux et je suis certain que vous n'aurez pas à négocier davantage. Si vous êtes d'accord, j'entamerai immédiatement les démarches. Une fois que vous aurez l'acte en main, vous devrez embaucher des petits voyous pour chasser les occupants qui squattent la maison actuellement. Je connais un homme qui pourrait s'occuper de cela pour vous.

J'ai eu vent de rumeurs intéressantes, comme quoi la verrerie qui se trouve de l'autre côté du pont chercherait à construire des logements pour ses travailleurs. Si cela s'avérait exact, vous pourriez tirer de bons bénéfices de cette propriété, quand ils vous feront une offre d'achat. Je serais heureux d'agir en votre nom à cette occasion.

Sincères salutations

Richard Arundel

Arundel & Hollis, Solicitors

Parfait. Claire plia la lettre et la fourra dans son réticule pour y répondre plus tard. Il était clair que le bon Maître Arundel n'avait pas fait très attention aux codes d'adresse sur ses pneumatiques – ce qui l'arrangeait. Il serait terriblement gêné s'il apprenait qu'il l'avait traitée de « squatter ».

« Est-ce que vous serez bien ici, jusqu'à ce que je revienne ? » demanda-t-elle au Dr Craig, qui était assise sur le lit en train d'essayer d'obtenir de Willie le pleurnicheur des réponses à ses questions.

« Oui, certainement, quand j'aurai trouvé quelque chose à manger pour déjeuner. Je n'ai pas eu autant d'appétit depuis des années. Pourquoi cet enfant ne veut-il pas parler ? »

« Il parle pas, » dit Lizzie, toujours brève et précise.

« Est-ce qu'il est muet ? »

« Meuh non. »

« Est-ce qu'il a des troubles psychologiques ? »

« Eh, n'allez pas dire ces choses sur notre Willie. » Les sourcils froncés de Lizzie étaient menaçants. « Les fous tout droit sortis de Bedlam ont pas le droit de dire du mal des autres. »

Claire faillit s'étouffer. « Lizzie ! Excuse-toi auprès du Dr Craig immédiatement. »

« Elle d'abord. »

À la grande surprise de Claire, le Dr Craig n'était ni offensée, ni même choquée. « Ma chère enfant, le mot 'psychologique' a simplement à voir avec l'esprit. Parfois, un traumatisme très tôt dans la vie peut produire des effets comme l'incapacité de parler. Je me demandais simplement si c'était le cas de... Willie. »

Lizzie lui jeta un regard peu convaincu.

« Et je ne suis pas folle, » continua le Dr Craig sur le même ton. « On m'a enfermée au Bethlehem Royal Hospital contre ma volonté, parce que certains hommes de pouvoir voulaient me faire taire. »

« À propos de quoi ? »

« À propos de mes artifices, entre autres choses. »

« Vous allez apprendre à la Dame à les fabriquer ? »

« Oui, c'est l'accord entre nous ; et j'aimerais vraiment commencer à travailler, donc si vous accompagnez Lady Claire dans son expédition pour me trouver des vêtements, je vous présente tous mes remerciements et je vous souhaite d'aller vite. »

Lizzie hésitait sur le pas de la porte. « Désolée de vous avoir traitée de folle, Doc. »

« C'est compréhensible ; vous étiez partie sur un malentendu, mais qui a été facilement dissipé. »

Claire descendit l'escalier, en espérant que son étonnement ne soit pas trop visible sur son visage. Lizzie ne s'était jamais excusée auprès de quiconque depuis toutes les semaines qu'elles se connaissaient. Elle avait failli le faire une fois, mais les mots n'avaient pas réussi à sortir de ses lèvres.

Peut-être que la petite fille était en train d'acquérir de bonnes manières, après tout.

Dans Regent Street, Claire acheta un corset, plusieurs ensembles de dessous féminins, une bonne jupe pour la marche en laine bleu marine, et deux chemisiers, du genre qu'elle-même préférait. Enfin, dans Market Street, elle acheta dans le magasin qui vendait des articles pour les expéditions, des grosses chaussures, un pardessus et des lunettes d'aviateur pour que les vêtements de la scientifique ne soient pas abîmés par le voyage en landau ou dans n'importe quel autre endroit.

« Est-ce que le Doc doit aller en Amérique du Sud ? » Maggie fixait les paquets et les sacs d'un air interrogateur.

« Peut-être un jour, comme nous tous, » répondit Claire, en fourrant le tout dans le compartiment qui se trouvait derrière le siège. « Mais pour le moment, elle doit pouvoir nous suivre sans prendre de risques. Que penserais-tu d'un thé chez Fortnum et de nouvelles paires de bottines pour vous deux ? »

Quand elles furent confortablement installées dans la salle de thé et qu'elles eurent commandé une assiette de petits sandwichs, elle leva les yeux de son potage à la crème et vit Emilie Fragonard de l'autre côté de la salle.

La meilleure amie de sa vie passée prenait le thé avec un joyeux groupe de filles de leur classe à l'école, dont Claire se souvenait vaguement. Bizarre... à sa connaissance Emilie n'avait pas eu d'autre grande amie qu'elle. Mais elle était ravie de la voir ici. Elle posa sa cuillère.

« Restez ici et profitez du repas, les filles. Je vais juste là-bas, où il y a cette rangée de palmiers en pot, pour dire bonjour à la jeune dame en robe jaune fantaisie. »

« Prends un sandwich. » Maggie indiquait une friandise sur son assiette. « Ces petits pains avec du crabe à l'intérieur sont trop bons. »

Maggie avait raison. Les sandwichs au crabe étaient vraiment délicieux. Claire pouvait, au moins sur un point, éprouver de la compassion pour le Dr Craig : la nourriture ne paraissait jamais aussi bonne que quand vous en étiez restés privés trop longtemps. Elle ne le considérerait jamais plus comme une évidence.

Elle se fraya un chemin entre les tables, heureuse de s'être habillée de façon particulièrement soignée, avec une jolie chemise longue avec broderies ajourées et rangées de plis, et d'avoir – merci Cowboy Poker – un nouveau chapeau, plissé derrière et orné d'un nœud rayé bleu et blanc décontracté. « Emilie ! Je suis si heureuse de te voir. »

L'étonnement dans les yeux de son amie, derrière ses lunettes, était presque comique. « Claire ! Oh Claire, que t'est-il arrivé ? ? Tu as perdu la tête ? » Emilie l'enveloppa dans ses bras avec une telle fougue compatissante qu'elle lui faisait presque mal. « Ma chérie, dans quel pétrin tu as été entraînée... et dire que c'est en partie de ma faute ! »

Claire redressa son chapeau et plongea dans la chaise dorée la plus proche. « Je... quoi ? » Elle adressa un vague sourire aux deux autres jeunes filles. Comment s'appelaient-elles ? Et de quoi diable parlait Emilie ?

« Nous venons juste d'entendre les nouvelles, n'est-ce pas ? » Emilie prenaient les autres à témoin, qui d'ailleurs acquiescèrent. « Eh bien, tes fiançailles avec Lord James Selwyn. Tout Londres cn parle. Claire, tu ne l'aimes même pas ! »

Oh, ça.

Claire reprit ses esprits. Elle s'était tellement concentrée sur le courant électrike et la libération du Dr Craig, qu'elle n'avait pas pensé un instant à son nouveau fiancé, ni à une histoire appropriée pour se justifier.

« Il s'est bonifié en le fréquentant davantage, » dit-elle plutôt maladroitement.

« J'ai entendu dire que c'était un fieffé malotru, » dit la jeune fille à gauche, d'une voix qui n'était guère plus qu'un murmure. « Et qu'aucune dame digne de ce nom n'est en sécurité avec lui. »

« Abigail, ça ne peut pas être vrai, » dit l'autre fille. « Claire ne se fiancerait jamais avec un homme de cette espèce. »

Abigail. Mais bien sûr... cela voulait dire que l'autre devait être Charlotte. Elles étaient cousines mais, pour être franche, Claire n'arrivait pas à se souvenir de leurs noms de famille. « Certainement pas, » dit-elle. « Je me sens parfaitement en sécurité avec lui. » Pourvu qu'elle ait son fusil à éclairs à portée de la main.

« Vous serez la Baronne Selwyn, » soupira Abigail. « Un assortiment parfait puisque vous êtes la fille d'un vicomte. »

« La sœur, plutôt, maintenant, » la corrigea Emilie. « Claire, dis-nous comment tu en es arrivée là. »

Oh, la la. « Il a écrit à ma mère pour l'informer de ses intentions, et puis il a fait sa demande en mariage. »

« Oh, tu es vraiment amusante. Mais est-ce que c'était romantique avec tout le tralala. » Charlotte voulait savoir. « Est-ce que c'était en plein air, dans un pavillon, ou bien à l'intérieur, avec un bouquet de fleurs ? »

Des fleurs. En papier. Dans la cheminée. « À l'intérieur, avec des fleurs. »

Charlotte tapa des mains d'excitation puis se calma.

« Et donc tu auras une situation confortable et je pourrai arrêter de m'inquiéter, » dit Emilie. « Je suppose que tu vis chez tes grands-tantes Beaton à Greenwich ? »

« Pas du tout. » Donc, la mère d'Emilie surveillait toujours sa correspondance, et elle n'avait pas reçu le pneumatique que Claire avait envoyé depuis plusieurs jours. « Je vous ai écrit il y a quelque temps pour vous mettre au courant de ma situation. Peut-être ai-je mis un mauvais code sur le pneu. » Elle sourit à l'intention des cousines, mais le sourire d'Emilie disparut et ses lèvres devinrent plus fines. « J'ai été embauchée comme assistante d'un homme de sciences, et je supervise l'éducation de quelques jeunes personnes. » Elle hocha la tête en direction des Mopsies, qui essayaient d'attirer l'attention du serveur avec une énergie impérieuse. « Deux des filles sont là-bas, près de la fenêtre. »

« Elles ont l'air adorables, » dit Abigail. « Quelles jolies robes ! Qui sont-elles? »

« Des orphelines. Mais elles sont très intelligentes et les leçons que je leur donne vont tambour battant. »

« Toi professeur, » dit Abigail. « Je ne l'aurais jamais imaginé. »

« Claire a toujours bien marché en classe, » dit Emilie avec beaucoup de franchise. « Je n'aurais pas eu mon examen de mathématiques si elle n'avait pas été là. »

« Ce que je voulais dire c'est que, avec la Bulle arabe et tout le reste... eh bien, disons seulement que c'est surprenant que tu sois la première de la classe à te fiancer ; et ne pense pas que ça n'a pas gelé le petit nez en trompette de Lady Julia. » Le sourire d'Abigail était triomphant, comme si elle avait elle-même conquis un baron. « On m'a dit qu'elle avait brisé de la vaisselle. »

« Lady Julia est trop bien élevée pour faire ça, » dit Claire, tout en pensant que c'était fort possible.

« Peut-être voulait-elle Lord James tout pour elle, » dit Abigail en réfléchissant.

« Si elle le voulait pour quelqu'un, ce devait être pour Gloria Meriwether-Astor. Cette fille recherche un titre à assortir à tout l'argent de son père, et Julia n'a jamais caché qu'elle trouvait très amusant d'en trouver un pour elle. »

« Je suis sûre que les messieurs ont apprécié, » dit Emilie en reniflant. « Qu'est-ce que c'est... des tigres du Bengale que l'on chasse pour les monter ? »

Cela fit glousser tout le monde et Claire se sentit rougir en voyant les têtes se tourner vers elles. « Il faut que je retourne auprès de mes protégées avant qu'elles commandent tout ce qui figure au menu. Emilie, je peux t'écrire ? » *Tu dois aller chercher le courrier avant ta mère.*

« Oui, bien sûr. » *N'aie aucune crainte, maintenant que je sais ce dont elle est capable.* « J'espère que je pourrai venir et t'appeler? » *Mais ne viens pas à la maison... Elle te mettra à la porte comme elle l'a fait auparavant.*

« Ma situation ne le permet pas, mais j'adorerais qu'on se voie pour un thé. Je dois remplir mes tâches au laboratoire le matin, mais je suis libre l'après-midi. » *S'il te plaît ne me refuse pas ton amitié ; je ne le supporterais pas.*

« J'y compte. » *Jamais. Nous sommes amies pour toujours.*

Quand elle revint à sa table, les Mopsies étaient en train de piocher dans un diplomate aux prunes, chacune de part et d'autre du plat. « Est-ce que vous pensez que Granny Protheroe serait capable d'en faire un comme ça, milady ? »

Il fallut un moment à Claire pour traverser la frontière floue entre son ancienne vie et la nouvelle. Granny Protheroe. Le cottage. Oui.

Elle arrangea ses jupes et attaqua pour la deuxième fois son potage. « Je suis sûre qu'elle en est capable. Les gens peuvent vous surprendre par leurs connaissances. »

Donc, la nouvelle des fiançailles s'était répandue. Elle n'avait pas dit un mot, par conséquent James avait dû prendre sur lui de l'annoncer ; et puisqu'Emilie n'évoluait pas dans ses cercles, tout Londres devait vraiment être au courant, si c'était vraiment arrivé jusqu'à elle.

Eh bien, elle avait accepté la demande en mariage de James en sachant que cela pouvait tourner à son avantage. Ce qu'elle n'avait pas prévu, c'est qu'elle se serait sentie prise au piège.

∼

« Les bottines sont un tant soit peu grandes, mais peu importe. » Le Dr Craig essaya de se voir un peu plus que ce que le miroir craquelé de la chambre de Claire ne permettait. « Je mettrai des bas un peu plus épais, voilà tout. Vous avez l'œil pour les tailles. »

« Maintenant que vous pouvez vous déplacer, vous pourrez les échanger, » répondit claire. Elle avait effectivement l'œil : la jupe semblait faite sur mesure ; il y avait même un peu de marge au cas où la scientifique prendrait du poids.

« Je ne vais pas gaspiller mon temps sur des bottines alors que j'ai une dette à rembourser. » Le Dr Craig abandonna le miroir. « Voulez-vous commencer ? »

« Ce matin, je vais emmener les enfants à l'église, mais nous pouvons certainement commencer cet après-midi. Ensuite demain matin, je vous présenterai M. Malvern, mon employeur. »

« J'ai un peu réfléchi à votre situation inconfortable. Je dirai simplement que l'on m'a fait sortir et que, dans l'intérêt supérieur de la science, j'offre mes modestes talents à cette entreprise. »

« Pensez-vous qu'il va le croire ? » Claire ne pouvait pas s'empêcher de penser que la coïncidence temporelle pourrait faire naître des soupçons.

« D'après ce que vous m'avez dit, je crois qu'il commence à désespérer de son pouvoir de produire du courant électrike pour l'objectif qu'il a en tête. L'urgence l'emportera sur le soupçon, vous pouvez y compter. »

Claire rassembla les Mopsies – en leur donnant des ordres stricts comme quoi elles ne pouvaient pas faire les poches des fidèles – et Willie. Jake était allongé sous le porche en regardant le fleuve quand ils arrivèrent.

Quand il se leva, comme s'il avait l'intention d'aller avec eux, Claire essaya de cacher son étonnement. « Est-ce que tu viens avec nous ce matin ? »

« Snouts a donné l'ordre qu'il y ait toujours l'un de nous qui vienne avec vous quand vous sortez. »

« Mais on est dimanche matin, Jake. Il est peu probable que je me fasse attaquer à St. Peter's ; et hier nous sommes sortis sans protection pendant presque toute la journée. »

« C'est Snouts... il est nerveux depuis qu'vous avez fait évader la Doc. Y s'imagine qu'elle va attirer l'attention sur nous, et on veut pas. »

Claire abandonna. « Très bien. Puisqu'on va y aller à pied, je pense qu'il a raison. » Et peut-être qu'une heure à l'église ne ferait pas de mal à Jake, bien que le Bon Dieu ait du pain sur la planche dans son cas.

Les Mopsies n'étaient pas contentes de gâcher une matinée qu'elles auraient pu employer à travailler au poulailler ambulant, et elles se trémoussaient et chuchotaient pour se distraire, mais Willie était tranquille sur le banc à côté d'elle, regardant le plafond et observant les sculptures ; et à sa grande surprise, il essaya de chanter pendant les cantiques.

Les Mopsies étaient ébahies et même Jake avait l'air surpris. « Willie, alors tu sais parler ! » chuchota Maggie, en lui donnant un coup de coude. « Pourquoi tu dis rien au cottage ? »

Mais le silence s'installa de nouveau, et pendant toute la messe, Claire se demanda si le Dr Craig n'avait pas raison. Est-ce que quelque chose s'était passé quand il était tout petit, qui l'avait privé, non pas de sa capacité de parler mais de sa volonté de le faire ? Et comment pouvait-on s'en assurer, puisqu'il ne répondait à aucune question qui lui était posée en utilisant des mots, quel que soit le sujet ?

Après le déjeuner, elle mit de côté ce mystère pour en aborder un autre. Elle alla chercher le fusil à éclairs et le tendit au Dr Craig, qui le prit avec soin dans ses deux mains, comme s'il pouvait exploser et l'examina minutieusement. « Je vois, » murmura-t-elle. « Pas très raffiné, mais il a l'air en bon état de marche. » Elle leva les yeux vers eux. « Je suis étonnée que vous ne l'ayez pas analysé et copié l'artifice vous-même par rétro-conception. »

« Je l'aurais fait, si je n'avais pas eu peur de ne pas arriver à le remonter. Les raccordements sont simples, mais l'engin lui-même... comme il n'y en a qu'un seul existant, je ne voulais pas courir ce risque. »

Avec un peu d'hésitation d'abord, puis les doigts plus confiants, la scientifique commença à démonter le fusil. Claire s'efforça de ne pas protester : si l'inventeur de l'artifice ne pouvait pas le remonter, personne ne pouvait le faire alors.

« Là, vous voyez ? » Le Dr Craig montra la pile. « Libérée de sa servitude. Maintenant, laissez-moi vous montrer comment cela fonctionne. »

« Je suis très intéressée par la façon dont elle convertit l'élec – »

« Oh, non. » Le Dr Craig enleva le couvercle en laiton. « Ce n'est pas électrike. Il utilise la cinétike. »

« Je sais, mais il doit bien y avoir un processus de conversion qui – »

« Non, vous voyez ? » Elle posa les pièces sur la table de travail, chaque petit engrenage et morceau d'horlogerie étalé avec grand soin. « Vous comprenez comment l'éclair se créé dans l'univers de la nature ? »

Lewis, qui s'était penché pour mieux voir, récita ce que Claire leur avait enseigné mot pour mot. Jake lui donna un coup de coude bien senti dans les côtes. « Arrête de faire ton petit malin, monsieur je-sais-tout ! »

« Pensez à cet artifice comme à un paradis miniature. La cinétike fait bouger les particules qui forment la charge, ce qui fait que le fusil produit l'éclair. »

L'assemblage se fit jour dans la tête de Claire. « C'est ça l'erreur dans la chambre de M. Malvern. » Elle rencontra le regard de Tigg au-dessus de la table. « Il essaie d'appliquer le courant électrike au charbon, alors qu'il devrait créer une charge dans la chambre, tout comme cela se créé dans cet artifice. »

Tigg, peu bavard, prit seulement un bout de papier marron et un crayon de sa trousse. Claire dessina les changements qu'il allait falloir apporter à la chambre. « Nous pouvons lui apporter ça demain. De cette façon, la visite du Dr Craig peut se résumer au strict nécessaire pour être polie. Son laboratoire est trop près de St. George's Fields pour que je me sente à l'aise. »

« Je suis tout à fait d'accord avec vous, » dit la scientifique. « Maintenant, ma chère, pourriez-vous assembler de nouveau cet artifice pour moi ? Je regarderai au cas où vous vous tromperiez. »

À la troisième tentative, qui nécessita un cure-dents en guise de tournevis, la scientifique approuva. « Vous y arriverez très bien. Maintenant, montez-le dans le fusil. »

Ce fut beaucoup plus facile. Claire assembla le tout en quelques secondes.

« Parfait. Maintenant, démontez le fusil de nouveau et assemblez-le – les yeux bandés. »

Tigg se mit à rire quand Claire permit à Maggie de lui bander les yeux avec son écharpe. C'était difficile, mais les passages techniques étaient gravés dans sa tête. Elle serait capable d'assembler le fusil dans le noir.

C'était curieux que la scientifique ait pensé qu'elle devait se préparer à une telle éventualité.

Quand elle eut fini, elle cloua au sol Tigg d'un regard. « À toi, maintenant. » Le sourire disparut de son visage. D'un air goguenard, elle attacha le bandeau sur ses yeux elle-même.

CHAPITRE 12

$\mathcal{L}$e Dr Craig profita beaucoup plus de son deuxième voyage en landau, que du premier. « C'est tellement nouveau pour moi, » dit-elle d'une voix forte pour couvrir le vent, tout en tenant d'une main le foulard en mousseline, qu'on lui avait prêté, en place sous son menton. « Même quand ses affaires marchaient bien, mon père n'aurait jamais pu se permettre d'en acheter un ; et de toutes les façons c'était plutôt un homme qui aimait les calèches. »

« C'est tout ce qui me reste de mon père, » avoua Claire, en regardant la route. « C'était un homme en avance sur son époque. » C'était vraiment dommage qu'il n'ait pas appliqué son ouverture d'esprit dans la bonne direction. Ça lui faisait toujours mal, en profondeur, de savoir qu'il avait mis en jeu la sécurité de sa famille et le futur de ses enfants pour quelque chose d'aussi frivole que le moteur à combustion. Est-ce qu'ils n'étaient pas plus précieux pour lui ?

En fin de compte, même la vie ne lui importait pas plus. Il n'y avait qu'elle et sa mère qui savaient qu'il s'était suicidé de désespoir quand la Bulle arabe avait éclaté.

Au laboratoire, le Dr Craig et Tigg sortirent du landau tandis que Claire coupait le moteur. Puis le moment tant redouté par cette dernière arriva.

∼

Andrew Malvern se tenait près de la chambre froide en la regardant avec découragement. Il n'avait même pas enfilé son tablier en cuir, et il avait le dos voûté dans sa redingote, bien que la matinée fût agréable.

Il n'aurait jamais cru que l'on puisse se sentir aussi malheureux. Non seulement il était à court d'idées, mais en plus il songeait à réduire la chambre en morceaux, annuler son partenariat et offrir ses services en tant que mécanicien sur un dirigeable en route pour l'Australie.

C'était peut-être la meilleure chose à faire. Si Claire allait épouser James, il n'avait pas envie de rester planté là à regarder.

Le crachotement chantant et familier du landau s'entendit dans Orpington Close, et il se ressaisit pour la voir.

« M. Malvern, » appela-t-elle quand la porte s'ouvrit, « Quelqu'un est venu nous rendre visite, ce matin. »

James, probablement. Bien que le terme de visite ne fût pas approprié. En tous cas, il n'avait pas la moindre intention de montrer à James combien ses fiançailles l'avaient affecté. Il s'efforça donc de se débarrasser de ses idées noires et d'apparaître courtois.

« Dr Rosemary Craig, puis-je vous présenter M. Andrew Malvern, de la Société royale des ingénieurs ? »

La bouche d'Andrew s'ouvrit sous le choc, et ce n'est que quand le Dr Craig fut entièrement sous la lumière de la verrière et lui tendit la main qu'il reprit ses esprits dans un sursaut. « Je vous demande pardon... c'est un honneur... mais comment – je pensais – enfin – »

« J'ai fait la connaissance de Lady Claire il y a quelque temps et quand j'ai pu sortir de l'hôpital récemment, elle a eu la bonté de m'appeler. »

« Appeler. » Il ne lâcha pas sa main. Ça ne pouvait pas être vrai – ce génie, cette icône de l'ingénierie, ici. Et pourtant, il tenait ses doigts dans les siens. Elle retira gentiment sa main de son emprise.

« Et oui ; au cours de notre conversation, elle a laissé échapper que vous avez une énigme mécanique à résoudre, et elle a eu la gentillesse de me conduire ici pour que je me rende compte. »

« Rende compte. »

Le Dr Craig semblait ne pas s'apercevoir qu'Andrew parlait de plus en plus comme un perroquet ou un écho. Il n'arrivait pas à faire fonctionner correctement son cerveau. « Oui. Est-ce que c'est cet engin ? »

La scientifique se dirigea vers la chambre, en défaisant son foulard en chemin, et le geste prosaïque sembla éclaircir le brouillard dans sa tête. « Mais, Dr Craig, comment est-ce possible ? Bien sûr, l'état de votre santé ne me regarde pas, et je suis ravi de vous voir – honoré que vous nous fassiez l'honneur, mais... dix ans ? Et vous n'en êtes ressortie que récemment ? »

Comment se pouvait-il qu'il n'en ait pas entendu parler ? Les journaux auraient dû le mettre à la une, et dans les gros titres de cinq centimètres de haut.

Elle se tenait debout près de la chambre et sourit par-dessus son épaule. « Oui, dix ans. Je dois dire que les traitements modernes sont très efficaces. Bon – » elle indiqua le tableau de commande avec ses leviers et ses sirènes d'alarme. « Si j'ai bien compris, vous êtes en train d'essayer d'augmenter la densité du charbon au moyen du courant pur, pour un usage ferroviaire ? »

Il hésitait entre l'incrédulité d'un côté et la nécessité de l'autre ; mais sa situation était si désespérée que la nécessité l'emporta.

« Oui. Théoriquement ça devrait marcher ; mais en fait,

l'application de courant désintègre tout simplement le charbon, ou le consume complètement. J'ai essayé toutes les méthodes possibles et aucune n'a produit de résultats. Mon partenaire est déjà en train de sonder des responsables des chemins de fer pour voir s'ils sont intéressés, mais sans un prototype qui fonctionne, cela n'ira pas plus loin que – l'intérêt. Sans commandes qui nous permettraient d'entamer la fabrication. »

Le Dr Craig approuvait de la tête. « Ma jeune collègue et moi avons réfléchi à cela hier soir et nous avons peut-être une solution pour vous. »

Comment diable Claire avait-elle pu convaincre le cerveau le plus affûté des trois dernières générations à s'appliquer à son petit problème ? Andrew ne savait plus s'il devait rire ou tomber à ses pieds en balbutiant des remerciements.

De la poche de son manteau, le Dr Craig sortit un morceau de papier marron plié, et l'étala sur un banc de travail tout proche. Il reconnut la main ferme de Claire – puis son esprit se concentra complètement quand il réalisa ce que signifiaient les lignes et les courbes.

« Je me suis complètement fourvoyé, » soupira-t-il. « Ce n'est pas le courant électrike qui résoudra le problème. »

« Nous sommes arrivés exactement à la même conclusion, » dit Claire. « Vous devez reconstruire la chambre. »

« Tigg. » Il regarda autour de lui avec impatience. « Où est Tigg ? »

« Ici, M'sieur. » Tigg apparut à sa main droite.

« On doit commencer immédiatement, » dit-il. « Je vais rédiger une liste de fournitures dont nous aurons besoin. Nous n'attendrons pas de les commander – j'irai moi-même à la ferronnerie. Entre temps, je voudrais que tu démontes la chambre. »

« Dommage de gaspiller le cylindre en verre tout neuf, M'sieur. »

« Oh, mais on en aura besoin. Ce sont les moteurs

d'accélération qui doivent être éliminés. On aura besoin de place. »

« M. Malvern. »

« Une fois qu'on aura les interrupteurs et les piles, je – »

« M. Malvern ! »

Il s'aperçut que Claire était debout de l'autre côté du banc, les bras ballants, avec son petit air de maîtresse d'école ; cet air qui le faisait toujours sourire. Dans son excitation, il avait oublié son chagrin et maintenant il revenait au galop. « Oui ? »

« Le Dr Craig était en train de vous parler. »

« Toutes mes excuses, Madame. » C'était un soulagement de regarder la scientifique et pas Claire. « J'ai bien peur d'avoir oublié les bonnes manières sous le coup de l'enthousiasme. »

« Ne vous excusez pas ; l'enthousiasme a fait progresser plus d'un scientifique. Je vous offrirais volontiers mon aide, mais j'ai bien peur de ne pas pouvoir. »

« Vous ne pourrez pas ? » Claire haussa les sourcils. « Est-ce que vous n'allez pas nous assister ? Cette nouvelle chambre sera basée sur votre artifice. Il y aura des documents à rédiger, des démarches concernant le brevet – »

« Vous avez ma permission de faire tout cela. Puisque les dessins sont les vôtres, et que vous vous chargerez de la construction de la chambre, les documents et les brevets devraient vous appartenir aussi. »

« Je ne comprends pas. » La voix de Claire était presque plaintive. Elle semblait déçue. « La théorie – le concept – vous appartiennent à vous toute seule. Un coup d'œil sur cet artifice, et n'importe qui comprend d'où il est venu. »

« Que les choses soient bien claires concernant ma situation. Ces mêmes personnages qui vont lire ces documents et approuver ces brevets, sont exactement ceux auxquels j'ai eu à faire récemment. » Elles échangèrent un regard qu'Andrew ne put interpréter. « Est-ce que vous pensez qu'ils les accepteraient maintenant, sans les mêmes conséquences qu'avant ? »

« Oh, » dit Claire faiblement. Elle était devenue toute pâle.

Andrew commença à se sentir un peu mal à l'aise. Quelque chose clochait.

« Cependant, si vous présentez l'artifice et que la chambre fonctionne comme nous le pensons, alors quel que soit son aspect, mon nom ne doit jamais être mentionné dans la conversation. Je ne veux pas réveiller le chat qui dort en étant impliquée, ne serait-ce que dans les premières phases. Je vous ai mis sur la bonne voie, et je sais que vos cerveaux pourront remplir cette tâche. » Elle sourit à Claire avec approbation et – était-ce possible ? – affection. « Je vous considère comme l'héritière de mes accomplissements passés. Je vous passe le témoin ; mais il est temps pour moi de me diriger vers d'autres terrains. »

« Quels terrains ? » laissa échapper Andrew.

« Des terres lointaines. Peut-être aux Canadas ou aux Amériques. J'aimerais voir New York, et même Edmonton. J'ai entendu dire que les mines de diamants l'ont faite devenir comme San Francisco, en fait d'élégance et de société. »

Claire ouvrit et referma la bouche, et enfin elle réussit à parler. « Mais votre situation financière – je peux aider dans une certaine mesure, mais un billet de dirigeable transatlantique n'est pas donné. »

« Vous m'avez suffisamment aidée, » dit le Dr Craig. « Je vous suis redevable à jamais, et au cas où vous auriez besoin un jour de quelque chose, il suffira de le demander. Mais pour répondre à votre aimable préoccupation, quand les choses ont commencé à se détériorer au début de toutes ces années, j'ai pris la précaution de déposer une certaine somme que mes artifices m'avaient rapportée, dans une banque française. Si j'arrive à aller à Paris, je pourrai avoir tout l'argent nécessaire. »

« Il y a un départ du terrain de Hampstead Heath chaque jour à midi, » dit Andrew, en parlant comme un automate pendant que son cerveau moulinait. Pourquoi une scientifique de son calibre voudrait fuir le pays ? Pourquoi se sentait-elle redevable de Claire, si cette dernière l'avait simplement appelée pendant son internement ? Pourquoi ne restait-elle pas ici pour récolter la renommée et les bénéfices de ses inventions ? Les temps avaient changé ; elle n'était plus la seule femme dans la Société royale des ingénieurs – en fait, il y avait des membres de la nouvelle génération qui la vénéraient comme d'autres vénèrent la Reine.

Quant à son séjour à Bedlam, eh bien, il était clair que bien qu'elle ait été internée, elle était parfaitement saine d'esprit quand elle en était sortie. Une telle épreuve ne pouvait qu'ajouter à l'aura de mystère qui l'entourait.

« Moi non plus, je ne comprends pas, » dit-il enfin. « Vous avez eu une carrière brillante. Vous auriez pu avoir le Tout-Londres des Méritos à vos pieds. D'ailleurs, une fois que les journaux auront découvert que vous êtes libre, je suis sûr que vous – »

La main du Dr Craig retomba sur les dessins avec le bruit d'un coup de pistolet. « Les journaux ne doivent pas l'apprendre. Le prix de mon aide est le silence. Personne ne doit savoir que j'ai été à Londres, jusqu'à ce que j'en sois vraiment partie. Vous devez me donner votre parole. »

« Mais – mais pourquoi ? »

« Mes raisons, Lady Claire et le jeune Tigg ici présents les connaissent, je vous prie d'en rester là. Votre parole, Monsieur. »

« Vous l'avez, bien sûr, » dit-il lentement. « Je ne parlerai à personne de votre présence ici, et nous présenterons le nouvel artifice comme si c'était le nôtre. Bien que quelque chose en moi se révolte de dénaturer votre travail de la sorte. »

« Vous pouvez le déclarer comme bon vous semble. Votre discrétion est tout ce qui m'importe. » Elle se tourna vers Claire. « J'aimerais rentrer chez moi maintenant, s'il vous plaît. Je ne me sens pas en sécurité dans un endroit où n'importe qui pourrait venir. »

« Bien sûr. Je reviens tout de suite, M. Malvern. Tigg, tu restes ici. »

« Bien sûr, milady. De tout'façons, j'ai du pain sur la planche ici. »

Et donc, Andrew ne bougea pas tandis que Claire et le Dr Craig nouaient leurs foulards sur la tête, et il les regarda s'en aller – la plus grande scientifique que Londres ait jamais eu depuis des lustres, sortant de la ville comme une voleuse, et avec elle, la jeune femme à laquelle il n'avait pas eu le courage de faire la cour, quand il en avait la possibilité.

La porte se referma derrière elles et il se retourna pour voir Tigg, en tablier et gants déjà, s'affairant sur le grand rafraîchisseur en laiton qui maintenait unie la chambre en verre. « Je suppose que tu ne veux pas me dire ce qui se passe, n'est-ce pas ? »

Tigg secoua la tête. « Je ne vais pas courir ce risque, M'sieur. Vous aimeriez qu'une de ces deux soit à vos basques, déchaînée comme une guêpe et piquant dix fois plus qu'une vraie ? »

Andrew dût avouer qu'il n'aimerait pas, non.

⁓

CLAIRE SE FAUFILA dans le laboratoire après avoir ramené le Dr Craig au cottage. Elle l'avait laissée aux bons soins des Mopsies, qui après avoir appris son départ imminent, la supplièrent de les aider, pendant le temps qui lui restait, à construire le poulailler ambulant. Claire était sûre que quand elle rentrerait pour dîner, le mécanisme des pieds du poulailler aurait été fabriqué, et qu'il serait en train de se promener dans le jardin, suivi d'une Rosie gloussant avec ardeur et profondément offensée.

Des sons métalliques de martèlement lui firent comprendre que Tigg et M. Malvern s'acharnaient à adapter la chambre à son nouvel objectif; elle monta donc l'escalier et s'assit au bureau avec un stylo plume et du papier.

- Achat billet vol pour Paris (Peut-elle voyager sous son vrai nom?)
- Aller à la banque pour un prêt d'espèces pour le voyage.
- Métro pour l'aéroport ou le landau? (reconnaissance)?
- Déguisement? (couleur de cheveux? Rembourrage?)
- À la billetterie, demander pour elle et 5 enfants pour la Cornouailles.

Un bruit de talons de chaussures dans l'escalier lui fit relever la tête, et elle sourit à Andrew quand elle le vit apparaître. Il avait l'air inquiet, et elle se hâta de le rassurer. « Je n'essaie pas de prendre votre place, je vous le promets. » Elle fourra la feuille dans son réticule et remis le capuchon de son stylo à encre. « J'étais juste en train de faire une liste. »

« Vous avez l'air parfaitement à votre place derrière le bureau, et vous savez que vous pouvez faire ce que vous voulez ici. » Il prit un livre un peu branlant sur une pile, puis le reposa.

« Ceux-ci doivent aller sur les étagères, là, dès que je trouverai un endroit pour mettre les piles de traités. » Mais il n'avait pas l'air vraiment préoccupé par ses capacités d'organisation, bien qu'il l'ait engagée pour cela. « M. Malvern, qu'est-ce qui vous tracasse ? Est-ce le fait que le Dr Craig nous cède ses artifices ? »

Il la fixa le regard vide. « Comment ? Oh, oui. Oui, c'est ça. Je trouve ça curieux. J'aurais tellement de questions à poser que je ne sais pas par quoi commencer. » Puis, il se décida. « Mais je suppose que la première que je dois poser est s'il est vrai que vous êtes fiancée à mon partenaire, Lord James Selwyn ? »

C'était une question tellement inattendue que pendant un instant elle ne put trouver aucune réponse adéquate. « Ah, mon Dieu. » James était vraiment en train de répandre la nouvelle à tous vents. Soudain, son corset lui sembla très serré et elle eut du mal à reprendre son souffle.

« Ah, mon Dieu ? Mon assistante se fiance à mon associé sans rien me dire, et tout ce qu'elle trouve à dire c'est 'Ah, mon Dieu' ?

SHELLEY ADINA

« James vous l'a dit ? »

« Et vous l'appelez James ? C'est drôle comme je n'avais même pas soupçonné que vous vous appeliez par vos prénoms, alors que vous en êtes à faire des plans pour vous marier. »

« Nous n'avons pas de plans. Le mariage est prévu dans quatre ans, au bas mot. »

« J'ose l'espérer, » marmonna-t-il furieux en s'adressant à l'étagère.

« Sinon, on peut dire qu'il vous prend au berceau. »

Était-ce comme cela qu'il la voyait ? Comme une lycéenne qui ne connaissait rien du monde ? « J'aurai dix-huit ans dans deux mois. Je ne suis plus une enfant. »

Je suis la Dame aux artifices, et j'ai fait évader le Dr Craig il y a deux jours de Bedlam pour qu'elle vous aide dans vos maudites expériences, et c'est comme cela que vous me remerciez ? Je serais fustigée et rabaissée par un scientifique qui ne serait pas capable de compléter sa dissertation sans moi ?

Elle serra très fort ses mâchoires dans l'effort de se contrôler. « Il a demandé ma main à ma mère dans les formes, et la semaine dernière chez lui, il m'a proposé de l'épouser. Personne ne m'a forcée. »

« Ah non ? » Il laissa échapper un petit rire amer. « Et alors pourquoi des fiançailles aussi longues ? Quand deux personnes tombent amoureuses, elles veulent immédiatement être liées pour la vie. »

Pourquoi diable la nouvelle lui déplaisait-elle autant ? Pourquoi était-il aussi peu aimable ? « Je lui ai dit que j'allais m'inscrire à l'Université de Londres à l'automne, et que je ferai de mon mieux pour terminer en trois ans les quatre années de licence. »

« Vous êtes fiancée à un baron et vous voulez fréquenter l'université ? » Il laissa tomber la feuille qu'il faisait semblant de regarder et elle atterrit à plat sur le poêle. Heureusement, le feu n'était pas allumé.

« Bien sûr. Vous le saviez. »

« Mais Claire, quand le futur d'une femme est assuré, elle n'a vraiment pas besoin de ce genre de formation. »

« Je ne vous comprends pas ; bien sûr qu'elle en a besoin. »

« Pour que, quand vous ne recevez pas des membres du Parlement et leurs femmes, ou que vous n'êtes pas en train de boire du thé avec Sa Majesté, vous puissiez baguenauder avec votre flotte de landaus dans le garage ? »

Très intéressant. « James a un landau ? »

« Non ! » s'écria-t-il d'une voix forte. « C'était une métaphore... ne faites pas exprès d'en rajouter. Ce que je voulais dire c'est que Lady Selwyn n'a pas besoin de formation universitaire. Elle ne doit pas gagner sa vie comme tout un chacun, et c'est peine perdue de prétendre le contraire. D'autres personnes méritantes devraient pouvoir le faire à votre place. »

« Eh bien, pour user d'une métaphore, » dit-elle sèchement, « Lady Selwyn fera ce que bon lui semble. James a déjà donné son accord là-dessus. »

Il la regarda d'un air perplexe. « Qu'est-ce que vous lui avez promis en échange ? »

« Rien du tout. J'ai simplement énoncé mes objectifs, qui étaient de travailler pour vous, pour que vous puissiez me donner une lettre de références, et m'inscrire au programme d'ingénierie, qui commence à l'automne. J'aurai besoin de cette lettre à la fin du mois, au cas où vous vous le demanderiez. »

« Et si je ne vous la donne pas ? »

Elle le fixa longuement. « Est-ce j'ai manqué à mon travail ? »

« Bien sûr que non. »

« Et ma collaboration avec le Dr Craig, est-ce qu'elle ne va pas vous être utile ? »

« Vous savez bien que si. »

« Alors pourquoi me menacez-vous de cette façon ? »

« Parce que – parce que, le diable l'emporte – » Il traversa la pièce d'une enjambée, l'attira contre lui, et – l'embrassa.

Désespérément – profondément –

Ohhh.

Claire sentit ses jambes fléchir sous elle et elle s'accrocha à ses revers, ses mains bougeant sans qu'elle les contrôle ; elle plongea dans son baiser, prise dans le tourbillon de cette obscurité délicieuse, le goûtant, s'ouvrant à lui, se rendant à sa volonté...

C'est à ça que ça ressemble, alors.

C'est ça.

C'est cela que j'attendais, et que je ne connaissais pas.

Il se détacha d'elle et elle aspira soudain en trébuchant en arrière puis trouvant appui contre la masse solide du bureau. Il lui tourna le dos, respirant comme s'il avait couru d'un bout à l'autre de Londres.

« Je suis désolé, Claire. Je n'aurais jamais dû faire ça. »

Elle était incapable de parler. Elle était dans un brouillard de stupeur et venait de goûter le plaisir pour la première fois.

« C'était une erreur, et je vous ai déshonorée, ainsi que James. Je vous prie d'accepter mes excuses. »

Une erreur ? Comment une chose aussi merveilleuse pouvait-elle être une erreur ?

Mais c'en était une bien sûr. Elle était la fiancée de James, qu'elle n'arrivait pas à s'imaginer en train d'embrasser. Fiancée avec un homme qu'elle n'aimait pas, et dans quel but ? Pour l'utiliser comme couverture ? Un déguisement social pour qu'elle puisse mener à bien ses activités nocturnes sans reproches ?

Pour la première fois, Claire réalisa le prix qu'il allait falloir qu'elle paye.

Non, je ne le paierai pas. Il doit y avoir une autre façon.

Elle pouvait se désengager immédiatement de ses fiançailles et alors elle serait de nouveau libre d'embrasser Andrew.

La Dame trouvait toujours le moyen de s'en sortir.

CHAPITRE 13

*L*a porte se referma en bas. Au début, Claire pensa que ce devait être Tigg qui était allé chercher quelque chose dans le landau, mais non, les pas qui gravissaient les marches d'escalier étaient beaucoup plus lourds que les siens.

James Selwyn apparut, en train d'enlever ses gants.

Andrew lui tourna le dos, et Claire se pencha vers la pile de documents la plus proche, en les classant sans avoir la moindre idée de ce qu'ils contenaient.

James leur jeta un coup d'œil, ne voyant apparemment aucun indice de ce qui venait juste de se passer. « Bonjour, Andrew. Ah, Claire, j'ai été ravi de voir le landau garé devant en arrivant. »

« Je suis ici le matin d'habitude. » Zut. C'était un peu froid comme accueil. Elle était sa fiancée maintenant. « J'espère que vous allez bien ? »

« Très bien. Tout d'un coup, j'ai pensé que je n'avais aucune idée de l'adresse à laquelle vous habitiez, et que donc je ne pouvais pas vous faire suivre les invitations qui ont commencé à arriver. »

« Des invitations ? »

« Eh bien, oui, j'ai parlé de l'heureuse nouvelle à deux ou trois personnes – » Andrew souffla brusquement mais James ne sembla pas s'en apercevoir, « – et maintenant je suis inondé de pneumatiques. Demain soir, par exemple, nous sommes invités au théâtre avec mon cousin et sa femme, et ensuite au bal de Lady Wellesley. Vendredi, il y a un dîner suivi de jeux de cartes avec le clan Meriweather-Astor, et le lendemain une sorte de bal masqué à laquelle sera présent, dit-on, le Prince de Galles. » Il lui sourit. « Je suis invité deux fois plus depuis que je ne suis plus un homme à marier... c'est incroyable. »

« Ce n'est pas du tout incroyable, » dit Andrew sèchement. « Tout le monde sait dans quelle situation se trouve Claire. Ils veulent simplement se délecter de vous voir tous les deux ensemble. »

« Veux-tu dire qu'il y a quelque chose d'amusant dans la situation de ma fiancée ? »

« Ce n'est pas un secret qu'elle doive se débrouiller toute seule maintenant. Ces pimbêches vont être à la plupart de ces évènements, et tu as vu comme elles s'amusent à ses dépens. »

« Je suis là, hein, » leur rappela Claire. « Je n'ai pas peur de Julia et de sa crique. J'ai des choses plus importantes à penser que de me préoccuper de leur opinion. »

James sourit de nouveau, mais il semblait un peu plus crispé cette fois-ci.

« Alors vous m'accompagnerez ? »

Il lui vint une idée à l'improviste et elle eut du mal à contrôler un fou rire naissant. « Vous pouvez accepter de ma part pour le bal masqué. Pour les autres, j'ai bien peur que je n'aie rien de convenable à me mettre. J'ai laissé toutes mes robes du soir à Carrick House, et elle a été pillée depuis. »

« Je suis sûr que les femmes de mes cousins pourront vous prêter quelque chose. »

« Non, merci, je ne voudrais pas leur donner ce désagrément. »

« Claire, il va falloir que vous rencontriez ma famille à la fin. »

« Oui, je sais, et en quatre ans je suis sûre que j'en aurai de multiples occasions. Mais pour cette semaine, j'ai vraiment trop à faire, et trop peu de temps pour l'exécuter. »

« C'est Andrew qui vous fait travailler autant ? » Il lui jeta un coup d'œil critique. « Si c'est le cas, j'aurai une chose ou deux à lui dire à ce propos. »

« Ne le faites pas, » rétorqua Claire. « Je suis tout à fait capable de gérer mon travail ici sans ingérences. »

« J'ai le droit de m'ingérer. Vous oubliez que je finance cette entreprise – y compris votre salaire. »

« Je renoncerai à mon salaire dans ce cas. »

Cela sembla lui faire un choc. « Vous n'êtes pas sérieuse. De quoi allez-vous vivre ? »

« Jusqu'à ce que nous soyons mariés, cela me regarde. »

Il la fixa, perplexe. « Peut-être suis-je allé un peu vite en besogne, » dit-il prudemment. « Je vous prie de m'excuser. » La tension dans ses épaules ne se relâcha pas, mais elle inclina la tête. « Il faut que je vous parle d'une autre chose. »

« Si c'est un autre bal, le sujet commence à me fatiguer. » Elle s'empara des traités qui étaient sur l'étagère, d'une main, et les transporta à travers la pièce. Puis, elle commença à disposer les livres sur une autre étagère.

« Non, pas un autre bal, même si vous devrez vous y résigner. Ils ne vont pas disparaître. Il s'agit d'une affaire plus personnelle. »

« Je vous prie de m'excuser, alors, » dit Andrew. « Je ne voudrais pas m'immiscer dans votre conversation. »

« Ne t'en fais pas, Andrew. » Lord James balaya de la main ses scrupules. « Je voulais juste dire que parmi les invitations, il y en a une de la mère de Claire, Lady St Ives. »

Elle s'accrocha à une pile de livres, comme si elle pouvait la protéger de ce qu'il allait dire. « Est-ce qu'elle voulait une date de mariage pour la petite annonce dans le Times ? »

« Oui, mais je m'en suis occupé. Elle nous a invités à venir chez elle quelques jours, c'est tout. Je crois qu'elle vous a écrit à ce propos également. » Quand Claire acquiesça, il continua, « je pensais juste que si je déclinais la plupart des autres invitations, nous pourrions prendre le Princess Mary, et nous serions de retour pour le bal masqué de samedi soir. »

« Y aller en dirigeable ? Pas en train ? »

Le Princess Mary était l'équivalent aérien du Flying Dutchman – bien que sa vitesse fut énormément supérieure. Aller voir sa mère en compagnie de Lord James était vraiment la dernière chose qu'elle eut envie de faire... mais en même temps, y avait-il meilleure façon de faire passer le Dr Craig incognito à l'aérodrome et la mettre dans le paquebot pour Paris, que de l'englober dans son groupe?

« Cela va coûter les yeux de la tête. »

« Pour deux personnes ? Mais non. Je peux envoyer un pneumatique et réserver les places tout de suite. »

« Pour sept. »

« Sept ? » Il laissa tomber sa canne et dut se pencher pour la ramasser. « Voudriez-vous emmener toute ma famille ? »

« Non, la mienne. Je voudrais que les enfants viennent aussi. » Elle leva la main et compta sur ses doigts. « Margaret, Elizabeth, Willie, Tigg, and Jake. » En tant que lieutenant, Snouts devrait rester sur place. Elle aurait malheureusement besoin de laisser aussi son fusil à éclairs, et elle ne pouvait avoir confiance en personne d'autre. « Je crois que vous les avez rencontrés tous, sauf Jake. »

Un ange passa, puis il referma la bouche d'un coup sec. « Certainement pas. »

« J'achèterai leurs billets, pour qu'ils n'abusent pas de votre générosité. »

« Je n'irai pas jusqu'en Cornouailles avec une bande de morveux qui ne m'appartiennent même pas ! »

« Ils sont sous ma responsabilité, et par conséquent ils viennent avec moi. »

« Est-ce que vous ne prenez pas votre rôle de gouvernante un peu trop au sérieux ? Où sont leurs parents ? »

C'était le moment de franchir le pas. « Ils n'ont pas de parents ; ce sont des orphelins. Je me suis chargée de pourvoir à leur éducation et à leur bien-être, et je pense qu'un voyage en Cornouailles leur ferait du bien. »

« Mais pourquoi... pourquoi ne m'avez-vous rien dit ? » James regarda Andrew à la recherche d'un soutien. « Tu le savais, toi ? »

Le pauvre Andrew avait l'air de celui qui aimerait être partout sauf dans son propre bureau. « Je le savais en partie. Mais ce que choisit de faire Claire de sa vie privée ne me regarde pas. Ce qui m'intéresse, ce sont les quatre heures qu'elle et Tigg passent ici. »

« Eh bien, le reste me regarde ! Je ne les veux pas, Claire. »

Elle le regarda, et l'espace de deux secondes le silence plana sur la pièce. Même en bas dans le laboratoire, les entrechoquements et les tintements cessèrent. Puis elle leva un sourcil. « Pendant quatre ans encore, ma vie ne vous regarde pas. Vous me surprenez, James : vous priveriez un orphelin sans le sou de la possibilité de voir un dirigeable, de voyager en compagnie de gens civilisés, et de voir un grand domaine comme celui de Gwynn Place ? »

« Ça n'a rien à voir avec le fait de 'priver' ; c'est simplement qu'ils me sont totalement étrangers et que je n'ai pas envie d'être embêté. »

« Ils ne vous embêteront absolument pas. Ils sont sous ma responsabilité, et je propose ce voyage comme une opportunité éducative et sociale. »

« Ridicule. »

Elle mit les livres sur l'étagère, en rangs bien serrés. « Aussi ridicule que vos bals et vos dîners. Très bien. Je décline toutes les invitations, et vous pourrez expliquer à votre cercle, comme bon vous semble, pourquoi votre fiancée n'est jamais à vos côtés lors de vos engagements. »

Il parut indécis pendant un instant. « Je vous en prie, Claire. »

La voix calme, elle dit, « Les nobles et fortunés parmi nous ont le devoir de prendre soin de ceux qui ont moins de chance. Les enfants ne vous gêneront pas. Je ne vous supplierai pas, mais je vous demanderai de penser à leur bien-être – et au mien. »

Est-ce qu'il grinçait des dents ? Non, c'était une impression.

« Je suppose que vous ferez ce que vous voulez, quoique je vous dise. »

« Certainement. Mais ma conscience serait plus tranquille si je savais que j'ai votre approbation. »

« Je ne sais pas si on peut parler d'approbation. »

« Il me suffirait d'avoir votre complicité involontaire. »

« On peut appeler ça comme ça, oui. »

Le sourire de Claire détendit immédiatement ses traits. Au moins, sa mâchoire s'était relâchée. « Merci, James. Si vous aviez l'amabilité de réserver des places pour le vol de demain, je paierais les billets des enfants. »

« Absolument pas. Autant faire les choses jusqu'au bout, je suppose. »

Elle savourait sa victoire. En fin de compte, peut-être valait-il mieux ne pas parler du sixième membre de leur petit groupe.

Après tout, il pouvait difficilement piquer une crise si la scientifique se tenait debout en face de lui, non ?

～

« PFFUI, » dit Tigg, en regardant de ses grands yeux marron l'énorme forme elliptique du dirigeable au-dessus de sa tête, « j'ai jamais vu une chose aussi grosse, je jure. Même pas le satané Parlement. »

Même Jake, qui réagissait rarement en faisant plus que renifler ou serrer les dents, ne semblait pas s'être aperçu que sa bouche était grande ouverte, tandis que son regard fixait tour à tour le bois brillant et la nacelle en laiton, les cordes d'amarrage qui tenaient le ballon attaché au sol, et le tissu du ballon lui-même, qui était en train de gonfler sous leurs yeux.

Jake n'avait pas voulu venir. « Jamais eu mes pieds plus hauts que les passerelles de Whitechapel, et j'ai jamais eu l'envie d'y monter, » dit-il, et il avait fallu les sourires enjôleurs des Mopsies et la taquinerie des autres garçons pour le lui faire accepter. C'est Snouts qui sortit l'argument décisif à la fin : « La Dame a besoin de protection, et t'es le meilleur que j'ai, » dit-il à Jake à voix basse. « J'ai pas confiance en ce satané snobinard et toi non plus, tu devrais pas. »

Tigg avait apparemment raconté toute l'histoire dans le loft à un public captivé. Claire appréciait moyennement que ses histoires privées deviennent de notoriété publique dans le cottage, mais bon. Si cela avait permis à Jake de venir avec eux, elle était prête à faire le sacrifice.

« Sa Seigneurie n'est toujours pas en vue, Mopsies? » murmura-t-elle. Rien ne leur échappait, et il était vital qu'elles arrivent à faire monter le Dr Craig dans le dirigeable sans que personne ne la reconnaisse.

« Il est toujours au bar, milady, » dit Lizzie de son poste sur la passerelle au-dessus. « Y sait même pas qu'on est ici, nous. J'espère qu'y sera pas malade. »

Le seul contact qu'avait eu Lizzie avec des vaisseaux, flottants ou aériens, avait été sur la Tamise et elle avait eu mal au cœur. Claire espérait que son estomac résisterait au test d'aujourd'hui.

« Venez, Dr Craig. On dirait que le steward nous fait signe. »

« Vos billets, Mesdames ? Nous larguons les amarres dans cinq minutes. »

Le Dr Craig lui tendit le billet qui était arrivé par pneumatique le matin même ; il le tamponna et le lui rendit. « C'est un plaisir de vous avoir à bord, Madame. Votre siège est le deuxième à partir de la proue. Vous êtes priée d'attacher votre ceinture et de la garder tant que nous n'avons pas atteint la vitesse de croisière. »

Le Dr Craig exhala l'air par le nez en frémissant, puis elle devint blanche comme un drap. « Rosemary ? » Claire était d'accord pour ne pas prononcer son prénom à haute voix. « Vous vous sentez bien ? »

La scientifique se maîtrisa. « Faut-il vraiment que je sois attachée ? »

Claire sentit sur sa propre peau la terreur de la femme. Bien sûr. Des ceintures en cuir.

« C'est pour votre propre sécurité, Madame. Le Princesse Louise a hâte de s'envoler ; si vous n'êtes pas préparée, vous pouvez perdre l'équilibre quand nous décollerons, à cause de la vitesse d'ascension et tout le reste. Mais bien sûr vous pouvez les défaire et vous déplacer dans la nacelle comme vous voudrez dès que le capitaine l'aura autorisé. »

Elle hocha lentement la tête. « Très bien. C'est... bien de savoir que je peux les défaire moi-même. » Elle se tourna vers Claire. « Je suppose que le moment est venu de nous dire adieu. »

« Oui, je pense aussi. » Claire lui sourit chaleureusement. « J'espère vous revoir un jour. »

« Moi aussi. » Elle se tourna vers les autres. « Margaret, souviens-toi... le mécanisme des pieds doit être régulièrement huilé, et tu dois faire exercer le poulailler au moins une fois par semaine. Sinon, tu verras qu'il ne voudra pas bouger quand tu en auras vraiment besoin. »

« Oui, M'dame. » Maggie leva les yeux vers elle et prit sa main. « Merci de votre aide, M'dame. On aurait jamais pu faire ces pieds sans vous. »

« Mais oui, tu aurais pu, petite futée. » Le regard de la scientifique s'adoucit. « J'ai entièrement confiance dans l'inventivité de ton intellect. Au revoir, Maître Tigg, Maître Jake. J'espère vraiment vous revoir un jour dans les Canadas. Vous auriez un franc succès. » Elle s'agenouilla et prit Willie dans ses bras. « Au revoir, mon chéri, à toi aussi. Je sais que je n'aurai jamais d'enfants maintenant, mais si j'en avais eus, j'aurais aimé qu'ils soient comme toi. »

Le steward lui tendit la main et elle gravit les marches, qui, n'étant pas posées directement sur le sol, s'enfoncèrent un peu sous son poids ; et comme Claire faisait reculer tout le monde, ils purent la voir s'installer dans son siège par les vitres ovales et quelques minutes plus tard quelqu'un cria, « Décollage ! »

Les amarres furent larguées, le mât d'amarrage libéra l'anneau de la proue, et le Princess Louise bondit vers le ciel. L'espace d'un soupir, le ballon fut de la taille d'une pièce d'or près du soleil, puis il passa derrière un nuage et disparut.

« Quel soulagement ! » dit Claire. « Je ne pensais pas vraiment que quelqu'un allait la reconnaître après tout ce temps, mais on ne sait jamais. »

« Reconnaître qui ? »

Elle faillit tomber à la renverse en entendant la voix de James fuser derrière elle. Elle décocha un regard noir en direction de Lizzie, qui fixait le dirigeable, la tête inclinée en arrière et la main protégeant ses yeux, au lieu de garder un œil sur les allées et venues de James.

« Oh, personne, » dit-elle rapidement. « Je pensais que je venais de voir une vieille amie de maman, c'est tout. »

« Ne vous promenez pas partout, ici ; ce n'est pas sûr. Venez, ils viennent juste de nous appeler pour monter à bord. »

Le Princess Mary, vaisseau affecté au trafic intérieur ne devant pas traverser l'océan, était beaucoup plus petit que le Princess Louise, mais n'en était pas moins magnifique. Après avoir montré leurs billets, James fit entrer Claire dans la nacelle et attendit en cachant mal son impatience que les enfants montent à bord derrière elle. Jake resta collé à elle comme si on l'avait attaché.

« Excuse-moi, petit coquin, mais je vais m'assoir près de ma fiancée, merci beaucoup. »

Ce n'est que quand le steward eut expliqué qu'ils ne pouvaient pas s'assoir tous du même côté (« La nacelle ne tiendra pas. Vous devez compenser le poids de madame en vous asseyant sur le siège correspondant du côté bâbord. ») que Jake, à contrecœur, se détacha d'elle.

Il ne relâcha pas sa vigilance pendant la première heure, même quand on largua les amarres ; à ce moment-là il garda les yeux rivés sur Claire et pas vers le sol, tandis qu'ils montaient dans le ciel. Tigg arrivait tout juste à rester sur son siège, tirant sur son harnais en cuir tout en écrasant son nez contre la fenêtre. « On dirait une carte de géographie là-dessous, milady. Regardez, on voit le château de Windsor ! »

Claire avait fait plusieurs fois ce voyage avec ses parents, mais il n'y avait rien de plus délicieux que l'émerveillement d'un enfant.

« Milady, » dit Lizzie faiblement, « j'ai mal au cœur. »

James laissa échapper un son montrant son dégoût, mais Claire défit sa ceinture et s'agenouilla près du siège de Lizzie. « Viens, ma chérie. Les toilettes pour femmes sont à l'arrière de la nacelle. »

Le steward se matérialisa comme par magie. « Vous ne pouvez pas vous lever, milady. Le capitaine n'a pas encore donné le feu vert. »

« Vous allez avoir un travail de nettoyage peu ragoûtant, si ma jeune protégée ne parvient pas aux toilettes pour femmes dans moins de dix secondes, je crois. »

Il écarquilla les yeux. « Je vois... dans ce cas, permettez-moi d'accompagner la jeune dame. »

Lizzie n'apprécia pas la nouveauté d'un homme lui offrant le bras. L'important était la rapidité, et ils eurent tout juste le temps de traverser la porte sculptée et d'aller au lavabo en métal brillant. Lizzie se rinça la bouche et Claire lui donna une pastille à la menthe. « Quand le repas sera servi, je te recommande de manger léger ; un peu de soupe et des crackers, et peut-être un peu de fruits. »

« Mais, milady. » Les yeux de Lizzie se remplirent de larmes.
« Ces gens derrière nous, ils ont dit qu'y va y avoir des macarons
au chocolat ! J'ai jamais mangé un truc pareil. »

« Ça ma chère, les petits sacs sont faits pour ça ! Quand on
aura atterri de nouveau, vous retrouverez les macarons. »

Un peu de couleur revint sur les joues pâles de Lizzie. « C'est
pas du vol alors ? »

« Sûrement pas. Lord James a payé votre voyage, et le repas
est compris ; que tu le manges avant ou après ne compte pas. »

« J'aime pas ce snobinard, milady. »

« J'espère que tu ne vas pas lui dire ça en face, Lizzie. Son vrai
titre c'est Sa Seigneurie. »

« Je sais. Y nous aime pas, alors moi je l'aime pas non plus. »

« Mais si tu devais lui donner une raison de t'aimer, alors
peut-être que tu changerais d'avis. »

« Il vous aime pas beaucoup non plus, milady. Tout au moins,
pas à ce qui nous paraît. »

Ce n'était vraiment pas une conversation convenable à avoir
avec une petite fille de dix ans. Mais il est vrai que les Mopsies
n'étaient pas des enfants ordinaires. D'après ce que Claire avait
pu comprendre, elles avaient vécu dans les rues depuis qu'elles
étaient hautes comme trois pommes. L'instinct de conservation
donnait une excellente intuition, et les petites filles avaient pris
en grippe James Selwyn dès le début.

« Lord James est habitué à la compagnie des hommes, pas des
femmes. Il est brusque et il veut commander, et nous n'y sommes
pas habituées. Il m'a demandée en mariage cependant, ce qui
veut dire qu'il doit avoir une certaine estime pour moi,
n'est-ce pas ? »

Lizzie la regarda tandis que Claire arrangeait le ruban dans
ses cheveux. « Y vous respecte pas, milady. Vous devez vous faire
respecter pour faire régner l'ordre. »

Claire aurait cru entendre la voix de Snouts. « Mais cet ordre
me convient, ne t'en fais pas. Maintenant, si tu te sens mieux,

nous pourrions rentrer dans le salon avant que ce pauvre steward ne se sente obligé de venir nous chercher. »

Lizzie agrippa la manche de sa veste en twill de soie.

« Vous mariez pas avec lui, milady. Qu'est-ce qu'on va devenir ? »

Ah. C'était donc ça ; la question avait taraudé Claire au cœur de la nuit, et maintenant la réponse lui venait spontanément à la bouche.

Elle s'agenouilla de nouveau, pour que leurs yeux soient au même niveau. « Peu importe ce qui se passera – que je reste avec vous au cottage, que j'épouse James, ou que je prenne le bateau pour l'Amérique du sud pour construire des ponts dans la jungle – nous resterons ensemble tant que nous en aurons besoin. Nous appartenons au même troupeau, Lizzie. Toi, moi, Maggie, Willie, les garçons, Rosie... nous tous. Tu comprends ? »

Elle mit un peu de temps à hocher la tête. « Même si vous épousez le snobi – Sa Seigneurie et que vous allez vivre dans un château ? »

« Je ne crois pas que Selwyn Park soit un château, mais disons que oui. Même si ça l'était d'ailleurs. » Certains pourraient trouver cette promesse un peu hâtive, mais Claire voyait au-delà et pensait à quelque chose de plus grand. Ces enfants et elles étaient en train de devenir une famille. Si Lizzie – la Lizzie têtue, volontaire, désobéissante – tenait autant à montrer ce qu'elle ressentait, et craignait, Claire devait à tout prix être à la hauteur par ses promesses ou ses intentions.

Si elle ne l'était pas, elle baisserait dans sa propre estime. La perte de confiance de la part de cet enfant équivaudrait à une perte trop terrible pour être réparée.

Une perte plus terrible que l'estime que pouvait avoir James pour elle.

« Je me sens beaucoup mieux, milady, » murmura Lizzie.

« Moi aussi. » Elle se remit debout et prit la main de Lizzie. « Et je ne parle pas du mal des airs, moi non plus. »

« $\mathcal{V}$ous voulez dire que vot' mère a pas de landau à vapeur, milady ? » demanda Tigg, consterné, quand il vit le véhicule à quatre chevaux qui les attendait hors du terrain d'aviation à Truro. « Et y-a pas de bus à vapeur dans toute la Cornouailles ? »

Le choc provoqué par la révélation de ce provincialisme le réduisit au silence pendant tout le voyage le long du Carrick Roads, le grand cours d'eau qui permettait aux bateaux d'aller et venir entre Falmouth et Truro. L'aile nord de Gwynn Place se dressait parmi les arbres, et à travers la vitre ouverte de la calèche ils entendaient le cri strident des mouettes qui s'élançaient et planaient au-dessus de l'océan.

Quand le véhicule s'arrêta devant le porche, les deux grandes portes s'ouvrirent et Lady St. Ives apparut avec Nicholas calé sur ses hanches. Claire laissa tomber son petit sac et son bagage et couvrit son petit frère de baisers, puis elle embrassa sa mère de façon plus digne.

« Maman, c'est merveilleux de vous revoir. »

« Pour moi aussi. » Lady St. Ives la détailla d'un œil critique. « Tu as grandi ; tu t'es étoffée. Tu as changé, d'une certaine façon... et pourtant il n'y a que quelques semaines que je t'ai laissée en ville. »

« Disons que ça fait deux mois plutôt, Maman. Et voilà James. »

Sa mère fit un sourire qui fit ressortir ses fossettes, comme une jeune fille et elle tendit Nicholas à Claire pour pouvoir prendre James dans ses bras. « Je suis si heureuse que vous ayez pu venir à Gwynn Place. Entrez, je vous prie. »

« Maman, j'aimerais vous présenter mes jeunes protégés, » dit Claire fermement, en tenant toujours dans les bras son petit frère, dont le poids était un réconfort contre sa poitrine.

« Tes protégés ? Je croyais que c'était les enfants des métayers auxquels vous aviez fait faire un tour. Qu'est-ce que tu entends par 'protégés' ? »

« Je veux dire que sont des jeunes dont je suis responsable. Ces jeunes garçons s'appellent Jake, Tigg et Willie ; et les filles s'appellent Margaret et Elizabeth. »

Au grand étonnement de Claire, Lizzie et Maggie plongèrent dans de parfaites révérences, et Tigg se courba en avant en cassant la taille, comme il avait vu Andrew faire le fameux jour au Crystal Palace. Willie resta immobile, bouche bée devant Lady St. Ives, comme devant une apparition.

Jake fit un petit bruit comme s'il s'étouffait et se précipita pour soulever la valise de Lord James du porte-bagages au-dessus du véhicule, avant que le cocher ne le fasse.

« Est-ce qu'ils n'ont pas – oh mon Dieu ! » Lady St. Ives recula d'un pas sous la poussée de Willie qui venait de se lancer sur elle, en entourant de ses bras ses jupes volumineuses et en éclatant en sanglots. « Mais que se passe-t-il mon cher enfant ? Allez, allez... sèche ces larmes. Bon sang, est-ce que vous ne pouvez pas – ? Claire, qu'est-ce qu'il lui prend ? »

Malgré ses efforts, elle n'arrivait pas à détacher le petit garçon des jupes de sa mère. Même Jake arrêta de s'affairer, l'air inquiet, les sourcils froncés, comme s'il se demandait si Willie avait besoin d'être secouru ou pas.

« Willie, chéri... tout va bien. » Le bébé sur un bras, Claire essaya de mettre son autre bras autour du petit bonhomme. « Tu es en sécurité ; on est à la maison maintenant, à Gwynn Place, où je suis née. Tu vas voir Polgarth, le gardien du poulailler, et les poules, et on va pique-niquer sur la plage demain, en essayant de ne pas se faire pincer les orteils par les crabes. Ça te plairait ? »

Hoquetant, le visage strié de larmes, il leva les yeux vers sa mère. Ses lèvres bougeaient mais aucun son ne sortait. Claire n'avait jamais rien vu d'aussi angoissant. Enfin, Willie eut un mouvement de recul et enfouit son visage dans la clavicule de Claire quand elle s'agenouilla sur les dalles. Sa poitrine se soulevait et s'abaissait sous l'effort de ne pas pleurer – comme s'il luttait contre une déception trop forte pour être supportée.

« Ah, mon petit bonhomme, » murmura-t-elle, les sanglots prêts à jaillir de sa propre gorge. « Qu'est-ce que tu as vécu, dont tu ne peux pas parler ? »

Il se contenta de la serrer encore plus fort et ne répondit pas.

« Pauvre de moi... un petit groupe surprenant, » dit Lady St. Ives faiblement en reprenant Nicholas et en exhibant son meilleur sourire de maîtresse de maison. « Je te demanderais bien pourquoi tu te sens responsable d'eux, mais je crois que nous resterions plantés là jusqu'au dîner ; alors entrez. Lord James, Penhale va vous montrer votre chambre. Claire, viens avec moi et nous allons décider des chambres pour tes... protégés. »

Claire arbora son plus beau sourire et conduisit le petit groupe vers le grand escalier, dont la paroi était recouverte des portraits d'ancêtres morts depuis longtemps. Il y en avait encore plus dans la galerie, mais ceux-ci étaient de moindre importance. Ils se bornaient à accueillir les invités ; ils ne les impressionnaient pas.

Elle était sûre que dès que sa mère pourrait être seule avec elle, elle lui ferait un interrogatoire en bonne et due règle. Elle s'y était préparée. Ayant pris sa décision sur l'avenir des enfants, quand elle était dans le dirigeable, elle sentait se renforcer en elle sa résolution.

Ils traversèrent ensuite la galerie, puis le salon, le boudoir et la bibliothèque, puis gravirent encore des marches jusqu'au troisième étage. Des voix d'homme lui apprirent que James s'était installé dans la Chambre bleue, appelée ainsi à cause de ses tentures de lit et de sa vue sur la mer. Sa propre chambre donnait sur le jardin des roses, le potager et un morceau du champ consacré aux poules, qui était invisible quand on regardait la façade.

« On se croirait dans un conte de fées, » dit Maggie dans un souffle, en regardant tout autour d'elle les tentures de lit à imprimé jaune, le canapé et les chaises avec leur tapisserie couleur des feuilles au printemps. Bordés d'or, les entrelacs de sa coiffeuse provençale et les miroirs assortis au mur, et les rideaux étaient faits du même tissu imprimé que le lit, ces derniers encadrant les doubles portes françaises qui servaient de fenêtres. Un balcon à l'extérieur contenait seulement une mangeoire à oiseaux, endommagée et vide après un hiver d'abandon. Elle allait le réparer. « Est-ce que Sa Seigneurie dort ici ? »

« Mon Dieu non ! » dit Lady St. Ives de l'encadrement de la porte. « Ma chambre est la suite au fond du couloir, avec vue sur la mer. Ça c'est la chambre de Claire. »

« Tout ça ? » Maggie étendit les bras comme pour englober tout l'espace. « Tout pour une personne ? »

Claire ouvrit tout grand un secrétaire rempli de livres et de papiers, de crayons, encre et compas. Bien. On n'avait rien enlevé. « Oui, j'ai grandi ici, souviens-toi. » Elle alla vers les rayonnages de part et d'autre du lit, contenant les livres qui avaient été les compagnons de son enfance solitaire. « Tu vois ? Nous pouvons lire ces histoires le soir. Ce sont celles que j'ai adorées en grandissant. »

Une large carrure apparut derrière sa mère et Claire sourit. « Bonjour, Mme Penhale. »

« Bonsoir, Lady Claire. Je suis heureuse de voir que vous vous portez à merveille. Polgarth me prie de vous dire que Seraphina a eu seize poussins avant-hier, et qu'il espère que vous viendrez les voir. »

Lady St. Ives pinça les lèvres. « Pas maintenant, Claire. Mme Penhale, voulez-vous avoir l'amabilité de monter avec ces enfants et de trouver des lits pour eux ? »

« En haut ? » Claire laissa Maggie et Lizzie se pencher au-dessus du balcon et elle traversa la pièce. L'étage supérieur était celui où les domestiques dormaient, et aucun d'eux ne la remercierait de devoir partager leur lit. « Ce sont mes invités, Maman. Les petites filles peuvent dormir ici avec moi, et les trois garçons tiendront tous dans la Chambre du Raja qui est grande comme une salle de bal. »

« Certainement pas. » Sa mère regardait Jake, qui était allé au bout du couloir et contemplait la mer comme s'il ne l'avait jamais vue avant. Peut-être était-ce le cas. « Quand est-ce que ce jeune homme a pris un bain pour la dernière fois ? »

« En l'occurrence, hier soir, » dit Claire d'un ton ferme. « Ces enfants sont nos invités au même titre que Lord James. Je ne veux pas les envoyer en haut comme si c'était des cireurs de chaussures et des filles de cuisine. »

« Ce jeune homme pourrait fort bien passer pour un cireur de chaussures. » Sa mère baissa le ton. « Et le plus petit, c'est un nègre ? »

« Quoi ? »

« Celui que tu appelles Tigg – un drôle de nom. Celui qui a la peau couleur café. »

Claire la fixa, ne sachant que répondre. « Tigg a un cerveau d'ingénieur et il est très doué. Qu'est-ce que la couleur de sa peau a à voir avec ça ? »

« Calme-toi ma fille. Ce n'était qu'une remarque. »

SHELLEY ADINA

« Vous feriez mieux de faire des remarques sensées, par exemple sur sa façon d'entretenir le landau. Il est capable de le démonter et de le remonter aussi vite que moi. » Trop tard, sa mère écarquillait les yeux et Claire réalisa ce qu'elle venait de dire. Enfin, elle n'y pouvait rien maintenant, c'était dit. « C'est Gorse qui m'a appris. »

« Alors, je suis particulièrement ravie qu'il ne soit pas venu avec toi. Franchement, après que tu nous aies amené ces enfants, rien ne me surprendra plus de ta part. Bien. Les filles resteront avec toi, si tu insistes. Mais les garçons iront en haut, un point c'est tout. Le deuxième valet de pied s'est fiancé avec la cuisinière rousse de Sir Richard, et il a laissé une chambre libre. Ils peuvent la prendre. »

« Mère – »

Entre temps, Tigg et Jake avaient entendu le remue-ménage et étaient sortis dans le hall. « Tout va bien, milady, » dit Tigg. « On peut dormir sur une caisse en bois dans l'étable, si ça créé des problèmes. On a vu pire. »

« Certainement pas. Vous êtes mes invités. »

« Si c'est pareil pour vous, milady, je fermerais pas l'œil de la nuit dans une chambre comme ça. » Jake fixait ses chers rideaux imprimés comme s'ils allaient onduler et s'enrouler autour de son cou. « En haut c'est p'têt moins bien que c'que vous voulez, mais c'est mieux et on aura beaucoup de place. »

« Un jeune homme sensé, » dit Lady St Ives. « Je ne sais pas où tu as trouvé ce manteau, mais si tu ne veux pas qu'on te prenne pour un cireur de chaussures, il faut que tu en trouves un autre. Tu as à peu près la taille du jeune frère de feu mon mari, qui a péri en mer. Voyons si je peux trouver quelque chose de lui pour toi. »

Jake n'eut pas l'air enchanté de porter les vêtements d'un mort, mais il eut le bon sens de ne pas protester. « Merci, milady. »

Une autre révélation. Claire ne l'avait jamais entendu remercier qui que ce soit, non plus.

~

PUISQU'ILS ÉTAIENT CENSÉS DÎNER en famille dans la véranda, ils n'avaient pas besoin de vêtements de soirée. Claire passa quand même en revue les robes de son armoire car ils devaient aller le lendemain chez Sir Richard et elle n'avait rien de convenable à se mettre. Sa garde-robe semblait faite pour une gamine, sans parler des ourlets à rallonger. Elle avait grandi depuis qu'elle était partie de là l'été dernier – grandi et changé aussi bien dans sa tête que physiquement.

Le fait qu'elle puisse tenir tête à sa mère et même la faire changer d'avis en était la preuve.

Après le poisson pêché le jour même, de la salade et du jambon, il commença à se faire tard. Un tour de la maison et des terrains autour suffit à épuiser Willie, et les filles ne semblaient plus très vaillantes. Claire les mit au lit, dit bonne nuit à Tigg et Jake, et prit son courage à deux mains pour revenir à la salle de musique, où Lady St. Ives jouait du piano pour James.

« Ah. » Sa mère arrêta son jeu enjoué et s'installa sur le canapé. Elle tapota les coussins à côté d'elle. « Viens ici, ma chérie. Nous avons beaucoup de choses à nous dire, et si je te connais bien, tu vas aller voir Polgarth le matin et je n'aurai plus l'occasion de te voir. »

James se pencha sur le manteau de la cheminée, un fin cigarillo entre les doigts. De façon ostensible, Claire traversa la pièce et ouvrit la fenêtre, puis s'assit et s'apprêta à faire face aux critiques.

« Notre cher James m'a dit que tu envisages d'aller à l'Université de Londres à l'automne, et que vos fiançailles seront longues. Tu me surprends vraiment, Claire. »

Elle fit comme si elle n'avait pas entendu la fin. « Je vous le confirme ; voilà pourquoi l'annonce est parue dans le Times sans une date de mariage. »

« Mais pourquoi ? » Les yeux de sa mère exprimaient une détresse on ne peut plus sincère. « Je n'arrive pas à comprendre pourquoi vous ne vous mariez pas dans six mois, surtout alors que tu vivotes – d'ailleurs où vis-tu exactement, si ce n'est pas avec les grands-tantes Beaton ? »

« J'ai un cottage près du fleuve, Maman, très confortable et qui convient aux besoins des enfants. Je leur enseigne la chimie, la physique et la lecture, mais aussi des activités de plein air comme l'escalade, la marche, la course et le jardinage. Nous avons même une poule. »

« Et comment êtes-vous tombée sur ce... cottage ? » demanda James, en faisant tourner le cigarillo entre ses doigts, comme si ses propriétés incendiaires l'intéressaient.

« Je l'ai acheté, » dit-elle sans détours. « Mes revenus suffisent à la tâche, je vous assure. »

« Tu as acheté un cottage ? » Lady St. Ives, en héritière qui n'avait jamais fait une telle chose de sa vie, la fixa d'un air incrédule. « Quels revenus ? »

« Voulez-vous vraiment, mère, que nous discutions de cela devant un gentleman ? »

« Puisque je finance en partie ces revenus, je trouve le sujet très intéressant, » dit James. « Je ne vous paye certainement pas assez pour acheter des cottages. »

Elle releva le menton. « Alors estimez-vous heureux que je ne vous demande pas une augmentation. »

« Claire ! Je trouve cela du dernier mauvais goût. On ne doit pas accepter de salaire de son propre fiancé, et encore moins plaisanter là-dessus. Cela ne se fait pas. »

« Dans votre monde, Maman, cela ne se fait pas, bien sûr. Mais dans le mien, je ne vois pas de raison pour laquelle je ne devrais pas être payée pour le travail que je fais. Je peux donc en plaisanter. »

« Tu ne devrais pas du tout travailler si tu étais raisonnable et que tu épouses James à Noël, comme une personne normale. J'espère que tu ne t'attends pas à ce que je finance ton projet absurde d'université. Nous y arrivons tout juste ici, et Lord James est – » Elle lui jeta un coup d'œil et s'arrêta dans son élan.

« Bien sûr que non. Je ne m'attends pas non plus à ce que James le finance. J'ai pensé que je pouvais vendre quelques-unes de mes actions de la Compagnie Midland. »

James tripota maladroitement son cigarillo et le fit tomber dans la cheminée ce qui l'obligea à l'écraser du pied à demi fumé dans le foyer. Mais avant qu'il puisse dire le moindre mot, Lady St. Ives, au bord de la syncope, fit un grand geste pour arrêter Claire. « Je refuse de t'écouter. Aie la bonté de garder ces transactions commerciales pour toi. Ce sujet est vraiment du plus mauvais goût. »

« C'est bien ce que je disais tantôt, Maman. Dites-moi, si nous dînons avec Sir Richard demain, pourrais-je vous emprunter une robe du soir ? Tous les vêtements qui m'appartenaient ont été pillés la nuit où j'ai quitté Carrick House. »

« J'imagine que tes vêtements de la campagne ne te vont plus. Oui, je vais voir ce que Sylvie peut trouver pour toi ; et à ce propos, je te prierais d'avoir la gentillesse de garder ces sujets pour toi. Je suis sûre que Sir Richard ne tient pas à les connaître. »

« Je te le promets. »

« Je suppose qu'il est inutile de tenter de te persuader de venir vivre ici ? »

« Exactement, Maman. Je suis très heureuse là où je suis. Je fais un travail qui me plaît, et puis il y a les enfants. »

« Ah oui, » dit sa mère. « Les enfants. Sont-ils censés nous tenir compagnie au dîner ? »

« Bien sûr que non. Est-ce que vous y amèneriez Nicholas ? »

« Non. Bien, je dois dire que je suis soulagée. Mme Penhale s'occupera d'eux dans la cuisine. »

« Je suis sûre qu'ils préféreront ça de toutes les façons. Ils ont déjà eu leur compte avec le dîner de ce soir. Malheureusement, je n'ai pas eu assez de temps pour revoir les détails de leur éducation. Déjà, leur apprendre les bases, me donne beaucoup de travail. »

« D'où est-ce qu'ils viennent exactement, s'ils n'arrivent même pas à distinguer une cuillère à soupe d'une fourchette à dessert ? »

« Excellente question, » ajouta James.

Un bruit provint du hall dehors ; peut-être le valet de pied qui allumait les lampes électrikes.

La vaisselle en argent avait été une épreuve, mais Claire avait fait de son mieux pour montrer aux Mopsies à quoi servaient ces ustensiles luisants. Avec les garçons, elle n'avait pas eu beaucoup de succès, et ils avaient mangé tout leur repas avec le couteau et la cuillère. « Pendant que je m'installais, je les ai rencontrés et j'ai compris que nous aurions pu trouver un arrangement, et qu'ils en auraient tiré des avantages. Nous avions beaucoup à apprendre les uns des autres. Quand le cottage s'est libéré, il a semblé naturel de les y faire venir pour continuer à parfaire leur éducation. »

« Oui, mais à qui appartiennent-ils ? » insista sa mère. « Où sont leurs familles ? »

« Ils sont orphelins. »

« Tu les as adoptés dans un orphelinat ? Je continue à ne pas comprendre comment tu as pu passer d'un jour à l'autre de ton diplôme à St. Cecelia à un rôle de mère poule. »

« Les émeutes ont tout changé, Maman. »

« Je le sais bien, puisque pour vendre cette maison c'est la croix et la bannière. »

« Lady Flora, puis-je vous suggérer quelque chose ? » avança James.

« Je vous en prie. Les conseils d'un homme me manquent pour ce genre de choses. »

Oh, bonté divine ! Était-ce possible qu'elle eut battu des cils en s'adressant à lui ? Claire se renfrogna.

« L'adresse de Wilton Crescent est bonne, et la maison est solide, » dit James. « Elle a juste besoin de réparations et d'un bon nettoyage. Si vous me la vendez, je pourrais vous en offrir un bon prix. » Il tourna son regard vers Claire. « Puis Claire pourrait retourner y habiter et vivre là-bas confortablement, tout en continuant sa formation. Quand nous serons mariés, je vendrai mon hôtel particulier et je vivrai là moi aussi. »

Un autre bruit, ressemblant au frottement d'une bottine sur le tapis ; personne sauf elle ne sembla s'en apercevoir. Peut-être que ses sens étaient plus habitués à ces choses depuis qu'elle devait en dépendre davantage.

Lady St. Ives battit des mains, extasiée. « Oh, vous feriez cela ? Sa Seigneurie a acheté cette maison quand nous nous sommes mariés, et j'en eus le cœur brisé quand elle a été maltraitée par ces vandales. C'est un plan merveilleux, James. Merci du fond du cœur. »

« Qu'en pensez-vous Claire ? » James fit quelques pas vers le canapé de l'autre côté et étendit ses jambes en face de lui. « Voudriez-vous revenir sur un terrain familier ? »

Il serrait les cordes invisibles de sa volonté autour de ses épaules et de ses pieds – elle arrivait presque à les sentir physiquement. Pourquoi ne lui en avait-il jamais parlé ? De l'extérieur, cela semblait extrêmement raisonnable – généreux – réfléchi. Mais de l'intérieur... elle sentait le contact léger de la corde.

« Je dois avouer que j'y ai souvent pensé, » dit-elle lentement. « Il y aurait sûrement assez de place pour les enfants, et – »

« Je ne pensais pas aux enfants, Claire, » dit-il. « Je pensais à vous, à vos cours, à votre épanouissement intellectuel et à votre assurance ; à la femme que vous deviendrez et que j'épouserai. »

« C'est aimable et généreux de votre part, James. Mais je dois penser aux enfants, puisque personne d'autre ne peut le faire. Ils sont sous ma responsabilité. »

« Est-ce que vous feriez venir ce ramassis d'enfants en guenilles à Wilton Crescent ? » Lady St. Ives se pencha en avant et baissa la voix, bien qu'il n'y eut personne d'autre qu'eux trois dans la pièce. « Ils seraient arrêtés dès qu'ils mettraient le pied dans le jardin. »

« Vous devez les ramener là où vous les avez trouvés et continuer votre vie, » dit James. « Soyez raisonnable, mettez-vous à ma place : je veux une famille à moi, pas cinq laissés-pour-compte venus de Dieu sait où, qui courent partout dans la propriété. »

Claire se leva et ferma la fenêtre. Elle commençait à frissonner.

En revenant à sa place, elle fit un grand tour pour contourner le canapé, afin de jeter un coup d'œil dans le hall. Ah ! comme elle imaginait, Jake n'avait pas relâché sa vigilance. Snouts lui avait dit de garder un œil sur elle et il remplissait son devoir à la lettre. Un mouvement derrière lui fit comprendre à Claire que Tigg était avec lui.

Elle aurait dû être troublée par le fait qu'ils avaient sûrement entendu les détails de ses finances – qu'ils avaient été les témoins de sa mise sur la sellette. Mais elle ne l'était pas vraiment.

Pour être précis, cela la confortait dans sa conviction que ce qu'elle faisait était juste. Vous devez. Vous devez. Le dernier homme qui lui avait dit vous devez était sûrement en train de soigner ses blessures et de regretter la perte de sa future progéniture.

« Et que faites-vous de mon engagement, James ? J'ai donné aux enfants ma parole que nous ne nous séparerions pas, quelles que soient les circonstances. »

« Je suppose que nous devrions voir ce qui est plus important – votre engagement vis-à-vis d'un groupe de va-nu-pieds, ou votre engagement avec moi. »

« Ce ne sont pas des va-nu-pieds. »

« Plus maintenant, peut-être. Ne vous méprenez pas, ma chère. J'admire votre tentative de les civiliser, malgré l'écueil des cuillères et des fourchettes. Mais vous devez regarder plus loin que le bout de votre nez. »

S'il lui disait ces deux mots encore une fois... Son doigt servant à appuyer sur la gâchette tressaillit, et elle referma les mains sur ses cuisses.

« Alors, si je comprends bien, je peux vivre à Carrick House jusqu'à ce que nous nous mariions, mais je ne peux le faire que si je suis seule. »

« Si vous possédez vraiment ce cottage, comme vous avez dit, les enfants peuvent rester là, tant qu'il y a une personne responsable avec eux, bien sûr. »

« Sinon ils pourraient redevenir des va-nu-pieds. »

James hocha la tête en signe d'approbation, sans saisir ce que sous-entendait son ton tranchant.

Très bien. « Puisque je m'occupe de leur éducation, ce plan ne peut pas fonctionner. Je préfère vivre dans ma propre maison, merci. Mais que cela ne vous dissuade pas d'acheter Carrick House, James. Vous devez faire comme bon vous plaira, bien sûr. »

Il eut l'air si déconcerté qu'elle réalisa qu'il n'avait pas envisagé qu'elle déclinerait son offre.

« Ce n'est pas possible, Claire ! » Lady St. Ives se joignit encore une fois à la conversation. « Tu es non seulement ridicule, mais aussi vulgaire en insistant pour vivre avec ces enfants, alors qu'un homme comme il faut désire pourvoir à tes besoins. J'insiste pour que tu acceptes son offre et que tu fasses ce qu'il suggère. »

« Je suis absolument désolée, Maman, mais je ne peux pas. Je ne reviendrai pas sur ce que j'ai dit. Si les enfants ne peuvent pas vivre avec moi à Carrick House – et j'entends par là tous les enfants, parce qu'il y en a au moins une douzaine là-bas au cottage – alors je ne peux pas y vivre non plus. »

« Il y en a d'autres ? » L'air ébahi de James exprimait son incrédulité. « Combien d'orphelins indigents cachez-vous ? »

« Je n'en ai dissimulé aucun. Vous avez simplement fait une erreur de jugement en me voyant avec ces cinq-là. »

James se leva brusquement et rejoignit à grands pas la fenêtre. « J'abandonne, » eut-elle l'impression qu'il murmurait, mais elle n'en était pas sûre.

Lady St. Ives la fixait. « Je t'ai élevée et j'ai vécu dans la même maison que toi pendant dix-sept ans... mais je ne te connais pas du tout. »

« J'ai grandi, Maman, » dit Claire doucement. « J'espère que tu familiariseras avec moi telle que je suis, et pas telle que tu voulais autrefois que je sois. »

« Familiariser ? » Sa mère secoua la tête et se leva avec grâce du canapé. « Un mot bien choisi ; de ceux auxquels je n'aurais jamais pensé en parlant de ma fille. »

Elle quitta ensuite la pièce, sans même remarquer les deux ombres qui se retiraient dans l'ombre à son passage.

CHAPITRE 15

*I*l fallut une bonne heure en compagnie de Polgarth, le gardien des poules, pour que Claire retrouve son équilibre. Ensuite, le plaisir de montrer à Maggie et Willie les bébés poussins balaya le souvenir de la soirée précédente, arrondissant les angles et éclaircissant l'horizon.

Sa mère l'adorait. James éprouvait pour elle une certaine estime. Ils se préoccupaient tous les deux pour son bien être, et ce n'était pas leur faute si leur façon de l'exprimer lui donnait l'impression d'étouffer, et l'agaçait au plus haut point.

Elle s'agenouilla près du pondoir et évacua toutes ces pensées. Elle n'allait pas leur permettre de gâcher son plaisir en ce moment.

Maggie contemplait Polgarth les yeux levés, comme s'il détenait les clés du royaume. Il lui souriait tout en parlant. « Seraphina est une Buff Orpington, d'un troupeau de race pure que nous avons développé ici à Gwynn Place. C'est une bonne mère, ça oui. Tu vois comment elle se sert d'un gloussement spécial pour appeler ses poussins. » Des boules dorées de duvet roulèrent et atterrirent près d'elle, entrant sous ses ailes et dans les plumes de sa poitrine tandis que les humains se rassemblaient autour de la petite maison faite de bois et de fil de fer.

« Ils l'ont entendu quand ils étaient dans l'œuf, et c'est comme ça qu'ils savent qu'elle est leur mère. » Willie tira la veste de l'homme, les sourcils froncés montrant son incrédulité. « Ah, mais oui jeune homme, » dit Polgarth, comme si le garçon avait parlé à voix haute. « Ils entendent dans l'œuf quand ils sont suffisamment développés. Maintenant, là, Seraphina a compris que vous ne lui voulez pas de mal, et donc les petiots sont en train de sortir pour voir qui est venu les voir. Veux-tu en tenir un ? »

Willie hocha vigoureusement la tête, et quand le poussin fut déposé dans ses mains jointes, il le caressa délicatement. Maggie attendait impatiemment un poussin et elle se mit à se trémousser avec délice quand il grimpa le long de son bras et se nicha dans ses boucles.

« Ah, vous avez le don, ma fille, » dit Polgarth. « Un peu comme Sa jeune Seigneurie. »

« Le don ? » Maggie essaya de tourner la tête pour voir le bébé poussin près de son oreille.

« Ouais, y'en a qui l'ont et d'aut' qui l'ont pas. Si tu l'as pas, tu peux pas voir ces poules autrement que comme de la viande. Mais nous, qu'on l'a, on voit les choses différemment. Nous voyons que c'est un peuple à plumes, et ils s'en rendent compte, pardi. Ce p'tit poussin, il a pas peur de toi. »

Seraphina les regardait d'un œil suspicieux, et Willie donna un coup de coude à Maggie. « J'la vois. Elle pense que j'pourrai faire mal à son p'tit, mais je le f'rai pas. »

Claire réprima un sourire en entendant Maggie reprendre inconsciemment l'expression de Polgarth. « Nous avons une poule à la maison, Polgarth, elle s'appelle Rosie. Sa race est un peu incertaine, mais c'est elle qui commande dans le jardin. »

« Lewis a terriblement peur d'elle, » lui dit Maggie. « Mais moi et Lizzie on lui a sauvé la vie au marché et elle le sait. On lui a construit un poulailler ambulant, avec des pieds qui marchent à la vapeur, tu vois, comme ça on peut l'emmener avec nous quand on s'en va. »

« Vous savez quoi ? J'aimerais drôlement voir une chose pareille ; mais vous savez, cette poule toute seule, c'est pas très bon. Les poulets sont des oiseaux qui vivent en groupe, il faut qu'elle ait des compagnons. »

Willie acquiesça mais il avait l'air anxieux. Le poussin gigotait pour sortir de ses mains, et Polgarth le lui prit gentiment.

« Nous allons lui trouver des compagnons, » lui confia Maggie. Son poussin voleta jusqu'au sommet de sa tête, où il se jucha comme Christophe Colomb contemplant le Nouveau monde. « Mais la Dame a dit qu'on doit pas les voler. Il faut qu'ils aient besoin d'être sauvés. »

« Sa Seigneurie a raison, » dit Polgarth solennellement. « Voler, ce n'est pas pour des enfants comme vous. Mais le sauvetage, ça c'est une noble tâche. » Il tendit la main et le poussin sauta dessus. Il le rendit à Seraphina, qui se détendit visiblement quand toute sa nichée fut de nouveau autour d'elle.

« Maggie ! Milady ! » Lizzie arriva haletante de la roseraie, déboulant du coin du bâtiment. « Jake dit que la cuisinière nous a préparé un panier et qu'il est temps d'aller sur la côte. »

« Je ne veux pas aller sur la côte, » dit Maggie. « Je veux rester ici avec Polgarth. »

Lizzie écarquilla les yeux et Claire se demanda si c'était la première fois qu'elles pensaient différemment. « Mais tu dois venir. On n'a jamais vu la côte. »

« Je la verrai demain. »

« Mais Mags – »

« T'as entendu c'que Jake a dit sur c'que ces snobs pensent de nous. J'y vais pas s'il y va. Les poulets c'est beaucoup mieux. »

« Qu'est-ce qu'il a dit Jake ? » demanda Claire d'un ton aimable mais qui redevenait coupant.

« Que Lord James veut pas qu'on vive avec vous. Il a dit qu'on était une bande de va-nu-pieds. » Elle tourna un regard suppliant vers Claire. « Z'allez pas faire c'qu'il dit, hein ? »

« Certainement pas. Je vous ai fait une promesse et je la maintiendrai. »

« Et s'il veut pas vous épouser ? » voulut savoir Lizzie.

« Eh bien, je ferai de mon mieux pour surmonter cette épreuve. »

~

AUCUN DE SES compagnons n'avait jamais vu la mer, sauf peut-être James.

Le sable, de la couleur de l'or pâle, unique en Cornouailles, couvrait une bande étroite de côte le long des falaises, au-dessus des Carrick Roads.

Avec le vent dans les cheveux, Claire coinça ses jupes dans sa ceinture et suspendit ses chaussures à son cou. Parcourir ces falaises devait se faire pieds nus, et la récompense serait le sable moelleux. En l'espace de quelques secondes, Lizzie en fit autant. Maggie était restée avec Polgarth, mais Claire était sûre que sa sœur la traînerait ici demain.

Le sentier qui conduisait au sable était plus envahi par la végétation que quand elle vivait ici, mais cela n'arrêta pas sa descente agile. Lizzie, les garçons et elle avaient couru vers le rivage et laissé leurs orteils tremper dans l'écume des vagues avant que James et ses chaussures élégantes en agneau ne soient arrivés en bas.

« Vous avez été folle de quitter cet endroit, milady, » dit Lizzie en soupirant. « C'est un vrai conte de fées. »

« Jusqu'où vont vos propriétés ? » demanda Jake. Il regardait ses pieds tandis que les vagues aspiraient le sable en-dessous et qu'un petit crabe venait en exploration.

« Aussi loin que ce que vous pouvez voir. » Claire fit un geste large vers le sud. « Et jusqu'au ferry au nord. »

« Mazette, » dit Tigg ébahi. « Si seulement vous aviez de bons véhicules à vapeur ici, j'm'en irais plus. »

« Des voitures à vapeur, une université et des manufactures où l'on puisse se procurer des pièces pour les inventions, » ajouta Claire. « Londres a ses défauts, mais tu dois reconnaître que c'est un bon endroit pour faire travailler sa tête. »

« Mais Gwynn Place c'est pour mettre en pratique ses connaissances de la terre, » dit Lord James, en surgissant dans leur dos. « Et pour restaurer l'esprit en grandissant de nouveau en contact avec la nature. »

Il ne s'était pas enlevé les chaussures, et il marchait en faisant attention.

« Vous pouvez explorer autant que vous voulez, » dit Claire aux enfants. « Il y a des grottes de ce côté, à sept cent mètres d'ici environ ; elles servaient aux pirates autrefois, pour apporter du whisky de contrebande de France. J'y trouvais des pièces en argent parfois, et – »

D'un bond, tous ensemble ils se mirent à courir.

« Nous allons déjeuner dans une heure, » lança-t-elle d'une voix plus forte. Quand elle se retourna, James avait étalé une couverture sur le sable chaud et s'était arrangé pour s'y assoir, sans y mettre le moindre grain de sable.

Elle n'était pas aussi soigneuse. Mais le soleil lui faisait un bien fou, sur les pieds et sur le visage.

« Vous auriez dû prendre un chapeau, » fit observer James. « Vous allez bronzer... encore plus. »

« Les mouettes ne s'en soucient guère, et les enfants non plus. »

« Ah, oui. Les enfants. »

« James, si vous avez l'intention de me chapitrer encore une fois, vous pouvez économiser votre souffle pour refroidir votre thé. »

« Maintenant, vous commencez à vous exprimer comme eux. »

« J'énonce simplement un fait. Et il y a autre chose. Je suis profondément désolée que nous ne soyons pas d'accord vous et moi sur la profondeur de mon engagement auprès d'eux. Je le pense vraiment. »

Son regard s'adoucit sous le rebord de son chapeau melon. « Je suis heureux de vous entendre dire ça ; j'ai failli m'inquiéter. »

« Ne vous méprenez pas. Je ne vais pas changer d'avis. Mais je souhaite sincèrement que nous puissions trouver un terrain d'entente. »

Mais pourquoi donc jouait-elle la comédie de cette façon ? Elle savait bien, dès le début, qu'elle n'avait aucunement l'intention de l'épouser, alors pourquoi entretenir la supercherie ? Elle devait simplement rompre leur engagement sur le champ, tant qu'ils en avaient le temps et qu'ils n'étaient pas encore trop liés.

Quand elle le ferait, son cœur et sa tête seraient libres de penser à embrasser Andrew Malvern. Il n'y aurait plus de culpabilité, plus de honte. Au moins, elle avait des choses en commun avec lui. Qu'est-ce qu'elle avait en commun avec James, enfin, à part une éducation semblable et de l'intérêt pour les locomotives ?

Elle avait dû perdre la tête pour accepter sa proposition inattendue, et de flirter de la sorte pour se comporter comme sa fiancée, alors qu'elle ne voulait pas devenir sa femme. Il y avait la protection qu'offrait son nom si ses activités souterraines la compromettaient, mais même cela ne compensait pas le prix à payer.

Et qu'en était-il du respect qu'il avait pour elle ? Elle doutait qu'il eut existé. Mais même s'il n'en éprouvait pas, elle l'avait trompé à partir du moment où elle avait laissé Andrew l'embrasser.

Oh oui, de toutes façons elle avait de la honte à revendre

malgré elle, alors autant boire le calice jusqu'à la lie. Elle valait mieux que ça. Et le mieux c'était de tout déballer maintenant.

« James ? »

« Oui, ma chérie ? »

« Est-ce que vous m'aimez ? »

Elle sentait sans le regarder qu'il se tournait vers elle pour la regarder, mais elle continua à offrir son visage à la brise, en fixant la mer. « Et qu'est-ce qui fait que vous posez la question maintenant, et pas le jour où je vous ai demandé en mariage ? »

« J'ai eu le temps de réfléchir, et de soupeser les choix ; d'envisager l'avenir aussi. »

« Il m'a semblé que vous ayez déjà des plans pour l'avenir, et que je devais être à vos côtés et vous permettre de réaliser vos souhaits. »

Bonté divine. Son ton était doux, mais comme il était tranchant ! « J'ai effectivement des plans. »

« Oui, en y regardant de plus près, il me semble que je n'y figure pas. »

Elle restait en silence, laissant la vérité parler pour elle. Puis elle dit, « Voulons-nous arrêter, alors ? »

« J'obéirai naturellement à vos souhaits, mais je dois vous dire que votre mère et moi avons déjà conclu un accord. Vous n'avez pas vraiment de dot, mais Carrick House va être mis à mon nom, à la place de cette somme. »

« Je pensais que vous alliez l'acheter ? »

« Non. Madame votre mère et moi avons eu une petite discussion hier soir dans son boudoir. Elle a hâte de vous voir installée. »

Tellement hâte qu'elle signerait pour donner la belle maison de Claire à un étranger. Oh, elle pourrait y vivre, c'est vrai ; mais elle ne lui appartiendrait jamais, légalement, comme cela aurait été le cas avant les émeutes, d'après les termes du testament de son père. Comme l'était le cottage à présent.

« En effet, elle a beaucoup insisté sur le fait que je ne vous

SHELLEY ADINA

permette pas de fréquenter l'université. Un mariage d'ici Noël était le prix de la maison en fait. »

Les cordes ; elles rampaient, chuchotaient et s'enroulaient autour d'elle. Invisibles et puissantes, elles allaient la ligoter comme l'araignée paralyse la mouche jusqu'à ce qu'elle décide de la manger.

« Il serait difficile d'approuver un tel plan si je n'étais pas d'accord, » dit-elle, la bouche sèche.

« Vous n'avez pas encore dix-huit ans, et par conséquent vous êtes placée sous son autorité. »

« Je ne suis sous l'autorité de personne, mais sous la mienne, James. Soyons bien clairs là-dessus. »

« Un point de vue très Mérito, c'est sûr, mais qui n'est pas étayé par la loi. »

« J'aurai dix-huit ans en octobre. Son autorité sera caduque avant Noël. »

« Vous remarquerez que j'ai dit 'd'ici' Noël. Je me suis laissé dire que pour Yule la Cornouailles est particulièrement agréable, surtout pour un voyage de noces en retard. »

« En retard ? »

« Oui. Octobre est une époque inhabituelle pour voyager, avec les parties de tir et de chasse. Il vaut beaucoup mieux réserver les visites de famille à l'hiver, quand on se consacre avec plaisir aux activités d'intérieur. »

Maintenant elle le regardait intensément, en se balançant légèrement pour voir ses yeux pendant que ces propos outrageux sortaient de sa bouche.

« Êtes-vous en train de dire que ma mère est d'accord pour que nous nous mariions quand j'aurai dix-huit ans, sans aucune considération de mes plans, de mes espérances et de mes promesses à d'autres ? »

« On peut dire ça comme ça. »

« Je m'y oppose. »

« Je crains bien que vous n'y soyez obligée. Venez Claire. Vous avez déjà accepté de devenir ma femme. Pourquoi cela vous semble-t-il si détestable maintenant, alors que cela ne semblait pas l'être dans quatre ans. »

« Vous savez bien pourquoi : Lady Selwyn ne peut pas fréquenter l'université, bien sûr. » Enfin peut-être qu'elle pourrait, mais pas sans un énorme effort pour surmonter les lourdes et étouffantes contraintes de la société. La Dame aux artifices pouvait suivre des cours, elle, et inventer, rire et respirer de l'air frais autant qu'elle voulait, sans qu'un plus malin ne lui dicte son comportement.

Elle n'était pas Lady Selwyn. Pas encore.

« Elle ne peut pas non plus jouer les gouvernantes auprès d'enfants sans-le-sou, » continua James. « Ni vivre sans chaperon dans une maison qui se trouve Dieu sait où. »

Il lui enlèverait tout ce qui pour elle avait de la valeur ; et dans quel but ? À quoi est-ce que tout cela mènerait, à part le fait de s'attacher une femme qui le détesterait et lui en voudrait ?

« Pourquoi faites-vous cela, James ? Puisque vous savez que je souhaite être libre pour obtenir ma licence comme je l'entends, pourquoi courez-vous le risque de perdre toute mon estime en faisant les choses de force ? »

À présent c'était lui qui gardait les yeux rivés sur la mer, comme si la réponse pouvait se trouver dans les embruns flottant sur les vagues. En suivant son regard, elle vit des silhouettes au loin. Les enfants étaient en train de rentrer des grottes des pirates.

« Je veux une famille, Claire, » dit-il sobrement.

Le dragon rugissant de sa propre rage s'assit tout d'un coup et se mit à tousser sur sa propre flamme.

« Je veux une femme qui soit dotée de courage, de bons principes et d'intelligence, pour que nos meilleures qualités soient transmises à nos enfants. Je veux quelqu'un qui ne soit pas une baudruche, qui sera à mes côtés et affrontera les aventures de la vie sans flancher. Quelqu'un qui élèvera les enfants pour qu'ils puissent s'épanouir dans un monde qui ne soit pas basé sur les principes des Aristos. J'ai eu cette liste dans ma tête pendant des années, et jusqu'à ce que je te rencontre, ce n'était qu'une liste. Mais maintenant, elle prend corps. Cette femme est devenue réalité. Toi. »

« James, je – »

« Je sais que tu ne m'aimes pas encore. Je sais que tu n'aimes pas mes manières autoritaires. Mais, Claire, je ne suis pas qu'un Selwyn, je joue plusieurs rôles ; et l'un de ces rôles est de négocier une affaire avec fermeté. S'il semble que je force un peu trop la main, ce n'est que parce que je ne veux pas perdre ce que j'ai trouvé. »

Le dragon pencha la tête, pensif et inquiet, torturé par le souvenir du baiser d'un autre homme.

Puis les enfants les assaillirent, en criant quelque chose sur le trésor en argent des pirates, et l'occasion de lui répondre, en bien ou en mal, s'évanouit.

*a*u grand soulagement de Claire, quand le moment fut venu de dire au revoir et de monter dans la calèche pour le voyage de retour vers le terrain d'atterrissage, Lady St. Ives ne souleva pas le sujet de leurs fiançailles. Claire était sûre qu'elle avait passé le sujet au peigne fin lors d'un autre tête-à-tête avec Lord James, et lui faisait confiance pour s'imposer.

Par contre, sa mère regardait Willie pendant que Claire l'aidait à gravir les marches de la calèche. « Bizarre, » murmura-t-elle. « Cet enfant a un air familier, mais je n'arrive pas à le replacer. Cela me turlupine depuis votre arrivée, mais je ne suis pas plus près de la réponse que je n'étais mardi. »

« Vraiment ? » James était déjà à l'intérieur, avec le reste des enfants, et Claire se tenait debout sous le portique, attendant les derniers adieux. « Je suis tout à fait certaine que vous ne vous êtes jamais rencontrés avant. »

« Moi aussi, » répondit sa mère. « Mais le pic de la veuve, les yeux... c'est sûr, je me réveillerai en pleine nuit avec la réponse, et à ce moment-là vous serez déjà de retour à Londres. »

« Alors vous devez m'envoyer un pneumatique. » Claire se pencha en avant et l'embrassa, respirant le parfum de lys. « Vous devez aussi me dire comment évoluent les choses avec Sir Richard, » murmura-t-elle. « J'ai vu comment il vous regardait au dîner l'autre soir. »

« Que dis-tu ! » Lady St. Ives rougit et secoua les manchettes noires plissées ornées de cristaux. « Je suis en deuil et il est inconvenant de dire ce genre de choses. Au revoir ma chérie. Je te souhaite bon voyage. »

Pendant le vol de retour, il fut presque comique de voir combien l'attitude des Mopsies vis-à-vis de ce mode de transport avait changé. Cette fois-ci, elles étaient celles qui avaient de l'expérience – presque des experts en la matière, à en juger par la façon dont elles pontifiaient sur la nacelle auprès de certains enfants d'hommes d'affaires. Et l'estomac de Lizzie sembla être à la hauteur du défi – et des macarons.

Quand ils eurent atterri à Hampstead Heath et que l'aérostat fut bien amarré à son pieu, de nouveau, Lord James les escorta jusqu'à la station de métro. « Tu es sûre que je ne peux pas t'accompagner en calèche, Claire ? Il n'est pas très convenable que ma fiancée circule dans les trains. »

« J'investis dessus et toi aussi. Il n'y a rien de mal à ça. » C'était le fait que les travailleurs empruntent le métro qui le gênait, pas la méthode de transport en soi. Ho la la !

« C'est juste parce que tu ne veux pas que je sache où tu habites. Ce cottage sur le fleuve est soit un rêve soit une honte. »

« Tout dépend de ton point de vue, » répliqua-t-elle d'un ton léger. « Alors demain soir, il y a le bal masqué à Wellesley House ? Est-ce que je te rencontrerai là-bas ? »

D'ici là, elle trouverait sûrement une façon pour s'extirper de ce guêpier émotionnel, qui se compliquait de jour en jour.

« Certainement pas. Tu dois me permettre de t'envoyer une voiture pour que nous puissions arriver ensemble, comme doit le faire un couple fiancé. »

« Pour que tu puisses extorquer mon adresse à ton cocher ? Non. »

« Claire, tu deviens déraisonnable. Garder le secret de cette façon est non seulement inconvenant mais aussi ridicule. »

Elle tempéra sa colère. « Je ne suis jamais déraisonnable. Ta calèche peut venir me chercher au laboratoire à huit heures, et ceci n'est ni inconvenant, ni ridicule. Écoute – j'entends le train. Allons dans le tunnel, les filles, sinon nous allons le rater. Merci pour ce merveilleux voyage, James, » lança-t-elle par-dessus son épaule, les sacs à la main, tout en courant dans le tunnel pour rejoindre le quai.

Ce fut un soulagement de voir le cottage, quand ils traversèrent le Regent Bridge, et un plus grand soulagement encore de savoir que les chimistes n'y avaient pas mis le feu, et qu'il n'avait été pris d'assaut par une bande rivale de South Bank en leur absence.

Il y avait cependant un certain nombre de poulets dans le jardin qui n'y étaient pas auparavant. « Snouts, d'où viennent-ils ? Quelle bande hétéroclite ! et rachitique en plus. »

Avant de répondre, il lui rendit ostensiblement le fusil à éclairs, comme s'il lui restituait le pouvoir formellement. « Avec quelques garçons on glandouillait au poste d'observation – »

« Snouts... »

« Faut m'croire, milady. C'est pas not 'faute à nous si un rat d'égout s'est mis à nous tirer dessus de la rivière – m'est avis que notre ami le Cudgel a ameuté des potes à lui – et quand j'ai riposté, sa barge a commencé à prendre l'eau. »

« Mais les poules, Snouts ? »

« Elles étaient sur le pont, milady, dans des cages, » intervint Lewis. « On a eu juste le temps de les sortir pour les mettre sur la yole, avant que la vieille épave coule. »

« Vous avez coulé une barge et volé son chargement ? » dit-elle consternée. « Après que je vous aie donné des instructions strictes sur le fait que vous ne pouviez prendre les oiseaux que pour les sauver ? »

« Eh ben, si c'était pas un sauvetage, ça, milady, je sais pas comment vous l'appelez, » protesta Lewis. « Ensuite les rats d'égout ont nagé vers le Chelsea Embankment aussi vite que possible, sans se préoccuper que leurs cages étaient bien fermées et les oiseaux piégés à l'intérieur. »

« Les pauvres bêtes étaient une couverture, » dit Snouts. « Volées pour faire croire que la barge était tranquillement en train de remonter la rivière pour aller à Leadenhall.

Claire prit une lente inspiration. Cela avait un sens. « Alors, vous avez bien fait, et je suis heureuse que Rosie ait au moins une douzaine d'acolytes à gérer. »

Pendant qu'ils regardaient, un gros coq noir recula devant le bec étincelant de Rosie, et s'inclina jusqu'à terre à son passage. Le poulailler ambulant faisait les cent pas devant le mur, d'un pas lourd, dispersant les rares oiseaux qui n'avaient pas encore appris à se tenir à carreau.

« Je vois que le poulailler fonctionne. »

« Ouais. Les Mopsies ont envoyé un pneu avec les instructions, » lui dit Lewis. « Doc a dit qu'il fallait y mettre de l'huile et lui faire faire des exercices une fois par semaine, sinon il se grippe. »

« Parfait. Vous méritez tous une récompense pour votre comportement héroïque. Je vais voir Granny Protheroe et lui parler d'un roastbeef et d'un Yorkshire pudding pour le dîner de demain. »

Les garçons se fendirent d'un sourire et la quittèrent.

La maison. Elle était peut-être modeste, mais elle s'y sentait en paix.

Elle s'installa sur une chaise de cuisine et observa les Mopsies et Willie en train de courir après le poulailler, le diriger vers le porche, et le refroidir pour la nuit. Ils enlevèrent l'échelle du poste d'observation surplombant la rivière – au grand dam du garçon de garde, qui devrait ramper pour entrer par une fenêtre de l'étage pour aller se coucher – et la posa contre la porte du poulailler. Au fur et à mesure que la nuit tombait, les poulets un par un se réunirent autour du porche, où ils pouvaient voir Rosie majestueusement perchée sur une des poutres. Les filles essayèrent gentiment de les convaincre avec des poignées de maïs que le poulailler était la meilleure solution, jusqu'à ce que chacun ait gravi les six marches de l'échelle et soit en sécurité à l'intérieur.

« Et Rosie ? » s'informa Claire. « Il faut qu'elle s'habitue elle aussi au poulailler. »

« Pouvez-vous l'attraper pour nous, s'il vous plaît ? »

Une fois montée sur la chaise, Claire put juste glisser la main sous les pieds de la poule. « Venez donc, Votre Seigneurie, » dit-elle, en redescendant, Rosie dans les mains. « Il est temps que vous voyiez votre nouveau logement. »

Rosie y alla, mais non sans protester. Mais bientôt, le remue-ménage derrière les portes closes se calma, et Claire fit signe aux filles de venir à l'intérieur, comme elles venaient de faire avec les oiseaux, tandis que Willie grimpait sur ses genoux.

Lizzie s'arrêta à la porte. « J'ai aimé cet aéronef, milady, et votre maison, puis Polgarth et les poulets. » Willie hocha la tête vigoureusement en signe d'approbation. « Mais j'aime bien c't endroit aussi. »

« Moi aussi, ma chérie, » dit-elle en imitant de son mieux la voix traînante avec l'accent de l'ouest de Polgarth.

« Alors on s'en ira pas, pour aller vivre à Belgravia ? »

« Non, » dit-elle en reprenant sa vraie voix. « Je suis désolée mais il n'y a pas assez de place à Wilton Crescent pour une douzaine de personnes plus autant de poulets ; donc on est obligés de rester où nous sommes. »

Lizzie hocha la tête, satisfaite, et rentra.

Willie toucha le médaillon sur sa poitrine – celui qu'elle avait depuis l'enfance mais qu'elle avait laissé dans sa boîte aux trésors à Gwynn Place. Lady St. Ives avait mis un daguerréotype de Nicholas à l'intérieur et l'avait pressé dans sa main quand elles s'étaient souhaité bonne nuit la veille.

Elle l'ouvrit pour lui montrer. « Tu vois ? Un portrait de Nicholas, pour que je ne l'oublie pas. »

Inexplicablement, les yeux de Willie se remplirent de larmes et il fallut du temps à Claire pour calmer suffisamment ses sanglots pour qu'ils puissent aller dîner.

～

« ON VA VOUS ATTRAPER, MILADY. »

Jake et Lewis étaient bouche bée en regardant Tigg la faire monter dans le landau à vapeur. Elle sortit le fusil à éclairs de son étui et le fourra sous le siège, pour que la pointe ne lui fasse pas mal dans le dos pendant qu'elle conduirait. Les boucles et les agrafes de son corset tenaient toujours le reste de son attirail, et ses jupes étaient retenues à la hauteur de ses genoux par leurs attaches en cuir. Un chapeau de cavalière complétait la tenue avec un foulard en mousseline noire autour, en cas de besoin, et ses lunettes d'aviateur perchées sur le rebord.

« Je ne pense pas, Jake. »

« J'croyais qu'vous alliez à un bal avec ce snobinard, pas à une cavalcade sous les réverbères. »

« Mais si, j'y vais ; c'est un bal masqué. » Elle montra du doigt un masque vénitien en cuir suspendu à une pince, acheté ce matin même à Portobello Road. « Le meilleur déguisement c'est d'y aller bien en vue. Je ne vois pas d'autre ensemble pouvant mieux remplir cette fonction, tu ne crois pas ? »

« Mais ça va vous faire reconnaître, plutôt. »

« Il y a peu de chances pour qu'un membre des gangs du South Bank soit au bal de Lady Wellesley. Et s'il y en a, c'est pour voler, et je serais bien équipée dans ce cas-là pour les en empêcher, qu'en dis-tu ? »

« Si vous le dites, milady. » Son ton montrait qu'il était sceptique. »

« Faut qu'un de nous vous accompagne. »

« Tigg viendra avec moi jusqu'au laboratoire où il attendra avec le landau, et Sa Seigneurie fera le reste du trajet. » Jake émit un bruit montrant bien son opinion de l'utilité de Sa Seigneurie dans une situation délicate. « Je m'en tirerai très bien, Jake. J'aurai le fusil dans son étui et une ampoule de Capsaïcine gazeuse à ma ceinture. Qui ne me servira pas, d'ailleurs. Ils sont civilisés ces gens-là, plus intéressés à la valse et aux potins qu'aux querelles et aux affaires volées. »

Sur ces bonnes paroles, elle déclencha l'allumage du landau et poussa vers l'extérieur le levier de direction. Les garçons firent un pas en arrière quand ils roulèrent devant eux, empruntant la route habituelle pour le laboratoire.

« Je languis de voir les progrès qu'a fait M. Malvern sur la chambre cette semaine, » dit-elle à Tigg.

« J'y suis allé hier, milady. Il a tout construit, et il a dit qu'y vous attendait avant d'faire le test d'allumage. »

« J'ai hâte de la voir ! Est-ce qu'elle ressemble à l'ancienne chambre ? »

« Elle est plus grosse. J'pourrais tenir debout dans celle-ci. »

« Il n'avait pas de... message pour moi, par hasard ? »

Tigg fit signe que non de la tête. « Il a juste dit qu'il était impatient de nous voir lundi pour qu'y fasse le test et qu'y voie quels ajustements on a besoin de faire. »

Claire réprima un élan de déception. Il ne voulait sûrement rien dire à Tigg. Et quand ils arrivèrent au laboratoire et le trouvèrent là en train de bricoler, il était égal à lui-même, jovial et humble et radicalement différent de l'homme qui l'avait embrassée avec tant de fougue.

Au fond c'était mieux comme ça, pensa-t-elle tandis que la calèche seigneuriale s'arrêtait, les chevaux tapant du sabot et que Lord James en sortit.

« Par le fantôme du grand César, » dit-il, dans un haut-le-corps ressemblant à celui que Jake et Lewis avaient eu. « De quoi t'es-tu affublée, au nom du Ciel ? »

« C'est un déguisement, » dit-elle, en tournoyant comme une danseuse sur les pointes. « Ça te plaît ? »

« Tu as l'air d'un pirate du ciel. Baisse tout de suite ces jupes ; veux-tu que Son Altesse Royale voie tes genoux ? »

« Ils sont couverts par des bas de laine, James. Il est peu probable qu'il puisse y voir à travers. Et puis tu portes la culotte, toi. Quelle est la différence ? »

Il avait choisi d'y aller habillé en courtisan élisabéthain, avec le costume complet : fraise en dentelle au cou et chausse coupée, attachée au genou par des rubans. « La différence c'est que tes genoux sont découverts. »

« Tu n'es pas très logique. »

« Et toi, tu es intransigeant. »

« Et vous êtes magnifiques, tous les deux. » Andrew se mit entre eux. « Avec vos masques, je ne vous reconnaîtrais ni l'un ni l'autre, ce qui est le but de tout déguisement, n'est-ce pas ? »

« Exactement, » dit James avec hauteur.

« Alors prenez vos genoux assortis et allez vous amuser. Lady Claire, j'ai hâte d'être à lundi, quand nous pourrons voir ce que notre machine sera capable de faire. Tigg, quel heureux hasard que tu sois venu ! Tu pourrais m'aider et puis peut-être que nous pourrons aller manger une tourte à la viande au pub du coin. »

Le visage de Tigg s'illumina. « Oui, M'sieur. Je vais juste contrôler la flamme pilote dans le landau, et je reviens de suite. »

Il fallut tout le trajet jusqu'à Wellesley House à James pour tempérer son humeur et parler à Claire de façon courtoise. Il n'y avait pas de haie d'accueil bien sûr, car il ne serait pas convenable d'être reconnu à la porte, ce qui lui permit de trouver un serveur qui circulait et de s'emparer de deux verres de champagne. Il en siffla un, trouva un verre de punch pour elle, puis il but le deuxième plus posément.

Après quoi, il fut prêt à faire la conversation, et un temps après, à se mélanger aux invités.

Se sentant sûre d'elle derrière son masque, Claire souriait face aux visages ébahis et aux haut-le-corps étouffés que son costume provoquait. Pas de déesse grecque ni de bergère en porcelaine pour elle. Le fait que son costume d'aventurière fut à la fois sensationnel et hautement pratique la comblait.

« Mon Dieu. Et qu'est-ce que nous avons là ? » dit une fée que Claire supposa être Titania, affublée d'ailes étincelantes, avec l'accent traînant caractéristique de Julia Wellesley.

« Une pirate de l'air, milady, » répondit Claire dans sa meilleure imitation d'une aviatrice. « On a amarré sur vot'toit et on zieute vos bijoux. »

Julia renifla derrière son masque en argent. « Dommage que les yeux de tous soient fixés sur vos jambes. Bon, certaines personnes n'ont pas le sens de la propriété et sont probablement de mœurs légères. »

« Lord Robert Mount-Batting les a bien aimées, lui. » Ce qui était vrai. « Il m'a demandé de lui réserver une valse, ma foi. » Ce qui était presque vrai.

Elle avait fait semblant de le menacer s'il ne dansait pas avec elle, et il avait levé les mains comme pour se rendre, en riant. Son nom figurait sur son carnet de bal pour la troisième valse – ce qui aurait été impossible si elle avait été habillée normalement en robe de soirée. Dans son ancienne vie, elle lui avait été présentée au moins cinq fois et il ne se souvenait jamais qui elle était.

Julia virevoltait et se frayait un chemin à travers la foule, ses ailes balayant au passage les coiffures des dames, et Claire résista à l'envie de ricaner. Julia serait sûrement plus aimable s'il l'avait demandée en mariage, au moment où elle s'y attendait, juste après sa remise de diplôme.

« Eh bien, bravo, » susurra une voix derrière elle. Claire se retourna pour voir l'équivalent en femme d'un cowboy, avec la jupe en daim, la cape de berger, et un pistolet à répétition Colt accroché bas sur la hanche. « Il faut avoir du cran pour tenir tête à Julia Wellesley dans sa propre salle de bal. »

Claire observa de plus près les yeux noirs rieurs derrière le masque. « Peony Churchill ? »

« Elle-même. Un bien beau costume, Claire. Je ne t'aurais jamais reconnue. Même ta démarche et ta posture sont différentes. »

C'était parce qu'elle vivait sans être sous la coupe de quelqu'un, maintenant. « Comment m'as-tu reconnue alors ? » Bon sang, si Peony y arrivait, tout le monde pouvait la reconnaître, et elle allait devoir partir plus tôt que prévu.

« À ta voix, » dit Peony simplement. « Julia ne se mélange pas avec le peuple, elle ne sait pas discerner une imitation d'aviateur quand elle l'entend, moi oui.

« Il faudra que je m'améliore alors. Mais dis-moi, pourquoi es-tu encore en ville ? Je croyais que tu voulais aller aux Canadas. »

« Mais c'est toujours ce que je veux faire. Le Persephone part samedi prochain, fait une étape à Paris, et je serai à New York mercredi soir. De là, nous prendrons un autre aéronef directement pour Edmonton, et puis irons par le train jusqu'au mines dans le Nord. »

« Quel beau programme ! »

« Effectivement ; pourtant je regrette de rater les nouvelles expositions qui se tiendront au Crystal Palace. Les journaux disent qu'on y verra les machines les plus perfectionnées qui aient jamais été inventées. »

« Alors je t'écrirai et je te les décrirai en détails. »

« Ce serait merveilleux ; et mets-y quelques coupures de journaux pendant que tu y es. Nous irons chercher notre courrier au Canadian Pacific Hotel à Edmonton. »

« Attends-toi à une lettre de ma part. Peony, est-ce que ce pistolet est chargé ? »

« Bien sûr que non, sinon je serais tentée de tirer sur Catherine Montrose. Et ce magnifique artifice que tu as sur le dos, il l'est ? »

« Oh oui, il est chargé. Mais Catherine peut être tranquille ; ce n'est que pour ma protection. »

Sans transition, Peony lança, « Es-tu vraiment fiancée à Lord James Selwyn ? »

« Oui, » dit Claire lentement.

« On dirait que tu n'as pas très envie de l'avouer. »

« Je – eh bien, nos fiançailles sont – en fait – »

Un homme se matérialisa tout près de Peony et s'inclina. « Oh, mon Dieu, cela va être la deuxième valse. Au revoir, Cl – Mamzelle Pirate de l'air, je veux que tu me dises la fin de cette phrase dans ta lettre. »

« Bons voyages, » dit Claire. Peut-être que d'ici là Peony aurait oublié.

QUAND LORD ROBERT Mount-Batting vint réclamer sa valse, il avait visiblement un coup dans l'aile. Si elle avait su mieux danser, elle aurait été tentée de conduire, mais vu son état, elle devait supporter son étreinte beaucoup plus rapprochée qu'elle n'aurait souhaité.

Elle avait eu vraiment raison de porter ses vêtements de travail. Le corset en cuir la protégeait des mains baladeuses, comme il servait en cas d'objets volants ou pour certaines sortes d'armes.

« Est-ce que c'est une vraie arme à feu ? » dit-il d'une voix pâteuse, en regardant au-dessus de son épaule. « Où avez-vous trouvé ça ? »

« J'en ai hérité, et bien sûr elle n'est pas vraie, » dit-elle, en essayant de le piloter loin d'un palmier en pot, avant qu'il ne tombe dedans. « Je suppose que ce n'est que de la céramique peinte. »

« On dirait une vraie. » Il essaya de toucher le canon, mais elle lui saisit la main fermement. « Qui êtes-vous déjà ? »

« Si je vous le disais, Monsieur, l'enlèvement des masques à minuit n'aurait vraiment aucun intérêt. »

« C'est toute cette fête qui est sans intérêt. Julia est en colère après moi. Je devrais simplement aller dans la salle des cartes et y rester. »

Claire dressa les oreilles. « Il y a une salle où on joue aux cartes ? »

« Bien sûr ! Vous voulez jouer ? »

Deux heures plus tard, Claire avait laissé tous les hommes à sa table en chemise, en se servant de la dernière permutation du Cowboy Poker.

« Je ne comprends pas, » marmonna un homme un chevalier avec des propriétés dans le Sussex, si sa mémoire était bonne. « Cette main vient juste de sortir dans l'Evening Standard ce soir. Comment se peut-il qu'une femme la connaisse déjà? »

Claire fourra ses gains dans la bourse accrochée à son corset par une chaîne, et souhaita la bonne nuit aux joueurs. Ce ne fut que quand elle redescendit l'escalier pour retourner à la salle de bal qu'elle se souvint de la valse du souper, la dernière avant d'aller manger, qu'elle avait promise à Lord James.

Mince.

D'après les bruits de vaisselle dans la salle à manger, elle était bel et bien finie et depuis pas mal de temps. Elle allait présenter ses plus plates excuses, et considérer cela comme une aubaine. Après tout, elle avait gagné suffisamment ce soir pour se payer le premier semestre d'université, sans compter les livres.

Elle prit une assiette et y disposa un beau choix de nourriture, puis se retourna pour chercher James. Ah, il était là, plongé dans une conversation avec Lord Wellesley. Elle n'allait l'interrompre pour rien au monde. Par contre, elle était ravie d'être assise avec trois dames d'un certain âge, derrière une composition de lys et de profiter de son dîner.

Autrefois elle considérait ces repas comme une chose normale. Mais plus maintenant ; elle en appréciait chaque miette.

« Je trouve que c'est affligeant, quand on y pense, » disait l'une des dames.

« C'est pire que cela. » Sa voisine ne semblait pas être troublée par l'arrivée d'une étrangère. Tout le monde étant déguisé, cela créait une sorte d'anonymat singulier. « J'ai entendu dire qu'elle va entrer dans un sanatorium privé. »

Les crevettes au curry se firent sentir dans l'estomac de Claire. Est-ce que le Dr Craig avait été appréhendé alors qu'elle tentait de quitter le pays ?

« Eh bien, la famille ne pouvait quand même pas l'envoyer à Bedlam, n'est-ce pas ? » Sa voisine piocha dans sa salade avec enthousiasme. « C'est la femme d'un comte. »

Claire recommença à manger, soulagée. De qui diable étaient-elles en train de parler ?

« Pauvre fille. Elle a beaucoup baissé depuis que cet enfant bien-aimé a disparu. Je suppose que ce n'était qu'une question de temps avant que – »

« Oh, tu peux continuer Alethea ; dis simplement 'avant qu'elle ne porte atteinte à sa propre vie' et c'est tout. On n'est plus des petites filles. »

Lady Dunsmuir. Elles parlaient de Lady Dunsmuir, dont le fils avait disparu du jardin alors que sa mère offrait le thé à une princesse. « A-t-elle essayé d'attenter à sa vie ? » Claire se pencha en avant. « Quand est-ce que ça s'est passé ? »

« Il y a deux jours. Quel gâchis ! Elle est l'ombre d'elle-même, la pauvre, et aucun espoir qu'elle aille mieux. La seule chose qui la guérirait serait de revoir son garçon, et ce n'est pas demain la veille. »

« Pas après tout ce temps. » Alethea secoua la tête. « Il est certainement mort. »

Alethea. C'était la grand-mère de Julia, la Duchesse douairière, et une bonne amie des grands-tantes Beaton. Claire s'éloigna pendant que les dames continuaient leurs remarques sur les invités sans elle.

Pauvre Lady Dunsmuir. Elle devrait envoyer un pneumatique à sa mère et l'informer de ce qui se passait. Elles avaient été très amies autrefois, avant les évènements. Peut-être que Lady St. Ives pourrait lui apporter un peu de réconfort.

Claire accepta un autre verre de punch d'un serveur obligeant et observa pendant un moment les danseurs, mais ensuite elle commença à sentir en elle une certaine agitation. Elle n'avait jamais aimé les grandes foules, ni les discours mondains, ni d'ailleurs ces rencontres sociales vides de sens dans lesquelles il était plus important d'être vus que d'accueillir des amis. Elle était douée pour cette dernière activité, et exécrable dans l'autre.

Elle allait se rendre dans les écuries et voir si elle trouvait Gorse.

Son costume était fait pour la dissimuler. Elle se faufila dans un passage derrière les cuisines qui bruissaient d'activités et entra dans la cour de derrière. Le son étouffé de bois contre du métal la conduisit à la remise des voitures, où elle trouva un homme en livrée en train de taper sur ce qui semblait être une aile pour lui redonner sa courbure.

« Gorse ! » Elle enleva son masque et le suspendit à son ceinturon.

Il était bouche bée et il lui fallut un moment avant de pouvoir dire, « Mademoiselle Claire ! »

Elle était si heureuse de le voir qu'elle décida de faire fi des conventions et l'embrassa avec fougue. Il sentait la laine, l'huile de moteur et l'eau de Cologne. « Est-ce que vous êtes bien traité ici ? Est-ce que c'est la Henley à quatre pistons de Lord Wellesley ? Qu'est-ce que vous lui faites ? »

« Doucement, Mademoiselle, je n'arrive pas à vous suivre. Que faites-vous ici, et dans cet accoutrement ? »

« C'est un déguisement, Gorse. Il fallait que je me mette quelque chose sur le dos. Mais vous ne m'avez pas répondu. Vous allez bien ? »

« Aussi bien que possible, avec Sylvie qui est loin. »

« Je suis allée à Gwynn Place cette semaine avec Lord James. Sylvie va très bien, et je vous ai embrassé en grande partie de sa part tout à l'heure. »

« Lord James ? Ah, oui. J'ai entendu quelques échos à ce sujet. Êtes-vous heureuse, Mademoiselle ? »

« Je suis très heureuse. » Lord James n'en était pas vraiment la cause, mais Gorse n'avait pas besoin de le savoir. « Merci. »

Il la regarda longuement, puis baissa les yeux sur le métal qu'il avait dans les mains. « J'essaie de redonner une forme à cette aile. Je crains que Sa Seigneurie ne soit pas aussi à l'aise avec les moteurs que vous. Il a eu une rencontre malheureuse avec un arbre cet après-midi. »

« Rien de grave, j'espère ? »

« Non, juste quelques égratignures, mais suffisamment pour tordre cette pièce, presque jusqu'au fuselage à l'arrière. » Il asséna un autre coup de son maillet enveloppé dans un tissu.

« Laissez-moi vous aider. Si je le tiens, vous pouvez appliquer plus de pression. »

« Mais, votre bal, Mademoiselle. Est-ce que vous n'allez pas leur manquer ? »

« Ça m'étonnerait. J'ai dansé une fois, parlé avec la maîtresse de maison, joué deux mains de cartes et gagné les deux fois, et puis j'ai dîné. Mes obligations sociales sont remplies. Je voudrais me rendre utile. »

Ils passèrent une demi-heure très gratifiante à réparer l'aile, puis Claire eut droit à une visite pour elle toute seule des rouages internes les plus sophistiqués de la quatre pistons.

« Avez-vous toujours le landau, Mademoiselle ? Depuis la nuit des émeutes, j'ai pensé à vous et je me suis demandé comment vous alliez. J'ai eu un message, mais c'est tout. »

« Je vais très bien. Je vis à Vauxhall Gardens, dans un cottage le long du fleuve, et je sers de gouvernante à un petit groupe d'enfants orphelins. »

« Vous faites ça en ce moment, Mademoiselle ? » Il avait

écarquillé les yeux. « Et que dit madame votre mère de cette situation ? »

« Beaucoup de choses. » Elle lui sourit. « Mais elle est en Cornouailles, et je ne peux pas l'entendre. »

« Et Sa Seigneurie ? Mme Morven a l'air de penser que vous allez bientôt vivre de nouveau à Wilton Crescent. »

« Sa Seigneurie y vivra peut-être. Je vais aller à l'Université de Londres pour faire des études d'ingénieur, comme je vous ai toujours dit que je ferais. »

« Vous êtes une drôle de jeune dame, Mademoiselle, » dit-il d'un ton admiratif. « J'ai toujours pensé que les gens vous sous-estimaient. »

Elle se contenta de sourire. Comme les joueurs de cartes savaient à présent, le fait qu'une femme fut sous-estimée était souvent son meilleur atout.

CHAPITRE 17

*L*e lundi, elle envoya un pneumatique à Lady St. Ives pour lui raconter la soirée dansante et les nouvelles attristantes sur sa vieille amie, en omettant de lui parler des remontrances que James lui avait faites en rentrant à la maison. Apparemment, les joueurs de cartes n'avaient pas encaissé leurs pertes comme des gentlemen.

Puis, Tigg et elle roulèrent jusqu'au laboratoire, pleins d'impatience.

Ils trouvèrent Andrew déjà sur place – avait-il dormi dans le loft ? – et la chambre déjà en train de ronronner. « Ah, je vous attendais, » dit-il. « Le charbon est déjà dans la chambre. Tigg, veux-tu faire les honneurs ? »

« Moi, M'sieur ? » Tigg écarquilla les yeux. « Mais, c'est vous qui y avez travaillé pendant tout ce temps. »

« Avec ton aide. Allez, vas-y, actionne l'interrupteur. Il faut que j'observe ce qui se passe à cette extrémité. »

« Oui, M'sieur. »

Il saisit le levier et le bloqua vers le haut du plat de la main. Le ronronnement de la chambre augmenta, tout à fait comme le fusil à éclairs faisait, et Claire pressa ses mains contre sa poitrine. Est-ce que ça marcherait ? Est-ce que les mois de tests ratés allaient enfin porter leurs fruits ?

Une lueur commença à se dessiner dans la chambre en verre, entourant le charbon. « Oui ! » entendit-elle Andrew murmurer. Mais avant que le mot ne sorte véritablement de sa bouche, la lueur s'intensifia et puis s'éteignit dans un *pop*.

Andrew et elle se regardèrent.

« Ça suffit, M'sieur ? » demanda Tigg à la fin. « Faut qu'je l'éteigne ? »

« Oui. Laisse-moi contrôler le charbon. »

Il dévissa le carénage et le fond de la chambre s'abaissa, révélant du charbon qui ressemblait beaucoup à... du charbon.

Andrew le toucha ; l'examina ; le plaça sous un microscope et l'observa sous des verres grossissants. Ensuite il s'assit lourdement sur la chaise restée libre.

Claire ne pouvait pas se retenir une seconde de plus. « Alors ? »

« Rien. D'après ce que je vois, le charbon n'a absolument pas changé. »

« Essayez encore. Peut-être qu'il a besoin de plus d'un traitement. »

Ils essayèrent encore ; et encore ; et vers midi, Claire ne le supportant plus, fit arrêter Andrew. « M. Malvern, je vous en prie. Vous allez vous faire du mal. Il est clair qu'il y a une erreur quelque part dans nos calculs. »

En guise de réponse, il jeta le charbon innocent si fort contre le mur de l'entrepôt, qu'il rebondit vers eux à mi-chemin. « Je ne comprends pas. Vos dessins étaient parfaits. Tout ce qui était nécessaire d'après le Dr Craig *est* dans cette chambre. Où est-ce que je me suis trompé ? »

« Nous trouverons l'erreur, » l'assura-t-elle. « Nous devons insister jusqu'à ce que nous y arrivions. »

Ils passèrent le reste de l'après-midi dessus, et quand Tigg et elle revinrent au cottage, ils se mirent à démonter le fusil à éclairs et à étudier les pièces. « C'est la même chose, milady, » dit Tigg. « La chambre est juste une version plus grande de vot' globe de verre. La pile est la même – je l'ai vue suffisamment souvent. »

Claire repoussa les cheveux qui retombaient sur son front moite. « Nous ne pourrons rien faire de plus ce soir. Remontons-le pour que Granny Protheroe puisse nous apporter à manger. Peut-être que la réponse nous tombera dessus à l'improviste. »

Après le dîner, Claire alla à son endroit habituel dans le jardin ; Willie sur ses genoux, elle observait avec lui les poulets qui picoraient les rares touffes d'herbe, tandis que le poulailler ambulant regagnait à pas lourds son emplacement près du porche de derrière.

Elle regarda la machine, puis se retourna et appela en direction de la porte ouverte, « Lizzie ? Pourrais-tu venir un instant ? »

Lizzie obtempéra à contrecœur, car elle venait de découvrir une cachette de biscuits. Elle en emporta quelques-uns avec elle et en offrit un à Claire et un à Willie. « Vous voulez quoi, milady ? »

« Merci, ma chérie. » Elle indiqua le poulailler. « J'ai bien regardé votre poulailler et j'ai remarqué qu'il n'a pas les mécanismes habituels pour alimenter les pattes. Est-ce que c'est une amélioration faite par le Dr Craig ? »

Lizzie hocha la tête. « Elle a dit qu'le moteur à vapeur qui f'sait marcher ces pattes était trop gros pour not' poulailler, et donc elle nous en a fait un avec ses piles, comme dans l'fusil à éclairs. »

« Elle a fait ça, donc. C'est malin. Je suis surprise qu'elle se soit souvenu comment le faire, après toutes ces années. »

« Moi aussi. Mais il a pas marché tout d'suite. Jake et Lewis ont fabriqué un de leurs petits moteurs qui alimentent les lampes, simplement plus grand. C'est ça qui l'fait marcher. »

« Quelle est la différence ? »

« Sais pas. » La petite fille finit son biscuit avec délice. « Mais ça marche. Y commence pas à briller tant que le poulailler n'a pas commencé un peu à bouger. »

Bouger.

La cinétike.

Le fusil d'habitude était en mouvement quand elle s'en servait.

Par le fantôme du grand César !

Elle remit Willie debout et prit Lizzie dans ses bras en la serrant tellement qu'elle ne put plus respirer. « C'est ça ! Tu l'as résolu, toi avec Jake et Lewis... vous êtes des génies ! Oh, je prévois moult rôtis de bœuf et Yorkshire puddings dans cette maison. Va vite chercher Tigg, on rentre tout de suite au laboratoire. »

Willie, dérangé dans sa routine du soir, se mit à hurler. Il s'accrocha à ses jupes pendant qu'elle cherchait son chapeau et son carnet d'ingénierie, et même alors qu'elle s'apprêtait à monter dans le landau, il pleurait et se tenait très fort à ses jambes, à travers le coutil de sa jupe.

Enfin Tigg dit, « Allez, mon petit vieux, saute à l'intérieur, on t'emmène. »

Bien calé dans les bras de Tigg sur le siège du passager, Willie se calma, hoquetant et reniflant encore quand même, la main enfoncée dans la jupe de Claire. Sans la circulation des heures de pointe, ils arrivèrent au laboratoire en un temps record, mais le trouvèrent fermé à clé et vide.

« M'est avis qu'il est rentré chez lui, milady, » dit Tigg. « Vous savez où il vit ? »

Claire n'avait pas classé des centaines de documents sans avoir remarqué que certains avaient été envoyés à son adresse personnelle. À l'allure à laquelle ils traversèrent le Blackfriars Bridge, le vent faillit lui emporter le chapeau ; ils tournèrent à gauche sur le Victoria Embankment, puis ils se dirigèrent vers le Nord en direction de Russell Square à Bloomsbury.

Elle s'arrêta en face d'une maison mitoyenne bien proprette

avec une porte noire laquée. Le fils d'un agent de police et d'une cuisinière s'était fait une belle position – tout cela grâce à son cerveau et son ambition. Une lumière jaune chaleureuse brillait derrière les fenêtres, et quand Claire éteignit la chaudière du landau, elle se demanda, un peu tardivement, s'il n'avait pas de la visite.

Tant pis. C'était trop important pour s'attarder à ce détail. « Venez, les garçons. »

Andrew répondit au coup de heurtoir sur la porte, qu'il ouvrit avec une expression de surprise intense. « Claire ! Et Tigg et Willie... que se – tout va bien ? »

« Plus que bien, » lui assura-t-elle. « Nous avons fait une découverte que nous devons tout de suite vous communiquer. Ça ne peut pas attendre demain matin. »

« Entrez. » Il les conduisit dans un petit salon confortable, puis dans une salle à manger de la taille d'un mouchoir de poche, où la table était mise pour deux. Une femme se leva, mettant de côté sa serviette. « Lady Claire Trevelyan, je vous présente ma mère, Mme Jane Malvern. Mère, voici mon assistante de laboratoire, de laquelle nous venons juste de parler. »

Mme Malvern commença à faire une révérence, mais Claire la devança en lui tendant la main. « Je suis très heureuse de faire votre connaissance ; je vous présente aussi mes protégés, Tigg et le jeune Willie. »

Willie se faufila hors des jupes de Claire et Tigg et lui s'inclinèrent. Dieu les bénisse, elle était vraiment fière de leurs bonnes manières.

Mme Malvern contempla les jeunes garçons, mais l'appréciation qu'elle était sur le point d'exprimer fut coupée par l'intervention de Claire qui se tourna vers Andrew, en proie à une grande excitation. « Je vous prie de vous rasseoir et de continuer votre dîner. Mr Malvern, nous – enfin, Lizzie, Jake, Lewis et le Dr Craig – avons fait la plus étonnante des découvertes. Je l'avais sous les yeux depuis le début et je n'ai rien vu jusqu'à ce soir. »

« Claire, ne faites pas durer le suspense. » Andrew ne touchait pas à son couteau ni à sa fourchette.

« C'est simplement que – nous utilisons l'énergie *cinétike* maintenant. Le mouvement. Andrew, *la chambre doit être en mouvement* pour que la pile marche ! »

« Quoi ? »

« Lizzie m'a fait remarquer cette anomalie il y a moins d'une demi-heure. Le Docteur Craig a installé une pile à éclairs dans notre poulailler ambulant. Mais elle ne se déclenche que si un moteur préliminaire – que nous avons conçu pour un projet récemment – met le poulailler en mouvement. La *cinétike*, Andrew. Nous avons tout misé sur l'énergie *électrike*... ce n'est pas étonnant que nous ayons fait cette erreur. »

« Par le fantôme du grand César ! »

« Exactement ce que j'ai ressenti. » Elle posa son carnet d'ingénierie sur la table. « Nous devons modifier encore une fois la chambre. »

« Vous avez raison. Mère, avez-vous entendu ? Une découverte inouïe ! J'ai presque envie de – »

« Lady Claire. » Le visage de Mme Malvern était devenu blanc comme un linge. « Qui est cet enfant ? »

Il fallut un moment à Claire pour que son esprit quitte les hautes sphères de la science et descende dans la pièce où elle était assise. « Quel enfant ? » Tigg était assis en bout de table, contemplant d'un air languissant les filets de plie sur les assiettes des autres, bien que Claire fût sûre qu'il avait repris deux fois du pot-au-feu à la maison. Willie ne s'était pas assis du tout, préférant rester debout près d'elle, observant tout dans cette étrange maison, abrité sous son bras gauche.

« Le plus jeune. »

« Eh bien, c'est Willie. Ne vous l'avais-je pas présenté ? »

« Oui ; mais ce que j'aimerais savoir c'est : d'où il vient ? »

« Mère, ce n'est pas vraiment le moment. Lady Claire et moi devons – »

« Lady Claire et toi devez m'écouter, au contraire. *D'où vient cet enfant ?* »

Claire la regarda curieusement. Qu'allait-elle dire, puisqu'elle n'en avait aucune idée?

Tigg remua sur sa chaise. « Il était avec nous quand la Dame est arrivée chez nous, M'dame. C'est lui qui nous l'a amenée, on peut dire comme ça. »

« Et où l'avez-vous trouvé ? »

Tigg plissa les yeux dans l'effort de se rappeler. « Ça s'est passé l'été où y f'sait chaud, ya deux ans, plus ou moins. Snou – heu, M. McTavish, le secrétaire de la Dame, était allé à la rivière avec des copains pour nager et quand il est rentré à la maison, Willie était avec lui. »

« La rivière. Il y a deux ans. »

« Oui, M'dame. À peu près. »

« Mère, qu'est-ce qui vous prend ? » demanda Andrew. « De quoi s'agit-il ? »

« C'est simple, » dit-elle. « Il y a deux ans, un petit garçon de trois ans a été enlevé dans un jardin pendant que sa nounou dormait. Un petit garçon aux cheveux châtains avec le pic de la veuve, comme son père, et de grands yeux bleus, comme sa mère. Un petit garçon pour lequel je faisais des biscuits au sucre en forme d'étoiles, parce que c'était ses préférés. »

Au grand étonnement de Claire, Willie sourit à la vieille dame, son petit menton potelé tout juste au niveau de la table, tout en restant collé à elle. Puis il se détacha brusquement, passa sous la table, sa petite tête ressortant de l'autre côté près de l'autre dame, et il se jeta dans ses bras. Mme Malvern haleta en essayant de réfréner un sanglot, et elle l'enveloppa de ses bras tout en parlant d'une voix proche des larmes.

« Un petit garçon qui porte le nom de Lord Wilberforce Albert John Dunsmuir, Vicomte Hatley, et Baron Craigdarroch. »

En même temps qu'elle prononçait chaque syllabe elle le pressait un petit peu, comme pour lui imprimer ces mots dans la mémoire, malgré sa voix cassée. « Le fils de Lord et Lady Dunsmuir, qu'ils n'ont pas cessé de rechercher pendant ces deux longues et terribles années. »

CHAPITRE 18

*I*l était presque dix heures, et Claire se demandait si Lord Dunsmuir n'allait pas les chasser de sa bibliothèque, les prenant pour des charlatans. « Ils ont eu affaire à toutes sortes d'escrocs leur présentant des petits garçons, qui étaient tous instruits afin de faire croire qu'ils étaient le petit lord, » leur dit Jane Malvern à voix basse. « Mais le jeune Willie n'est pas un imposteur. Je reconnaîtrais ces yeux n'importe où. »

Des bruits de pas résonnèrent dans le grand escalier de Hatley House, l'hôtel particulier des Dunsmuir, bordant Regent's Park. Quelque part en haut, une voix d'homme étouffée disait « Non, Davina. Tu te feras du mal. S'il te plaît, laisse-moi – »

Dans un bruissement de soie, une femme apparut à la porte d'une bibliothèque en robe de chambre, le souffle court. « Mme Malvern, » dit-elle. « Vous ne vous jouez pas de – je vous en prie dites-moi – » Son regard bleu tomba sur Willie, qui jusqu'à cet instant était resté collé à Claire, tandis qu'elle s'agenouillait, le bras autour de ses épaules.

Elle entendit distinctement Willie renifler un grand coup, et l'instant d'après il avait traversé la pièce en courant, la femme était tombée à genoux en ouvrant les bras et mère et fils éclataient en sanglots, tout en s'étreignant de toutes leurs forces.

Lord Dunsmuir, le col de la chemise ouvert et les pieds nus, arriva enfin dans la bibliothèque. « Est-ce que c'est – ? Davina – ? »

« Oui, milord, c'est bien lui, » dit Mme Malvern, en se tamponnant les yeux avec un mouchoir brodé. « C'est vraiment votre fils, après tout ce temps. »

« Mais comment – ? Comment avez-vous – ? »

Le pauvre homme ne semblait pas capable de compléter une phrase. À la fin, il ne s'y essaya même plus et rejoignit sa femme et son fils sur le sol, tentant de refouler virilement ses larmes, mais sans y arriver.

Willie regarda Claire par-dessus les épaules de ses parents. « Maman et papa, » dit-il, très distinctement, rayonnant d'un tel bonheur que Claire fut à deux doigts de pleurer elle aussi.

« Oui, mon chéri, » dit-elle. « Ta maman et ton papa, enfin. »

Après plusieurs minutes encore, le comte reprit suffisamment ses esprits pour parler de façon cohérente. « Mme Malvern, vous devez nous raconter comment ce miracle a pu se produire. »

« Je crois que cette histoire, c'est Lady Claire qui doit vous la raconter, milord. Elle a joué un rôle de mère pendant plusieurs semaines, je pense. »

« Lady Claire ? » Pour la première fois, le comte sembla remarquer qu'il y avait d'autres personnes dans la pièce tranquille et feutrée.

« Oui, milord, » dit Claire. « Je m'appelle Claire Trevelyan, je suis la fille de feu le Vicomte et de Lady St. Ives. »

« Vous êtes la fille de Vivyan et Flora ? » dit-il le regard fixe. « Comment avez-vous connu notre cuisinière et naturellement mon fils ? »

« Je suis l'assistante de laboratoire d'Andrew Malvern, » dit-elle, en ignorant allègrement le regard choqué de Sa Seigneurie tout en se concentrant sur les faits. « Après la ruine de ma famille, j'ai dû rechercher un emploi. En faisant cela, j'ai rencontré un groupe d'orphelins que j'ai fini par prendre sous ma protection. Votre fils était l'un d'eux. Mais je dois vous dire, milord, que je me suis occupée de Willie depuis le début de l'été, et pas une seule fois je ne l'ai entendu parler. Les autres enfants m'ont dit qu'il était devenu muet certains pensent qu'il avait subi un traumatisme. D'après ce que j'en sais, les mots qu'il vient de prononcer sont les premiers qui lui sortent des lèvres depuis deux ans. »

La comtesse regarda Willie droit dans les yeux. « Est-ce vrai, mon chéri ? » demanda-t-elle doucement. « Est-ce que ce qu'elle dit est vrai ? »

« Oui, z'est vrai, » dit-il, et Claire réalisa en souriant que Sa petite Seigneurie zozotait. « Y zavaient dit qu'ils me tueraient. »

« Mon Dieu. » La comtesse le serra fort sur sa poitrine de nouveau.

« Znouts est mon ami. Il m'a zauvé des méchants. » Il se retourna pour regarder Claire. « J'aime beaucoup la Dame, Maman. Est-ze qu'elle peut rezter avec nous ? »

Les yeux de Claire se remplirent encore de larmes, tandis qu'elle s'agenouillait près d'eux. « C'est ta maison ici, mon petit chéri, et ma maison à moi c'est le cottage. Mais nous nous verrons souvent, je te promets. Ce n'est pas parce que tu es rentré à la maison que tu peux négliger tes études de lecture et de mathématiques. »

« Vous lui avez fait l'école ? » demanda Lady Dunsmuir.

« Elle nous fait l'école à tous, milady, » s'écria Tigg. « Je sais lire maintenant, et je fais des additions ; moi aussi je suis l'assistant de M. Malvern. »

La comtesse battit des cils en l'entendant. « Grands dieux. J'ai plus de raisons d'être reconnaissante que je n'aurais jamais pensé. »

Le comte se remit debout. « Ce n'est pas le moment, mais je jure sur tout ce que j'ai de plus cher, que je trouverai les mécréants qui ont enlevé mon fils, et je veux les voir en prison. Peut-être, le moment venu, pourrai-je parler à ce... ? » Il lança un regard interrogateur à Claire.

« Snouts ? Il s'appelle en fait M. McTavish, c'est mon secrétaire ; c'est regrettable de le surnommer le « museau » mais son nez est une grande source d'amusement pour les garçons. » Elle se doutait que *le moment venu* pour le comte signifiait *immédiatement, sinon plus tôt encore.* « Peut-être que nous pourrions vous rendre visite demain après-midi, si vous êtes chez vous ? »

La comtesse se leva et Claire se retrouva serrée à étouffer dans ses bras. « Nous sommes toujours là pour vous – pour vous tous. Je ne pourrai jamais, au grand jamais, vous récompenser assez de m'avoir ramené mon petit garçon à la maison. »

« Ma femme a raison, » ajouta Lord Dunsmuir. « S'il y a la moindre des choses dont vous ayez besoin, la moindre des choses que nous puissions faire, vous n'avez qu'à ouvrir la bouche et ce sera fait instantanément. »

« Votre Seigneurie est très aimable, » dit Claire. « Mais pour le moment, j'ai tout ce qu'il me faut. »

« Moi aussi, » dit Andrew. « Et ma mère ne manque de rien. »

« Mais si votre situation venait à changer, » leur dit le comte, « de chacun de vous, même votre secrétaire ou bien ce jeune homme ici – »

« Z'est Tigg, » l'informa son fils. « Z'est mon ami, lui aussi. »

Le comte salua Tigg en hochant la tête, d'homme à homme. « Je souhaite pouvoir aider. J'insiste ; peu importe de quoi il s'agit, ce ne sera jamais suffisant à exprimer ma gratitude. »

C'était le bon moment pour se faire discret, et Claire et Andrew se retirèrent. Willie avait l'air confus, et voulut la suivre, mais Claire s'agenouilla et dit, « Non, mon chéri. Ta maman veut te mettre dans ton vrai lit, et t'embrasser pour te souhaiter bonne nuit. Tu verras comme ce sera agréable ! »

« Vous reviendrez, milady ? »

« Bien sûr ! Ton papa, Snouts et moi devons nous rencontrer demain après-midi ici, donc tu nous verras à ce moment-là. »

« Z'est promis ? »

« Croix de bois, croix de fer, si je mens je vais en enfer. » Et elle se signa.

Il fut enfin rassuré, et le petit groupe se congédia.

Revenus dans le landau, et déboulant le long de Russell Square, un silence empreint d'émotion régna jusqu'à ce que Tigg ne dise, d'un ton perplexe, « Wilberforce. Hum... je me demande s'il s'attend à ce qu'on l'appelle comme ça, maintenant ? »

« Oh, non, » dit Andrew. « Tu dois t'adresser à lui en l'appelant *Lord* Wilberforce ; ou bien vicomte Hatley. »

Tigg fit un bruit évocateur. « Manquerait plus que ça... c'est notre Willie, quoiqu'il arrive. »

« Je pense qu'il sera très content que ses amis l'appellent Willie, » dit Mme Malvern. « Et vous avez certainement un ami pour la vie, en la personne de Sa Seigneurie. Bonté divine, quelle nuit nous avons passé ! »

Quelle nuit, en effet. Claire réalisa avec stupeur qu'elle n'avait pas pensé à la chambre, ni à la cinétike ou à la science pendant ces trois heures. Et d'une certaine façon, quand elle repensa à la joie qui avait rempli cette bibliothèque, cela ne lui sembla que justice.

~

The Evening Standard
  26 Août

RETOUR DU VICOMTE KIDNAPPÉ

Après de nombreux rebondissements, dignes d'un feuilleton, le jeune vicomte Hatley, enlevé dans le jardin de Hatley House il y a deux ans pendant que sa nounou dormait, a été ramené dans les bras de ses parents comblés.

Selon une source proche de la famille, Lord et Lady Dunsmuir ont été tirés du lit au beau milieu de la nuit par un groupe de Bons samaritains inconnus à l'heure qu'il est accompagnés d'un petit garçon qu'ils prétendaient être Lord Wilberforce. Comme nos lecteurs le savent, les Dunsmuir avaient déjà fait l'expérience de telles visites, qui se sont révélées être le fait d'escrocs tentant de faire passer des enfants des rues pour le petit lord disparu.

Mais ces anges anonymes semblent avoir été de bonne foi, car ce matin Lord et Lady Dunsmuir ont annoncé à leurs interlocuteurs qu'on leur avait rapporté leur fils. On ne connaît guère les évènements poignants de cette captivité, à part le fait qu'il avait dû jurer qu'il ne parlerait pas, sous peine de mourir. Le petit garçon s'est donc tu pendant deux ans, et ce n'est que la vue de sa mère qui lui a de nouveau délié la langue.

Lord Dunsmuir a promis une récompense de 100 livres sterling pour toute information conduisant à la capture des kidnappeurs de son fils, avec 100 livres supplémentaires quand ils auront été condamnés et envoyés en prison ou exilés.

Les éditeurs de ce journal se joignent à nos lecteurs pour remercier la Providence d'avoir ramené le jeune vicomte et expriment le vœu que son calvaire soit bientôt oublié, dans la joie de son retour dans le giron familial.

CHAPITRE 19

*D*eux jours seulement qu'il est parti et il me manque déjà. »

Tigg finit de s'occuper de la dernière vis sur un appareil qui, si on avait demandé son avis à Claire, était vraiment ingénieux. Andrew avait fait un autre voyage à la manufacture sans perdre de temps et à tous les deux, ils avaient créé une sorte de hamac en métal qui allait mettre la chambre en mouvement. Une fois que la pile aurait été activée, le hamac pouvait être verrouillé sur place afin que le processus d'allumage puisse se déclencher avec une certaine précision dans la chambre elle-même.

« Il n'est pas vraiment parti, tu sais, » lui assura Claire. « Sa Seigneurie a dit que nos pouvions lui rendre visite à tout moment, sans restrictions. »

« Mais ce s'ra pas la même chose... y pourra pas venir nous voir ici, je parie. »

« Je demanderai. Il manque beaucoup aux Mopsies aussi, et les poulets vont oublier qui il est, s'il ne vient pas avant deux semaines. Mais nous devons être compréhensifs, si Lord et Lady Dunsmuir hésitent à le laisser hors de leur vue. Pas tout de suite, du moins. »

« Tout le monde est prêt ? » Andrew appelait de derrière l'appareil de commande, où il manipulait les boutons.

Tigg se rua en bas et rangea son tournevis et son maillet soigneusement dans une mallette en cuir qui semblait être assez neuve. « Oui, M'sieur, » répondit-il à voix haute.

« Alors viens par ici, et occupe-toi des interrupteurs. »

Cette fois-ci la procédure d'allumage fut plus compliquée. Tigg mit en branle le hamac à l'aide d'un interrupteur, et Andrew leva le bras pour signaler que la pile avait commencé à luire. De l'autre main, Andrew baissa les lunettes sur ses yeux, et fit un geste à Claire pour qu'elle fasse de même. Quand le bourdonnement dans la chambre atteignit un niveau satisfaisant pour lui, le bras d'Andrew s'abaissa brusquement et Tigg poussa le levier de contrôle complètement vers le haut. Un éclair aveuglant traversa la chambre – brillant comme l'éclair qui avait tué Lightning Luke – submergeant le tas de charbon. De nouveau, Claire vit les vrilles de l'alimentation fluctuer et toucher les morceaux de charbon, aussi délicates qu'une araignée grimpant de haut en bas, avant que le courant ne se dissipe et que la chambre ne retombe dans l'inactivité une fois de plus.

Un ruban de fumée s'éleva du charbon et fut balayé par l'air qui circulait dans la chambre et expulsé à travers un tuyau en laiton qui conduisait à l'extérieur –

Encore une fois, Tigg abaissa le carénage et Andrew examina le charbon dans ses mains lourdement gantées. Il leva les yeux vers Claire. « Il ne ressemble plus au charbon que nous avions au départ. »

« Je le pense aussi. Tous les morceaux sont fondus ensemble. »

« Ça n'entrera pas sous le microscope, et c'est brûlant – je dois le reposer. Il va falloir qu'on fasse des essais sur le terrain. Tigg, où est ton maillet ? »

« Ici, M'sieur. »

Un petit coup sur le charbon produisit un tintement, un peu comme quand on tape sur du métal.

« Claire, Tigg, c'est bon signe, » dit Andrew dans un souffle. « Il est dur, n'est ce pas ? Ce n'est pas simplement le produit de mon imagination, parce que je veux qu'il soit comme ça ? »

« Laissez-moi faire, M'sieur. »

Tigg tapota l'échantillon tout autour, en faisant attention à ne pas le toucher avec les mains. « Il est incandescent, M'sieur, mais il ne brûle pas. Comment c'est possible ? »

« Je suppose que si nous réchauffions un diamant, le résultat serait le même. Venez en haut maintenant, nous allons faire un autre essai. Le feu que j'ai allumé dans le four devrait être réduit en braises à présent. »

Il porta l'échantillon en haut dans une poêle en métal, et avec les pinces, la mit sur le lit épais de braises rouges dans le four. Toutes les demi-heures il contrôlait son évolution, en dictant les résultats par-dessus son épaule à Claire.

Tigg et elle prirent leur déjeuner, puis elle alla faire des emplettes, car les jupes avec lesquelles elle avait quitté Wilton Crescent commençaient à être très usées. À quatre heures elle revint chercher Tigg et elle les trouva tous les deux à l'étage.

Andrew referma la porte du four et essuya la transpiration de son front. Il avait une marque de charbon sur la joue, et Claire résista à l'envie de se servir de son mouchoir pour la lui enlever. « Huit heures, et il brûle toujours. C'est miraculeux. »

« C'est prudent de dire que ça a marché, M'sieur ? » demanda Tigg.

« Je t'avouerai franchement que j'ai échoué si souvent que j'ose à peine dire que quelque chose marche ou ne marche pas. Nous ne le saurons pas avec certitude, tant que nous n'aurons pas un gros échantillon à tester dans un vrai train. Mais pour l'instant, je crois pouvoir dire que cela semble prometteur, Tigg. Très, très prometteur. » Il leva les yeux vers Claire et se leva, en époussetant son pantalon au niveau des genoux sous le lourd tablier en cuir. « Et cela ne se serait pas passé sans vous tous. Claire, je vais écrire cette lettre au conseil d'administration de l'université, ce soir même. »

« Mais je n'ai pas inventé la pile, M. Malvern. C'est au Dr Craig qu'on devrait reconnaître le mérite. »

« On le lui reconnaîtra, quand on convoquera une conférence de presse et qu'on l'annoncera au monde. Mais ce n'est pas elle qui a conçu ce treillis ambulant, n'est-ce pas, pour créer le mouvement initial ? Ce n'est pas elle qui a fait le lien entre le poulailler ambulant – que j'aimerais bien voir une fois, entre parenthèses – et ma chambre d'allumage. C'est vous ; et croyez-moi, le conseil m'en entendra parler. »

« Merci, M. Malvern. »

« Claire, je pense que nous nous connaissons suffisamment bien maintenant pour que vous m'appeliez par mon prénom. »

« Merci, Andrew, » dit-elle avec douceur.

Elle n'avait pas l'intention de le regarder, sur le moment ; mais comme il ne disait rien, elle leva la tête pour voir si quelque chose clochait... et elle vit son expression.

Le désir à l'état pur, l'admiration, la douceur dans ses yeux.

Elle rougit, et sentit la chaleur brûler ses joues avec tout son cortège de plaques disgracieuses. Puis Tigg se mit à parler, brisant l'enchantement.

« Je vais aller ajouter une grosse pelletée dans la chambre, d'accord M'sieur ? »

« Oui, merci Tigg. Je descends tout de suite. »

Le garçon faisait des cliquetis en bas, mais Andrew ne bougeait pas. Et dans l'attente, Claire était coincée entre lui et le bureau.

« J'étais sérieux, Claire. Je t'écrirai ta lettre ce soir... si tu as toujours l'intention de t'en servir. »

« Bien sûr. Sans une lettre de recommandation d'un membre de la Société royale des ingénieurs, je ne peux pas proposer ma candidature au programme d'ingénierie. Tu le sais bien. »

« Je le sais, et je sais aussi que James et toi avez noué un pacte, quand vous étiez en Cornouailles. »

« Ah, bon ? »

« Un mariage à l'automne, m'a-t-il dit, ce qui, dans des circonstances normales, empêcherait une carrière universitaire. »

« Mes circonstances ne sont pas vraiment normales. »

« Est-ce que tu as l'intention de continuer dans cette voie ? »

Elle avait réussi à enterrer sa conversation avec James sur la plage sous de plus grandes préoccupations, à part les fois où elle se réveillait au beau milieu de la nuit en y pensant. « Ma mère et lui sont arrivés à s'entendre, » réussit-elle à dire enfin. « J'aurai dix-huit ans en octobre, mais jusqu'à ce moment, légalement je suis sous la tutelle de ma mère. »

« Est-ce qu'ils essaient de te forcer ? » Il serrait les poings.

Elle se redressa. « Personne ne peut me forcer. J'aurais simplement voulu savoir quelle était la meilleure ligne d'action. D'une certaine façon, c'est un bon parti – »

Un muscle tressauta sur sa mâchoire. « Les barons le sont, en général. »

« Ce n'est pas ce que je voulais dire. Nous avons tous les deux de fortes personnalités et une volonté inflexible, en bien et en mal. Nous avons reçu une éducation semblable, et une place dans la société. » Elle fit une pause. « Nous partageons un engouement pour les moteurs et les trains à vapeur. »

« Des mariages se sont fondés sur moins que cela, » accorda-t-il.

« Mais... » Elle le fixa d'un air suppliant.

« Mais... ? »

« Tu m'as embrassée, » murmura-t-elle.

Ce fut à son tour de rougir jusqu'aux oreilles. « Nous devions l'oublier, » dit-il. « J'ai manqué à tous mes devoirs en le faisant, et tu manques aux tiens en y faisant allusion. »

« Mais cela s'est passé. Et ça a tout a changé. »

« Ah bon ? » Sans trop s'en rendre compte, elle s'était

rapprochée et se dressait à présent devant lui. Il lui saisit le haut des bras. « Claire, c'était une folie, une faute de surcroît, et nous devons l'oublier. »

« Devons-nous ? Pouvons-nous ? »

L'espace d'un moment, des destins tout entiers furent suspendus. Dans ces secondes de silence tendu, Claire étudia son visage, et y vit la vérité : que d'un mot, sa propre vie et la sienne pouvaient changer.

Puis la porte claqua au rez-de-chaussée et la voix de James se mit à résonner dans le laboratoire. « Andrew ? J'ai reçu ton pneumatique. Est-ce bien vrai ? Avons-nous un prototype qui fonctionne enfin ? »

Et le moment s'éparpilla en bruits et confusion, comme une volée de pigeons effarouchés.

Andrew la libéra et descendit au rez-de-chaussée, et pendant qu'il expliquait la mécanique de la nouvelle chambre et que Tigg la mettait en marche, Claire classa des papiers et nettoya les tiroirs des meubles classeurs comme si sa vie en dépendait. Ce n'est que quand elle entendit mentionner son nom à plusieurs reprises, qu'elle pensa qu'il valait mieux qu'elle descende, et à ce moment-là James était plongé dans le spectacle de la charge cinétike faisant son œuvre sur le charbon dans la chambre.

Quand l'échantillon fut en phase de refroidissement dans le plateau en métal, James réalisa que Claire était debout près d'eux.

« J'ai encore du mal à y croire, » dit-il. « Dois-je comprendre que c'est à toi que nous devons cette avancée ? »

« Pas à moi, » dit-elle. « À Lizzie et Lewis et – et d'autres. »

« Je refuse de croire qu'une bande d'enfants des rues mal élevés ait pu aboutir à la construction de cet artifice. »

« James, je t'en prie, ne les appelle pas comme ça. Ils sont loin d'être mal élevés. »

« Leurs noms ne seront pas mentionnés dans la demande de brevet. »

« N'allons pas trop vite, » dit Andrew précipitamment.

« James, le premier échantillon que nous avons créé a brûlé pendant huit heures – presque neuf. Si la durée de combustion est cohérente, la prochaine chose à faire est de tester les échantillons dans une locomotive à vapeur. »

« J'enverrai immédiatement un pneu à Ross Stephenson. » James s'arrêta, et Claire avait l'impression de voir son cerveau bondir en avant. « S'il arrive à mettre un train à notre disposition, nous pourrions aller avec les échantillons à Birmingham, dès après-demain peut-être. Claire, peux-tu être prête pour voyager avec un préavis aussi court ? »

« Voyager ? » dit-elle d'un air ébahi. « À Birmingham ? Moi ? »

« Tu détiens des parts dans la Compagnie de Chemins de fer Midlands, n'est-ce pas ? » demanda-t-il d'un ton âpre. « Ross Stephenson est le président, et il n'est que justice qu'en tant que ma fiancée tu le rencontres à un moment ou un autre. Si cette chambre fonctionne vraiment, notre association pourrait durer un certain temps. »

« Mais, qu'en serait-il des – »

« Pas d'enfants cette fois-ci. C'est une chose d'emmener une ménagerie en Cornouailles dans ta propriété familiale ; mais c'en est une autre de les présenter à une réunion d'affaires avec un industriel important. »

« James, je ne peux vraiment pas – »

« Penses-y. J'espère que tu verras les avantages de ce plan, surtout si ton nom est mentionné sur le brevet. »

« Je considère ça comme acquis, qu'elle y aille ou pas, » avança Andrew.

« Et je viens juste de réfléchir au fait, » continua James sans tenir compte de l'intervention de son associé, « que si tu cherches des lettres de recommandation, quelle meilleur signature à avoir sur une de ces lettres que celle de Ross Stephenson ? Après tout, il a été président de la Société royale. »

Claire l'ignorait. Mais pourquoi parlait-il de lettres, alors que la dernière chose qu'il avait dite, c'était qu'elle devait l'épouser pratiquement le lendemain de ses dix-huit ans ? Est-ce qu'il se jouait d'elle ? Ou était-il revenu sur son plan autoritaire ?

Elle résista à l'envie de regarder Andrew.

Puis elle comprit ce qui l'attendait...

Un voyage à Birmingham, que ce soit par aéronef ou en train à vapeur, en compagnie des deux hommes – l'un desquels étant son fiancé mais envers lequel elle avait des sentiments très conflictuels, et l'autre pour lequel ses sentiments n'étaient absolument pas en conflit, mais qui lui était interdit du fait de ses propres actions.

Oh la la !

L'échantillon n'était pas la seule chose, semblait-il, à être mise sur des charbons ardents.

CHAPITRE 20

*L*a locomotive d'essai, s'avérait avoir besoin d'une tonne de charbon expérimental dans son tender, de sorte que la chambre fut réglée sur l'exploitation continue avec des paliers de cinquante kilos. Tigg montra à Snouts et Jake comment travailler en horaires alternés, et à la fin du jeudi, toute la quantité avait été produite et envoyée à la cour de triage dans un énorme et lourd chariot à vapeur. M. Stephenson avait une locomotive à Euston Station qui devait se déplacer haut-le-pied en revenant vers Birmingham vendredi, et on les avait donc chargés de conduire l'essai en chemin.

Il attacha deux voitures-salons et un wagon restaurant à ses frais.

Il était clair qu'il y avait des avantages à côtoyer des gens des chemins de fer. Claire se demanda si le fait de fréquenter des responsables de compagnies aériennes ne produirait pas un résultat semblable. Elle prit note mentalement de charger M. Arundel d'acheter des parts du *Persephone* pour commencer, et de la Albion Airship Company, qui possédait les vaisseaux pour le trafic intérieur desservant toute l'Angleterre. Quel dommage que Peony soit déjà partie Claire parierait une guinée en or que les

Churchill étaient en relation avec cette engeance dissolue, les Cunard.

James marchait à longues enjambées sur le quai où Claire se tenait près du tender, regardant Andrew et Tigg instruisant le chauffeur sur les propriétés du charbon expérimental.

« Je pensais avoir dit qu'il ne devait pas y avoir d'enfants dans ce voyage, » dit-il, sans même saluer d'un avenant *Bonjour, ma chérie*.

« Tigg n'est pas un enfant, » répliqua-t-elle avec vigueur. « C'est l'assistant de M. Malvern, et il l'est depuis que la chambre a été réinventée. »

« C'est toi, son assistante. »

« Oui, mais Tigg est beaucoup plus enclin que moi à charger les chambres et à se faire recouvrir de poussière de charbon. Il s'y épanouit en fait. » Pendant qu'elle parlait, Tigg se retranchait près du chauffeur, lui montrant les propriétés du nouveau charbon, tandis qu'Andrew lui disait à quel comportement ils s'attendaient de la part de la substance, une fois qu'ils seraient en marche.

« Encore une fois, tu as fait la maligne avec moi. »

Elle ne comprenait pas si le sarcasme était voulu ou pas. Le sourire qui aurait pu accompagner cette affirmation était totalement absent. « Mais non. Tigg est un rouage indispensable de cette entreprise – certainement plus nécessaire que moi. Je ne suis là que pour faire de la figuration. »

« Je ne suis pas d'accord. Il y a plusieurs rouages, comme tu les appelles, dans cette entreprise, dont certaines ne se bornent pas à l'aspect mécanique. Il y a l'élément social aussi. »

« Ce qui m'amène à la deuxième raison de l'utilité de Tigg. Il serait terriblement inconvenant que ta fiancée voyage sans chaperon, en compagnie d'un autre homme. Si je voyage en tant que gouvernante de Tigg, les mauvaises langues n'auront rien à redire. »

« Ce garçon n'a pas besoin de gouvernante. »

« Tu en conviens aussi. Ce n'est pas un enfant. Toutefois, les conventions sociales doivent être préservées. »

Il lui avait donné le bâton pour le battre ! Elle lui décocha un sourire rayonnant et s'en alla vers la voiture-salon, où son coffret de voyage et son carnet d'ingénierie étaient posés près d'un siège confortable. Un thé avait aussi été servi, mais elle attendit jusqu'à ce que le sifflet ne résonne et que le train se mette en branle, avant de se le verser. Un peu plus tard, James, Andrew et Tigg la rejoignirent, ces derniers avec un appétit d'ogre.

« Une tonne de charbon non traité nous fera faire environ soixante-quatre kilomètres, » dit Andrew entre deux bouchées de salade aux œufs. « J'ai hâte de voir ce que va faire le nouveau matériau. James, il faudra penser à un nom d'ailleurs. *Nouveau matériau* et *charbon traité* sont un peu lourds, pour ne pas dire plus. »

« Charbon cinétike ? » proposa Tigg.

« Malvernite, » dit Claire. Quel dommage que l'implication du Dr Craig ne puisse pas être révélée. *Charbon Craig* aurait eu un son intéressant.

« Selwynite. » Andrew claqua des doigts. « C'est ça. »

« Doucement, » dit James, naturellement flatté et essayant de ne pas le montrer, « ne faisons pas les choses dans la précipitation. Nous ne voudrions pas vendre la peau de l'ours avant de l'avoir tué, n'est-ce pas ? »

Arrivés à soixante-quatre kilomètres, Claire s'aperçut qu'Andrew et James devenaient plus nerveux. À quatre-vingt kilomètres ils n'y tinrent plus et se déplacèrent vers l'avant, en direction du tender.

Quatre-vingt seize kilomètres. Pas de nouvelles.

Cent douze ; puis cent vingt-huit. Dieu du ciel ! Avaient-ils oublié qu'elle était aussi intéressée au projet qu'eux ? Elle referma son carnet et le rangea, tout en plaçant son chapeau. Jupe neuve ou pas, malgré le danger, elle se rendrait à l'avant et irait voir ce qui se passait.

À cent trente-six kilomètres, Tigg se précipita à travers les portes du salon. « Milady, ça marche ! »

« Il était temps que quelqu'un me donne des nouvelles. J'allais justement me rendre compte par moi-même. »

« M. Malvern m'a envoyé pour vous avertir. Une tonne de notre charbon a fait faire à ce train cent trente-six kilomètres ; on est presque arrivés à Birmingham ! »

« Ciel ! Allons vers l'avant, Tigg, tout de suite. »

« Non, milady, ils sont juste derrière moi. Lord James dit qu'il a du champagne dans sa mallette. Vous pensez qu'y m'laissera en boire un peu ? »

Pendant la fête qui s'en suivit, Tigg fut autorisé à boire l'équivalent d'un dé à coudre de champagne. « Mmph, » dit-il, en fronçant les narines, « j'sais pas c'qu'ils y trouvent, ya rien de terrible dans ce truc. »

Le temps qu'ils arrivent à Curzon Street Station, James avait le moral au beau fixe. Il bondit de la voiture-salon juste au moment où le train venait de s'arrêter à quai, et il serra la main vigoureusement à l'homme qui attendait là avec un petit groupe de personnes.

« Claire, permets-moi de te présenter Ross Stephenson, président de la Compagnie de chemins de fer Midlands; voilà ma fiancée, Lady Claire Trevelyan. »

« Enchantée. » Claire tendit une main gantée, que M. Stephenson serra avec beaucoup plus de force que Claire ne s'y attendait.

« C'est un plaisir de vous rencontrer, Lady Claire, » dit-il, aussi raide que le prince de Galles lui-même et au moins aussi coûteusement vêtu. Son manteau avait un col en renard, malgré la journée assez chaude, et ses revers étaient en velours. Son chapeau haut de forme en castor, qui devait probablement être brossé quotidiennement, brillait de mille feux et Claire pouvait pratiquement voir son reflet dans ses chaussures. « Ma femme sera ravie de faire votre connaissance également. Si vous me le permettez, je vais vous enlever Sa Seigneurie et M. Malvern et les emmener dans mon bureau. Mon deuxième landau – un Delage à six pistons – vous attend pour vous conduire chez nous. »

« Mais je voudrais aller avec vous pour entendre parler des résultats. »

Il eut l'air choqué et lança un coup d'œil à James. « On va parler d'affaires. Non, ma chère, vous allez vous ennuyer à mort. Mme Stephenson – Lady Elizabeth Drummond, de son nom de naissance – a dû prévoir des rafraîchissements qui vous attendent, avant que nous nous changions pour le dîner. »

Cette fois-ci c'était elle qui lançait un coup d'œil à James. « M. Stephenson, je ne m'ennuierai certainement pas à entendre parler des résultats de mon propre – »

« Voilà, Claire, » dit James à voix basse, en essayant de l'écarter du groupe. « Ross Stephenson est un peu vieux jeu. J'ai simplifié nos accords pour lui, de sorte que – »

Elle le coupa. « Est-ce que tu veux dire qu'il ne sait pas que j'y ai participé ? »

« Exactement. »

Elle essaya de faire en sorte que son ton de voix reste bas et son expression aimable, au cas où quelqu'un les regarderait et penserait qu'ils se disputent. « Alors tu dois l'informer et lui dire la vérité. Il est vraiment grossier de le laisser sur cette idée fausse. »

« Comme je l'ai dit, il est vieux jeu. Dans sa tête, les femmes appartiennent à la salle de bal, pas au laboratoire. »

« Il est temps de lui ouvrir les yeux. »

« Ce n'est pas le moment. Claire, tu es en train de me faire une scène. »

« Une scène ! » Il n'avait aucune idée des scènes qu'elle était capable de faire. « As-tu prévu de lui dire la vérité ? »

« Bien sûr, chérie, dès que les contrats seront signés. Son opinion de la place de la femme n'a aucune conséquence. Au bout du compte, c'est ton nom qui sera marqué sur le brevet. »

« Mais, James, s'il doit me donner une lettre de recommandation, il doit savoir que j'ai participé au projet, jusqu'à la dernière ligne et la dernière mesure ! »

« Tout sera fait en son temps, chérie. D'abord, nous devons obtenir son engagement par écrit dans l'entreprise. Tout le reste découlera de ça. »

Elle ne savait pas si elle devait se laisser amadouer ou pas. Mais elle savait une chose : il était ridicule que James et Andrew s'en aillent dans un landau à vapeur étincelant, alors que Tigg et elle seraient emmenés à la campagne dans un autre, comme des bébés dans une poussette.

Lady Elizabeth se révéla être la veuve d'un lord désargenté, et elle avait accepté la cour de M. Stephenson à bras ouverts. Les grands enfants de ce dernier n'avaient pas eu besoin de ses soins maternels, mais ils avaient besoin de son prestige pour leurs débuts dans la société londonienne, et lui vouaient donc une certaine affection.

Claire supporta encore une description des robes de bal de sa fille et se demanda où diable les hommes étaient allés. S'ils ne venaient pas pour la sauver de cette pauvre femme, elle attraperait Tigg et referait en courant et en hurlant la distance qu'ils avaient faite. Le jeune homme avait trouvé une livre dans la bibliothèque et il était assis sur le canapé en face d'elle, examinant de près des dessins de locomotives et prononçant du bout des lèvres, mais silencieusement, les mots et les chiffres.

Quelle chance ! Au moins Tigg avait quelque chose d'intéressant pour occuper son esprit.

Enfin, elle entendit des pas sur le gravier à l'extérieur, et Lady Elizabeth arbora un sourire éclatant. « Ça doit être Ross avec notre cher Lord James. J'espère qu'ils en ont bien profité tous les deux. »

« J'en suis sûre. »

Les hommes entrèrent donc, pleins de bonhommie et de plans pour l'avenir. Quand elle fréquentait l'Académie St. Cecelia's, réservée aux jeunes filles, Claire avait souvent vécu des moments où elle s'était sentie mise à l'écart et ignorée. Mais ça n'avait pas été comme ça. C'était une chose d'être exclue d'une discussion sur qui devait danser avec qui, quand les garçons de Heathbourne traversaient la place pour un cours de danse mixte. C'en était une autre d'être exclue d'une discussion sur sa propre invention.

Exprès. Par l'homme qui était censé la tenir en très haute estime.

Les moindres sentiments tendres qui auraient pu prendre racine pendant sa confession sur la plage furent rapidement balayés avec chaque plat au cours de l'interminable dîner. Elle était ravie que Tigg soit parti avec la femme de chambre de l'étage pour aller dîner dans la nursery inutilisée avec son livre, pour ensuite aller se coucher. Il avait découvert ce qui se passait dix minutes après seulement, et son instinct naturel à corriger ce qu'il considérait comme un terrible malentendu, le mettrait dans une situation plus gênante que Claire ne voulait le permettre.

Quand les hommes les rejoignirent enfin, Lady Elizabeth et elle dans le salon après leur brandy, elle arriva tout juste à être aimable et Lady Elizabeth s'était même autorisée à lui demander gentiment si elle souffrait de la migraine.

Après quoi, Claire se ressaisit. Son hôtesse ne méritait pas sa mauvaise humeur. Elle fit un tel effort pour être souriante et gentille que Lady Elizabeth fut enchantée au point d'oublier le reste et aurait parlé d'elle par la suite comme « Lady Claire, cette chère enfant, quel dommage. »

M. Stephenson versa du cognac dans un verre et le tendit à Lord James. « Portons un toast à notre succès, mon ami – j'irai avec vous demain pour voir cette chambre fonctionner. Ensuite nous pourrions construire un prototype dans ma fonderie. »

« Après que les contrats auront été signés, » précisa James.

« Bien sûr, bien sûr, mon vieux. » James accepta le verre et il le leva pour porter le toast.

Andrew en prit un aussi. « Je voulais vous soumettre une

réflexion, à tous les deux. La Société royale parle depuis des jours des nouvelles expositions qui se tiendront au Crystal Palace. Je parie que notre chambre est aussi révolutionnaire que n'importe lequel de ces moteurs. Pourquoi n'essayons-nous pas d'en faire partie ? »

Claire retint son souffle. L'artifice du Dr Craig – son propre treillis mobile – les deux fonctionnant dans un environnement où tous les hommes de sciences de la ville pourrait le voir... quelle magnifique occasion de révéler les inventeurs des deux systèmes ! Même sans la lettre de recommandation de M. Stephenson, le fait qu'elle ait exposé au Crystal Palace lui garantirait un siège dans le programme d'ingénierie. Rien ne pourrait s'y opposer.

Elle avait beaucoup de mal à rester assise à sa place sur le canapé en brocart de couleur vert Eau de Nil.

« C'est une idée brillante, » dit M. Stephenson. « Je croyais que vous étiez un homme de sciences, M. Malvern, mais je vois que vous vous occupez aussi de publicité. »

« Pas vraiment, » dit Andrew avec modestie. « Mais je sais que participer à une exposition au Crystal Palace augmentera la visibilité de notre artifice dans toute l'Angleterre... et de l'autre côté de l'océan. »

M. Stephenson eut un petit rire de dérision. « Si vous entendez par là les Amériques, je ne me ferais pas de souci à leur sujet. Ils sont tellement occupés à rattraper leur retard par rapport à nous, qu'ils n'ont pas le temps de développer quelque chose d'original de leur côté. »

« Mais ils payent bien, » rétorqua Andrew. « Avez-vous su qu'ils ont essayé d'attirer le comte Zeppelin en lui offrant de construire un chantier à un endroit appelé Lakehurst, dans le New Jersey, pour que les chefs de l'industrie aient accès aux aéronefs sur des lignes intérieures ? »

« Je n'en ai pas eu vent, » riposta M. Stephenson. « Avery

Cunard n'appréciera pas que son monopole soit violé par des compatriotes du Prince Albert, ah non parbleu ! »

« En tous cas, on dit que c'est le plus grand pacte international signé depuis que notre glorieuse reine a accédé au trône. »

Lady Elizabeth eut l'air peinée. « Faut-il vraiment que l'on parle d'argent ? Allez, M. Stephenson, Messieurs, passons à des sujets plus plaisants. »

La dame avait échangé un titre contre une fortune. Peut-être était-elle particulièrement sensible sur le sujet. Claire aurait préféré qu'elle s'abstienne, quand même. Son père n'avait jamais parlé de sujets aussi intéressants à la maison, et maintenant qu'elle y était exposée, quand elle était avec Andrew et James, elle y prenait de plus en plus goût.

Des aéronefs de conception allemande à construire dans les Amériques. Captivant.

« Je pense que vous devriez exposer la chambre au Crystal Palace, » dit-elle. « Le moment est des plus propices. Ne m'avez-vous pas raconté, James, pendant le voyage, que l'exposition devrait venir en premier, et puis que, quand l'enthousiasme est à son comble, l'annonce pourrait être faite de votre entreprise commune avec M. Stephenson. » Elle lui sourit avec tant de douceur que des cristaux de sucre semblaient se former dans l'air.

M. Stephenson donna une claque dans le dos à James tout en éclatant de rire. « Oh oh ! vous aviez tout prévu. Cela correspond bien à l'idée que je me suis faite de vous, d'un homme visionnaire. »

James lança à Claire une œillade qui lui fit penser que plus tard ils reviendraient sur le concept des 'femmes qui devraient être vues mais pas entendues'. « C'est aimable à vous de me le rappeler, ma chérie. Non seulement cela nous donnera plus de visibilité de l'artifice, comme le suggère Andrew, mais en plus la Compagnie de chemins de fer Midlands sera considérée comme une entreprise à la pointe du progrès, quand elle adoptera une nouvelle technologie. »

« Génial ! » M. Stephenson rayonnait en les regardant tous, et Claire eut du mal à se retenir de lever les yeux au ciel.

Après quoi, bien sûr, leur hôte se sentit suffisamment expansif pour permettre à sa femme de jouer un air ou deux au piano.

Cependant, Claire déclina son invitation. Jouer et chanter n'étaient pas des talents qu'elle avait envie d'infliger à la présente compagnie. S'il avait proposé du tir à la cible, cela aurait été différent, mais c'était peu probable.

Bien que les pièces de réception fussent éclairées au courant électrike, les étages ne l'étaient pas, de sorte que les invités reçurent des lampes pour s'éclairer jusqu'à leur lit. James arrêta Claire devant la porte de sa chambre, tandis qu'Andrew passait près d'eux. « Bonne nuit, Claire. James, nous allons commencer tôt demain matin, donc je te souhaite un bon repos. »

« Merci, » dit Claire. *Reste,* criait son cœur. *Parle avec moi. Dis-moi que James ne va pas nous passer par-dessus la tête. Serre-moi dans tes bras.*

« Un mot, ma chère, si tu n'es pas trop fatiguée ? »

Elle fit taire l'envie qu'elle avait et se tourna vers son fiancé. « Ici, dans le couloir ? »

« Certainement pas. À l'intérieur. »

« James, c'est ma chambre. »

« J'en suis bien conscient. Cela nous permettra d'avoir une certaine intimité. »

« Cela ne serait pas convenable, fiancés ou pas. Que dirait notre hôtesse ? »

« Oh, bonté divine. Dans cette pièce alors. »

En haut de l'escalier, il y avait une petite pièce aménagée pour recevoir des livres et une paire de chaises. Les titres étaient ceux que Claire avait lus dans sa jeunesse. Peut-être que la première Mme Stephenson s'asseyait ici pour lire des histoires à ses enfants avant d'aller dormir. En tous les cas, cela pouvait convenir, vu les circonstances.

« Si c'est seulement pour me souhaiter bonne nuit, on aurait pu faire ça dans le couloir. »

Il ne répondit pas à cette entrée en matières. « Je suis sûr que tu es consciente de ce que ton comportement de ce soir peut avoir de dangereux. »

Bon. On n'y va pas par quatre chemins. « Pas du tout. J'ai eu la bonne idée et te l'ai l'attribuée, avec l'esprit de sacrifice d'une fiancée qui te soutient. »

« L'ironie est un trait de caractère qui sied peu à une femme. »

« Comme la tromperie chez l'homme. »

« Je ne trompe personne. Comme je te l'ai expliqué auparavant, nous faisons simplement attention au moment où nous donnons les informations. Il y a un moment pour tout. »

« Et c'est le bon moment pour que je me fonde dans ton ombre ? »

Il la regarda, assise bien droite en face de lui sur la chaise. « Je ne soupçonnais pas ce besoin de reconnaissance en toi, ce désir constant d'être sous les feux de la rampe. C'est tout sauf féminin. »

« Ce n'est pas ça ; je veux simplement que le mérite soit reconnu. Tu reçois des félicitations en t'emparant de mes idées et de mon dur labeur, et c'est en train de devenir de plus en plus difficile à supporter. Je ne sais pas comment je pourrai survivre ces deux prochains jours en compagnie de M. Stephenson sans lui dire la vérité. »

« Alors peut-être devrais-tu te retirer dans ton cottage près du fleuve et t'occuper de tes protégés. »

Elle sentait de plus en plus ses nerfs à fleur de peau. « Peut-être devrais-je le faire, oui, définitivement. »

« Qu'est-ce que tu entends par là ? »

« Je ne peux pas vivre comme ça, James. »

« Comme quoi ? En toute modestie, en laissant les hommes d'affaires conduire leurs affaires ? »

« Ce sont aussi *mes* affaires. Andrew me traite sur un pied d'égalité. Il ne lui viendrait jamais à l'esprit de s'attribuer mes idées, temporairement ou pas. »

« Ah, Andrew. Et tu le vois donc comme un modèle et moi comme un rustre ? »

« Je base mon point de vue sur l'observation, comme tout bon scientifique devrait faire. »

« Mais tu n'es pas une scientifique. »

« Peut-être pas par mon éducation, mais certainement par élection. »

« Et penses-tu que ton comportement actuel vise ces objectifs ? » Elle resta silencieuse pendant un moment, et il en profita pour assurer son avantage. « Je n'ai pas encore décidé si je ferai ce que ta mère demande, c'est-à-dire un mariage à l'automne, ou bien te permettre de fréquenter l'université. »

Sa mâchoire se durcit sur les mots *demande* et *permettre*, mots qu'il maniait aussi nonchalamment qu'il se servait de son pouvoir sur elle.

« J'ai remarqué ça, » dit-elle en s'efforçant de rester calme. « Notamment la façon dont tu fais miroiter les lettres de recommandation. Mais je n'ai pas besoin de la lettre de M. Stephenson ; pas si j'expose l'artifice et que mon nom figure sur le brevet. »

« Le nom d'une femme obstinée et qui s'auto-encense n'ira pas sur ce brevet. »

Elle le fixa, les doigts tordant les plis en satin de la robe habillée vert bouteille qu'elle avait empruntée à sa mère ; son sang ralentit puis se figea dans un sentiment d'horreur. « Qu'est-ce que tu as dit ? »

« Je suis entièrement d'accord pour mettre le nom d'une femme qui coopère et apporte son soutien sur ce brevet et pour reconnaître son aide dans la création de l'artifice. Ce que je ne veux pas, c'est de le faire pour quelqu'un qui ne fait pas ce que je demande, qui est borné et égoïste, et qui met ses propres besoins avant ceux des autres, mettant ainsi en péril une entreprise qui essaie de croître depuis deux longues années. »

Dix secondes furent nécessaires pour que Claire puisse se maîtriser et ne bondisse pas sur lui toutes griffes dehors, comme auraient fait les Mopsies.

« Ferais-tu par hasard du chantage ? » murmura-t-elle à travers ses lèvres tendues.

« Absolument pas. Je te présente simplement les termes d'un accord. »

Il fallait qu'elle rompe ses fiançailles. Elle devait se débarrasser de cet homme le plus tôt possible, avant qu'elle ne commette un acte que la société réprouverait à coup sûr. Son doigt maniant la gâchette tressauta, et elle enroula ses doigts ensemble.

Mais si elle le plaquait, il éliminerait certainement son nom du brevet, de l'exposition, de la demande qui lui permettrait d'avoir ce qu'elle désirait de tout son cœur.

Juste quelques jours de plus.

Une fois que son nom serait publié sur le brevet, elle le laisserait tomber de si haut que son postérieur serait endolori à jamais.

« Comme tu préfères, » dit-elle enfin.

« Tu respecteras mes conditions et tu arrêteras de compromettre cette affaire par ton comportement ? »

« Oui. »

Il exhala un long soupir. « J'en suis heureux. » En se levant, il prit sa main froide et l'aida à se remettre debout. « Merci. Je t'accorde que mes méthodes ont pu te refroidir, mais à la longue tu ne le regretteras pas. »

Elle ne lui répondit pas ; elle le précéda simplement jusqu'à la porte de sa chambre.

« Tu es très belle ce soir, Claire. Puis-je te dire que cette couleur te va admirablement ? »

La porte se referma devant lui.

CHAPITRE 21

$\mathscr{L}$ady, » dit Tigg tandis que les messieurs quittaient la voiture-salon et allaient parler à l'ingénieur sur la longue partie plate du trajet, avant la descente sur Londres, « j' pense ben que les Mopsies ont raison. »

Claire sentit son corset sur le point d'éclater. « À propos de quoi, Tigg ? » Elle bondit sur ses pieds et commença à arpenter la voiture d'un bout à l'autre. Dix pas d'un côté, dix de l'autre, ses jupes de voyage froufroutant comme la queue d'un chat en colère.

« À propos du snobi – de Sa Seigneurie. Sauf vot'respect, elles l'aiment pas. »

« Je sais. En ce moment, je ne l'aime pas beaucoup moi non plus. »

« Y vous met à l'écart dans ct'affaire. Mais c'que j'comprends pas c'est que, ni vous ni M. Malvern, arrangent pas les choses. »

« Je ne crois pas que M. Malvern s'en rende compte. Ou si c'est le cas, il croit que cela me convient et il ne dit rien pour être discret. »

« Pourquoi ça vous *convient*, milady ? »

C'était ça le cœur du problème. « Je veux mon nom sur ce

brevet, Tigg. Je dois jouer mon rôle dans cette comédie jusqu'au moment où cela arrivera. »

« Et après vous faites quoi ? Vous allez le plaquer le snobinard ? »

Elle n'aurait pour rien au monde révélé ses pensées intimes. Pas parce que Tigg aurait pu parler, mais ce n'était pas facile de réaliser qu'elle s'était fourrée dans ce pétrin elle-même. Si elle ne s'était pas laissé influencer par l'idée idiote d'être la première de son groupe à se fiancer, et d'être celle que l'on recherchait au lieu de la prendre en pitié, elle ne se retrouverait pas dans cette situation gênante, inconfortable et qui la rendait folle.

Elle s'était perdue de vue en ne pensant qu'à l'opinion que les autres avaient d'elle, et maintenant elle en supportait les conséquences.

« Une lady ne plaque pas quelqu'un, Tigg. Elle se sent flattée par sa proposition et la décline avec grâce. »

« Mais... z'allez l'faire, hein ? Décliner avec grâce ? Parce que m'est avis que Sa Seigneurie va plus trop avoir envie d'être associé avec nous, si vous voyez c'que j'veux dire. »

« Je vous ai fait une promesse, à vous tous, et je la tiendrai. »

« Comment ? Et s'il nous renvoie tous ? »

« Il ne le fera pas. »

« Si z'êtes sa femme, milady, vous devrez faire c'qu'y dit. Et s'y dit qu'y nous renvoie, vous pourrez pas y faire grand-chose. »

« Il n'ira pas jusque-là, Tigg. »

Mais peut-être serait-il capable de le faire. Si elle se sentait opprimée et bâillonnée dans son rôle de fiancée, comment ferait-elle quand elle serait sa femme, et que tous ses biens sur terre lui appartiendraient, y compris sa propre personne ?

Les jeunes filles appartenant à des familles comme la sienne naissaient et étaient élevées dans la perspective d'une telle éventualité. Mais les jeunes filles appartenant à des familles comme la sienne ne finissaient pas chefs de gang dans le South

Bank. Et une fois qu'on avait goûté au respect et à l'autorité, il était franchement difficile d'y renoncer.

« Non, il n'ira pas jusque-là, » murmura-t-elle. Elle n'avait pas dit cela pour Tigg, mais il avait l'ouïe fine. Il se cala sur son siège et se concentra sur la vue qui défilait par la fenêtre à quatre-vingt kilomètres à l'heure, sans plus ouvrir la bouche.

Quand ils arrivèrent à Londres, rien n'aurait pu empêcher M. Stephenson d'aller tout droit au laboratoire. Claire avait pensé qu'il irait plutôt à l'hôtel, ou tout au moins au club de James, mais pas du tout. Son impatience de voir la chambre en marche les conduisit tous à Orpington Close en fiacre.

Puisqu'on ne lui permettait pas de se rendre utile, comme Tigg, elle se réfugia dans le bureau au premier étage pour attendre qu'ils aient fini.

Elle se défit de ses gants et posa son chapeau sur le bureau, puis avança pour contrôler le dépôt du courrier.

Plusieurs pneumatiques gisaient à l'intérieur. L'un après l'autre, elle les tria – des factures, une note de la mère d'Andrew lui rappelant une fête de famille pour un anniversaire, une lettre de la Société royale donnant les détails du processus d'inscription à la nouvelle exposition.

Elle lut tout ça avec grand intérêt, prenant note mentalement des points pour lesquels elle pourrait apporter au mieux son aide.

Le dernier pneumatique contenait du papier à lettres d'un hôtel, et avait été transféré de Greenwich, d'où venait tout le courrier international destiné au pays.

Chère Claire,

Notre voyage au-dessus de l'Atlantique a été aussi extraordinaire et intéressant que tu peux l'imaginer. Il y a cinquante passagers, plus l'équipage, et bien que les places pour chacun soient plutôt étroites, que peut-on imaginer de plus adorable que de se réveiller avec rien d'autre en vue que le ciel du matin? Je suis presque tentée de m'engager dans un équipage moi-même, quoique ce que je pourrais y faire reste un mystère.

Il n'y a pas de pont à nettoyer; cependant, je pourrais faire un travail acceptable en astiquant les cuivres, qui figurent en abondance.

Mais j'ai déjà dit trop de bêtises.

Je suis chargée de te transmettre les salutations d'une de tes amies, le Dr Rosemary Craig, qui voyage avec nous. Ma mère et elle sont devenues très amies et d'ailleurs, comme ses plans étaient assez vagues – ah, être si libre que tu peux prendre l'aéronef pour n'importe quelle destination! – nous l'avons invitée à se joindre à notre groupe qui va aux Canadas. San Francisco sera là quand elle y arrivera, mais une aventure dans les mines de diamants avec ma chère mère est une expérience à ne pas rater.

Si par hasard tu lui écris, tu peux envoyer la lettre à notre adresse à l'hôtel à Edmonton. On va bien s'amuser!

J'espère que tu vas bien et que tu es heureuse. J'attends toujours la fin de cette phrase. Je suis moi-même fascinée par toutes les possibilités.

New York me réclame. Je regrette que tu ne sois pas là... on aurait pu faire en sorte que cette ville devienne notre ville.

Chaleureusement

Ton amie Peony Churchill

Claire plia la lettre et la fourra dans son réticule. Quel soulagement de savoir que le Dr Craig était saine et sauve après sa fugue – et qu'Isabel Churchill eut connaissance ou pas de son histoire, son avenir en tant que copine de cette dame allait sûrement être spectaculaire.

Pour conclure la journée, elle déclina l'invitation de James pour le dîner avec Andrew et M. Stephenson, tout comme elle déclina l'offre d'un cabriolet. Là-dessus au moins, elle pouvait exercer son indépendance.

Elle était tombée bien bas, si prendre le Métro équivalait à un acte de rébellion. Mais en faisant cela, elle raffermit ses résolutions. Elle n'épouserait James sous aucun prétexte, même si cela voulait dire se cacher encore plus qu'elle ne le faisait, jusqu'à son dix-huitième anniversaire. Elle aurait son nom sur ce brevet en toute certitude, obtiendrait la lettre de recommandation d'Andrew, et continuerait sa vie comme étudiante universitaire et gouvernante des enfants.

Mentalement, elle dit adieu à Lady Selwyn, la baronne, cet être de fiction, qui n'avait jamais eu plus de substance que de la fumée.

De toutes les façons, elle ne l'avait jamais aimée.

~

ANDREW ENTENDIT Claire et Tigg arriver le lendemain pour leur travail de la matinée. Quand ils virent que le laboratoire était vide, ils montèrent l'escalier et le trouvèrent plongé jusqu'aux coudes dans les papiers du Bureau des Brevets.

« Où sont Lord James et M. Stephenson? » demanda Tigg, en attachant son tablier autour de la taille, comme s'il s'attendait à commencer à démonter l'artifice sur-le-champ. « Est-ce qu'ils n'ont pas dit que la chambre devait être empaquetée et prête à être déplacée ? »

« Oui, ils l'ont dit et cela sera fait. » Andrew prit une esquisse et la numérota. « Ils sont allés au Crystal Palace ce matin pour la faire entrer et l'exposer. Ils veulent l'appeler le Carbonateur cinétike Selwyn. Une fois que Ross Stephenson se met quelque chose en tête, impossible de l'arrêter. Je les vois mal lui refuser ce qu'il demande, non plus. Entre l'influence de James au Parlement et l'importance de Ross dans l'industrie, c'est couru d'avance. »

« Et qu'en est-il du brevet ? » Claire avait l'air pâle et les traits un peu tirés, comme si elle n'avait pas bien dormi. Mais un vrai gentleman ne pouvait pas laisser une telle observation sortir de ses lèvres.

Andrew indiqua la pile de dessins et de formulaires qui recouvrait le bureau. « Ils m'ont laissé ça. Une demande de brevet doit être parrainée par un membre de la Société royale des ingénieurs. Au moins, je peux être utile à ça. »

« Je comprends ce que tu veux dire, » dit Claire. Elle défit une sorte d'écharpe légère qui entourait son chapeau. « Je ne me suis jamais sentie autant une potiche que ces derniers jours. Uniquement décorative, réunissant d'inutiles objets, et n'ayant pas la moindre utilité. »

Il la fixa, étonné. « Mais, James a dit que tu préférais la compagnie de Lady Elizabeth. Un peu comme si la compagnie d'une autre femme adulte te manquait. »

« Le goujat ! » s'emporta Claire, en le surprenant par la force tout juste maîtrisée de son emportement. « La vérité inavouable est que Ross Stephenson considère les femmes comme des potiches. James n'a donc pas voulu que je participe à vos discussions, sans parler du fait qu'il n'a pas dit à M. Stephenson que j'avais inventé le treillis mobile. »

Effaré, Andrew posa sa plume, qui fit une tache d'encre sur une esquisse des leviers de commande. « Mais c'est absolument criminel. Pourquoi ne me l'as-tu pas dit ? »

« Parce que ce snobinard a dit qu'y mettrait pas son nom sur le brevet si elle la fermait pas, » dit Tigg, entrant avec ses gros sabots sur le terrain de la conversation.

Claire se retourna pour lui faire face. « Tigg ! Ceci est une confidence qui ne concerne que Sa Seigneurie et moi, et cela ne te regarde pas. »

Elle le regarda de plus près. « Et comment as-tu entendu parler de cela, si je peux me permettre ? »

« La nursery est juste au-dessus de cette petite pièce dans laquelle vous parliez, milady. C'est pas ma faute si les voix montent dans le tuyau du poêle, et qu'on les entend parfaitement, si vous ouvrez simplement la porte du poêle. »

« Bonté divine. » Elle fit un effort pour contrôler, sinon son langage, au moins son humeur. « Tu es arrivé à m'humilier en face de M. Malvern, Tigg. Je te remercie beaucoup. »

Tigg s'assombrit et des rides d'anxiété apparurent sur son visage. « J'voulais pas, milady, » dit-il, sa lèvre inférieure en train de trembler. Peut-être, pensa Andrew, elle ne lui avait jamais parlé sur ce ton – et elle n'avait pas réalisé que la bonne opinion qu'elle avait de lui était aussi importante pour Tigg, que la perdre pouvait le faire fondre en larmes. « J'voulais juste que M. M-Malvern sache la vérité. »

Elle traversa la pièce pour aller le prendre dans ses bras. « Tout va bien, Tigg, » dit-elle avec douceur. « Je sais que tu l'as fait pour ça, et que tu voulais juste rétablir la vérité, ce qui te fait honneur ; mais tu dois te souvenir que ces informations obtenues en écoutant aux portes doivent rester confidentielles. Sinon elles pourraient faire du mal. »

« S-sûr, milady. » Il renifla contre son épaule, et elle sortit le mouchoir qu'elle gardait dans sa manche en voile blanc. Il se moucha et essuya son visage, puis lui rendit le carré de batiste chiffonné.

« Garde-le, mon garçon. » Elle se tourna vers Andrew. « Bien, maintenant que tu sais la vérité, je – »

« Je n'arrive pas à croire cela de la part de James. » Il avait l'air si abasourdi qu'il lui coupa la parole sans y prendre garde. « Utiliser le brevet comme condition de ton effacement ? Cela ne lui ressemble pas – et ce n'est pas digne d'un gentleman, d'ailleurs. »

« Comme tu as pu le constater, j'ai un témoin, » dit Claire sèchement.

Maintenant c'était au tour d'Andrew d'exprimer sa détresse. « Je ne voulais pas dire que je mettais en doute ta parole. Je voulais dire que je pensais que je le connaissais mieux que ça. Autrement dit, mettre les affaires en avant c'est une chose, si nous voulons rester dans les petits papiers de Ross Stephenson. Mais exiger une telle chose de sa propre fiancée... » Andrew rassembla ses esprits, au prix d'un effort. « Bien. À l'impossible nul n'est tenu mais puisque je suis celui qui remplit la demande de brevet, le nom de Claire sera mis là où il doit être. Pendant que je fais cela, Tigg, tu as tout à fait raison. Tu devrais commencer à démonter la chambre et la préparer pour qu'elle soit transportée au Crystal Palace. J'ai envoyé un pneumatique à une entreprise d'emballage ce matin dès mon arrivée, et donc nous devrions recevoir des caisses et de la paille d'un moment à l'autre. »

« Bien, M'sieur. »

« J'ai fait un croquis approximatif des parties qui devraient être emballées ensemble. Tu le trouveras sur le plan de travail. »

« Bien, M'sieur. »

« Tigg ? »

« Oui, M'sieur ? »

« Je vais t'inclure dans cette demande en tant qu'auxiliaire ; mais je ne peux pas vraiment écrire *Tigg* dans toute sa simplicité expressive. Quel est ton nom en entier ? »

Les yeux de Tigg s'agrandirent et avec sa bouche formèrent un trio de O. « Mon nom, M'sieur ? » dit-il enfin. « Sur le brevet ? Pour de vrai ? »

« Oui, pour de vrai. Qu'est-ce que je dois marquer ? »

« C'est tout juste si j'le sais, M'sieur. Je m'en suis pas servi depuis qu'je suis tout p'tit. » Andrew attendit. Puis, après avoir avalé sa salive, Tigg dit enfin, « Tom Terwilliger, M'sieur. »

« C'est un beau pseudonyme, » dit Claire, d'un ton sérieux.

« Aucun des copains arrivaient à le dire, alors ils l'ont raccourci pour m'appeler tous les jours. »

« Merci, Tigg. » Andrew écrivit *Thomas Terwilliger* dans la partie à remplir. « Deux L? »

« Sais pas, M'sieur. »

« Tu as deux L maintenant. Merci. Je vais descendre t'aider dans une minute. »

« Bien, M'sieur. » Le jeune garçon dévala l'escalier à grand bruit et peu après ils entendirent le métal et le verre s'entrechoquer prouvant qu'il s'était mis au travail.

Au moment où ils restèrent seuls, Andrew posa sa plume, se redressa et fit le tour du bureau. Il était encore étourdi par la nouvelle que son associé, né et élevé dans la noblesse et jusqu'à ce jour d'une honorabilité sans faille, ait pu s'abaisser à faire du chantage à la femme qu'il était censé épouser.

« Non, » dit Claire, la voix tendue, et la main levée pour le mettre en garde. « N'en parle pas. C'est déjà suffisamment désagréable que tu sois au courant. »

« Tu aurais dû m'en parler. »

« À quoi bon ? Pour que tu penses que je suis une poltronne, un peu plus tôt ? »

« Je ne pense pas que tu sois une poltronne ; plutôt le contraire. C'est James qui m'a choqué. Claire, si un homme peut te traiter d'une façon aussi abominable, de quoi d'autre est-il capable ? Je veux dire que quand un homme a pratiqué le chantage, que fera-t-il ensuite ? »

Elle se détourna. « C'est un vilain mot. Nous avons simplement défini les conditions d'un accord. »

« Des conditions inacceptables, acceptées par la force, si j'en crois l'expression de ton visage. »

« L'expression que j'ai me regarde, » dit-elle. « Tout ce qui importe c'est mon nom sur ce brevet, et ta lettre de recommandation. »

« À propos, elle est là justement. Avec tous ces déplacements, c'est la première occasion que j'ai trouvée pour te la donner. »

Il sortit les deux pages remplies de lignes écrites du tiroir du haut du bureau, la seconde portant son sceau de la Société déjà apposé.

Elle les parcourut et la couleur afflua à son visage. Ses traits s'adoucirent, et s'il n'avait pas déjà été sous son charme, il serait certainement tombé amoureux sur-le-champ. Il se retint pour ne pas attirer la femme promise à James dans ses bras.

Elle ne continuerait pas ses fiançailles, une fois que le brevet serait assuré, pensait-il. Elle ne pouvait sûrement pas envisager sa vie auprès d'un homme qui la traiterait comme une inférieure.

Elle leva le regard, ses yeux gris inondés de larmes qu'elle était trop fière pour laisser couler. « Merci, » dit-elle la voix cassée. « Je ne m'attendais pas – enfin, tu es beaucoup trop généreux – » « Je n'ai cité que la moitié des choses, » dit-il gentiment. « L'université ici devrait même être heureuse que tu les prennes en considération, alors que tu pourrais aller à Édimbourg ou à la Sorbonne et qu'ils t'accueilleraient à bras ouverts. »

Il se rendit compte un instant trop tard qu'il avait accompagné son discours d'un grand geste des bras qui étaient maintenant ouverts. Son corps était allé là où son esprit lui avait empêché d'aller, et maintenant il avait l'air d'un véritable idiot.

Il s'éclaircit la gorge et revint prudemment s'asseoir sur sa chaise, avec la largeur et la masse du bureau entre eux. « Tu auras un avenir brillant, Claire, » dit-il, s'efforçant d'avoir un ton jovial et fraternel. « Lady Selwyn sera la femme la plus brillante de Londres. »

« Je suis sûre qu'elle le sera, » dit-elle, et elle se tourna pour aller descendre l'escalier.

Ce n'est que quand il alla numéroter une autre esquisse, qu'il réalisa combien les mots avaient semblé irréels.

Comme s'ils ne la concernaient pas du tout.

CHAPITRE 22

*L*a grande ouverture de la nouvelle aile d'exposition au Crystal Palace était l'évènement mondain de la saison Mérito. Même les Aristos, dont la tolérance des nouvelles technologies ne s'étendait qu'aux nouvelles versions du balai brosse quand elles sortirent, ne pouvaient pas la rater. Tous les journaux d'Angleterre semblaient être représentés, et le *Times* de New York avait envoyé un reporter en dirigeable pour qu'il n'y ait pas de perte de temps entre le dévoilement du nouveau moteur et sa reproduction prochaine de l'autre côté de l'océan.

La veille de l'ouverture, quand le public devait être admis, une réception et un bal furent organisés sous les panneaux de verre étincelants du hall d'exposition. Entre les grands piliers de soutènement en fer et les palmiers en pot, des tables avaient été dressées, couvertes de nourriture et de rafraîchissements, et à une extrémité, un orchestre accordait ses instruments. Tous ceux que Claire rencontrait semblaient être dans un état fébrile d'excitation.

« On attend le prince, vous savez, » dit quelqu'un à son partenaire juste derrière Claire. Comme il avait été attendu au bal costumé des Wellesley et qu'il ne s'était pas présenté, Claire n'attacha pas beaucoup d'importance à la nouvelle.

Toutefois, elle fut présentée à Son Altesse Royale le prince Albert, qui représentait Sa Majesté, et dont le projet particulier était le Crystal Palace tout entier.

« Votre Altesse Royale, » dit James, « puis-je vous présenter ma fiancée, Lady Claire Trevelyan. »

Elle plongea dans la plus profonde des révérences, reconnaissante que les joueurs de poker aient eu une semaine particulièrement fructueuse, ce qui lui avait permis d'acheter une nouvelle robe pour l'occasion. D'un bleu saphir profond, elle avait de petites manches et était plissée en V sur le corsage qui formait comme une flèche vers sa taille mince, avec une traîne d'une belle longueur, recouverte de velours noir, qui prolongeait sa silhouette. Les Mopsies avaient bondi sur une paire de gants d'opéra en agneau à Portobello Road, qui n'avait qu'une tache minuscule sur la paume de gauche, et à sa grande surprise, James lui avait apporté un collier en diamants, au moment où elle était entrée dans sa voiture au laboratoire.

« Pour célébrer ton triomphe, » dit-il simplement. « Il appartenait à ma mère, il est à toi maintenant. »

Pour te rappeler notre accord, entendit-elle. *Tu te comporteras comme une Aristo et pas comme une Mérito.*

« C'est un plaisir de vous rencontrer, ma chère, » dit le prince. « Je vous prie d'accepter mes sincères condoléances pour le décès de votre père, le vicomte. »

« Vous êtes très aimable, Monsieur, » dit-elle. « Je sais qu'il vous tenait en très haute estime pour votre soutien de la position de l'Angleterre à l'avant-garde de l'industrie. Monsieur, puis-je vous présenter M. Thomas Terwilliger ? » Elle attrapa Tigg par le dos de sa jaquette flambant neuve, avant qu'il puisse se dissimuler derrière la chambre. « Voilà l'assistant de laboratoire de M. Malvern, qui a été déterminant dans la construction initiale et dans les réaménagements successifs du Carbonateur cinétike Selwyn. »

Il était aussi pâle que sa peau couleur café le permettait, et les yeux écarquillés il fit une rapide courbette. « Monsieur, » murmura-t-il.

« Ce jeune garçon ? » dit Son Altesse un peu surprise. « Il a aidé à construire la chambre ? Parce que j'ai l'impression qu'il n'a pas plus de treize ans. »

« Mais oui, Monsieur. » Andrew s'éloigna de la console de commande et empoigna l'épaule de Tigg, comme pour dire : *Courage, mon gars.* « Je parie qu'il aura un avenir brillant dans l'ingénierie. »

Le prince baissa son regard sur lui, et Claire eut peur que Tigg ne s'évanouisse sous le regard royal. « Jeune homme, quand le moment viendra de faire votre demande à l'université, j'espère que vous m'en informerez. J'ai l'honneur d'être le mécène de la Société royale des ingénieurs, vous savez, et si ce que dit Andrew est vrai, je serais heureux de vous fournir une lettre de recommandation. »

« À moi ? » dit Tigg en s'étranglant. « Vous feriez mieux d'en donner une à la dame, M'sieur. C'est elle qu'a inventé le treillis mobile. »

Le prince cligna des yeux, et avant que quiconque puisse ajouter un mot, Lord James s'avança, et guida en souriant Son Altesse de l'autre côté de la chambre, où Claire l'entendit dire qu'il y aurait une démonstration de la puissance de la chambre dans moins d'une heure.

« Bravo, tu as été courageux, Tigg, » murmura-t-elle, en faisant semblant de lui arranger le col du manteau. « Inefficace, mais très courageux de ta part, et je t'en remercie. »

« Il s'amusait juste avec moi, hein milady ? Il n'était pas sérieux à propos de la lettre ? »

Lord James, semblait-il, avait sapé la confiance dans les promesses des autres, de plus d'une personne.

« Au contraire. La parole du prince Albert vaut autant qu'une guinée en or. S'il t'a dit de le tenir informé, alors tu peux le croire, il va écrire une note à cet effet. Sa mémoire est prodigieuse – et ses journaux personnels encore plus. »

« Ben mince alors, » dit Tigg dans un souffle. « Qui l'aurait dit ? »

« Tigg, » dit Andrew, en longeant le côté de la chambre, « j'ai besoin de ton aide si on veut faire la démonstration dans les temps. »

Claire restait un peu à l'écart, les regardant charger le charbon et rattacher le carénage et les tuyaux. Ils avaient modifié le projet de sorte que l'ensemble du moteur puisse être relativement portatif, le rendant ainsi plus intéressant pour les hommes des chemins de fer, qui ne devraient pas bâtir de nouveaux édifices pour l'abriter. Cela signifiait aussi que, contrairement à certains moteurs exposés, qui devaient dépendre de schémas pour expliquer leur fonctionnement, les leurs pouvaient être montrés en train de fonctionner sur place, et obtenir un effet spectaculaire.

« Lady Claire Trevelyan ? »

Claire se retourna et vit un homme en queue-de-pie tout près d'elle. « Oui ? »

« Son Altesse Royale le prince Albert vous demande l'honneur de lui accorder la première valse, milady, pour ouvrir les danses à dix heures. »

Elle espéra de tout son cœur que sa stupéfaction ne se voit pas sur son visage. Par ordre de préséance, cet honneur devait échoir à la lady la plus âgée présente, qui dans ce cas était la duchesse du Devonshire, qui trônait près du punch au champagne.

« Je m'appelle Percival Mount-Batting, je suis le secrétaire personnel de Son Altesse Royale, » continua l'homme. « Quelle réponse dois-je lui communiquer ? »

Ah. Un des cousins de Robert, bien placé pour le titre

héréditaire de baronet, selon les rumeurs, à cause de son service pour la Couronne. Ce devait être vraiment un bon secrétaire.

« Je vous prie de lui transmettre mes remerciements et dites-lui que j'en serai profondément honorée, » dit-elle.

Mon Dieu, oh mon Dieu. Peut-être ne remarquera-t-il pas la tache sur le gant gauche. Peut-être que tout le contingent féminin ne le remarquera pas non plus.

Mais elle serait remarquée. Ce serait dans les journaux demain, qu'elle avait dansé avec le prince consort. Bonté divine, Julia et Catherine allaient en faire une maladie !

Non, non. Ce type de pensée l'avait mise dans de si vilains draps que c'était tout ce qu'elle pouvait faire pour rester à flot. Elle devait arrêter de penser comme une lycéenne.

De quoi allait-elle parler avec un prince tout en valsant entre les piliers étincelants et sous les frondaisons des palmiers ? Elle n'était pas douée pour les conversations mondaines, et n'avait pas non plus envie de faire part de détails personnels.

D'ingénierie, bien sûr ! C'était cela. N'avait-il pas dit qu'il était le mécène de la Société royale ? Quel soulagement !

Si cela avait été le prince de Galles, elle aurait dû aller chercher des sels. C'était un tel coureur de jupons qu'aucune femme vertueuse n'était à l'abri avec lui, disait-on. C'était probablement la raison pour laquelle il était aussi populaire auprès des gens titrés, et que pouvoir le compter dans sa liste d'invités était le rêve de toute maîtresse de maison.

Pendant qu'elle rêvassait, Andrew et Tigg avaient préparé la chambre, et une foule s'était réunie.

« Restez en arrière, s'il vous plaît, » les avertit James, « et protégez vos yeux – la puissance de cet artifice peut vous aveugler pendant quelques secondes. »

Il fit un discours introductif, qui ne mentionna ni le rôle de Claire dans le développement de la chambre, ni l'accord imminent avec la Compagnie des chemins de fer Midlands. Ils avaient dû s'approprier de son idée et attendaient qu'elle se répande un peu partout, avant d'en faire l'annonce, afin de lui faire le plus de publicité possible.

Le moment était enfin arrivé.

Andrew activa la chambre et le treillis mobile. Le ronronnement familier résonna en couvrant même le bruit des conversations et le tintement des verres. Quand il atteignit la bonne intensité de fonctionnement, Andrew leva le bras, puis le baissa rapidement. Tigg remonta d'un coup les leviers et un éclair fit s'exclamer les hommes et lancer de petits cris aux femmes.

Quand la fumée provenant de la chambre s'éclaircit, chacun se pencha en avant pour voir, tandis que James expliquait les nouvelles propriétés du charbon et ce qu'il pouvait accomplir. Claire recula vers un pilier, en berçant son verre de punch entre ses mains, et elle réalisa un instant trop tard qu'elle s'était rapprochée sans le vouloir de Ross Stephenson.

Il lui sourit, comme si elle l'avait fait exprès. « Un beau spectacle, n'est-ce pas ? » Lui aussi portait la queue-de-pie, ce qui ne faisait que rendre son visage encore plus rougeaud. « Nous serons sur la bouche de tout le monde en ville. »

« J'ai été surprise que James n'ait pas mentionné votre entreprise en coparticipation dans ses remarques, » dit Claire. « Attendez-vous un moment plus opportun pour l'annoncer ? »

« Nous attendons que ces fichus avocats rédigent les contrats. Les avocats ! Ils n'ont aucune idée de l'importance du timing. » Il avala son punch au champagne d'un coup sec, comme si c'était de l'eau.

« Il se peut que finalement cela joue en notre faveur, » dit-elle. « Laissez l'anticipation, les rapports dans les journaux, l'approbation de la part du public monter à leur comble, puis faites l'annonce. Cela mettra la Compagnie des chemins de fer Midlands sous les feux de la rampe, dans l'esprit du public. »

Il rit et lui tapota l'épaule. « Vous avez parlé avec James, à ce que je vois. »

« Non, je – »

« C'est un homme bien. Malin. J'aime les hommes qui s'entourent d'esprits brillants. Comme ce Malvern. Malin. »

« Comme Tigg et moi-même, également, » les mots sortirent de sa bouche avant que son cerveau ne s'allume et arrête les paroles.

« Hein ? Oui, bien sûr. Une bonne épouse est – »

De nouveau, les paroles jaillirent dans l'urgence, sans qu'elle puisse les contrôler. « Je ne suis pas encore sa femme. Et je dois corriger un léger malentendu, puisque vous allez voir le brevet quand il sera attribué... je suis l'inventrice de ce treillis mobile qui créé le mouvement nécessaire pour construire la charge cinétike. »

« Hein ? » Sa bouche resta ouverte un moment, le faisant ressembler aux malheureux pensionnaires de Bedlam. « Qu'avez-vous dit au juste ? »

« Nous devons tous évoluer avec le temps, M. Stephenson. » Elle lui sourit. « Une femme possédant une bonne intelligence est aussi capable de contribuer à la marche en avant du progrès que n'importe quel homme. »

« Vous êtes en train de me dire que vous – une simple jeune fille – ? Impossible. »

« Tout à fait possible. Tout à fait vrai. Et un franc succès, comme vous pouvez voir. » La foule avait commencé à se disperser ; les gens bavardaient entre eux sur l'invention et toutes ses possibilités.

« Mais, James – »

« James a caché mon implication par considération de votre opinion et vos sentiments, Monsieur. Mais en cette soirée de fête, j'ai seulement pensé qu'il fallait que vous sachiez la vérité. Et une chose aussi, puisque nous parlons de cela – cette pile dont dépend toute votre entreprise, a été inventée par une femme : le Docteur Rosemary Craig. Vous avez dû entendre parler d'elle. »

Elle lui décocha un autre sourire éclatant et remarqua que maintenant elle l'avait rendu incapable de parler. Dans un froufroutement de satin et de velours elle s'éloigna, savourant son triomphe, voir ce qu'offrait le buffet.

Elle ne doutait pas un instant qu'il allait tout raconter à James et exiger la vérité dès qu'il pourrait parler. Eh bien, c'était à James de se débrouiller. Elle en avait assez d'être reléguée à l'ombre, dévalorisée et traitée avec condescendance, et ce soir au moins, James ne pouvait rien y faire. S'il lui lançait ne serait-ce que des regards en biais, tout Londres le remarquerait et les potins iraient bon train.

À dix heures moins cinq, elle avait encore réussi à l'éviter – pas trop difficile, car il avait passé la dernière demi-heure plongé dans une foule bruyante de ce qui semblait être des habitants du Territoire Texican, si leurs bottes étaient un indice suffisant. L'orchestre commença officiellement à jouer.

Mais l'homme qui justement n'était pas payé pour être évité apparut tout près d'elle. Est-ce qu'il avait trouvé tous les partenaires du prince et les avait alignés comme des fourchettes à un endroit ?

« La valse d'ouverture va bientôt commencer, milady, » murmura Percival Mount-Batting. « Voulez-vous bien venir avec moi ? »

L'orchestre joua un accord et le prince Albert s'avança vers une corne qui amplifiait les sons, montée sur une plateforme flanquée de part et d'autre de jardinières fleuries.

« J'ai le grand plaisir de déclarer officiellement ouverte l'Exposition sur les Nouvelles sciences. Profitez donc des divertissements qu'offre la soirée et émerveillez-vous avec moi des extraordinaires créations humaines. »

L'orchestre entama la Valse du Trésor, et Claire glissa un poignet à travers la boucle qui soulevait sa traîne dans la position de danse, fit une révérence et se retrouva dans les bras du prince. Sa main était ferme sur sa taille, son autre main tenait la sienne en la serrant légèrement. C'était un excellent danseur, et il la guidait vers l'espace de la galerie avec la légèreté d'un maître d'escrime. Après le premier tour, d'autres danseurs se mirent à virevolter avec eux, et elle se sentit obligée de faire la conversation.

« Je suis navrée que Sa Majesté n'ait pas pu vous accompagner, Monsieur, » dit-elle. « J'ai eu vent qu'elle adore danser. »

« C'est vrai, mais elle doit rencontrer une délégation venant de l'Inde, ce soir. Un dîner terriblement ennuyeux qu'elle sait gérer beaucoup mieux que moi. » Claire ne réussit pas tout à fait à réprimer un sourire et il s'en aperçut. « C'est un rêve pour moi ce soir, de passer du temps en compagnie d'esprits avec lesquels je sens des affinités. »

« Je suis heureuse d'en faire partie, » dit-elle.

« Je crois que vous avez joué un plus grand rôle dans certaines choses que ce qui m'avait été dit. Ce jeune homme a dit que vous avez inventé le treillis mobile. Est-ce vrai, Lady Claire ? »

« Oui, Monsieur. »

« Admirable. Sa Majesté doit être mise au courant. Alors je dois vous demander une chose : pourquoi votre nom ne figure-t-il pas dans la description de l'exposition ? »

« Cela m'importe peu, Monsieur. Ce qui importe c'est que mon nom soit sur la demande de brevet. »

Il resta un moment silencieux, en la faisant tourner autour de lui pour une figure de valse. « Il y a une sorte de filouterie en cours, ici. »

« Non, simplement une crainte de déciller un partenaire sur les capacités qu'ont les femmes. »

Le prince émit un son très peu princier. « Ce partenaire réalise-t-il que le plus grand empire de l'histoire est gouverné par une femme ? »

« C'est un mystère pour moi aussi, Monsieur. »

« Je vais faire en sorte de corriger cette situation, si tel est votre souhait. »

« Non, Monsieur, quoique je vous remercie de votre

préoccupation. En fin de compte, le brevet durera plus longtemps que le souvenir que garderont les gens de cette soirée. »

« Une opinion insolite pour une personne aussi jeune. »

« On peut être jeune et connaître les gens. »

« Là-dessus vous avez parfaitement raison. Ma chère femme pourrait en témoigner également. Je vois que Percy est en train de nous faire des signes de la zone de touche, par conséquent je crois bien que notre partenariat s'achève. »

Il la ramena en un dernier tour de danse à la plateforme, où la duchesse du Devonshire souleva sa lorgnette pour voir qui diable l'avait éclipsée.

« Merci, Monsieur, » dit Claire. « De votre gentillesse. Et de vos facultés d'observation. »

« J'étais ingénieur, avant d'être le prince consort d'une reine. » Il s'inclina et elle fit une révérence, d'abord à lui puis à la duchesse, qui leva le menton et lui passa devant en lui faisant un signe de tête empesé.

Claire se réfugia auprès du grand bol à punch, le cœur battant, à la fois soulagée de ne pas avoir commis d'impairs ni provoqué de la gêne, et ravie qu'au moins deux personnes hors des murs du laboratoire, connaissaient la vérité. Elle était sûre qu'éclairer la lanterne de Ross Stephenson allait causer des ennuis quels qu'ils soient, mais le fait de savoir que le prince consort savait et en plus approuvait lui redonnerait du courage quand on lui ferait un procès.

Car elle lui avait dit la vérité ce n'était pas l'approbation du public qu'elle recherchait. James pouvait avoir son champagne et ses foules. Elle, ce qu'elle voulait, c'était une carrière, et elle commencerait par ce brevet.

James la trouva à la table des desserts, en train de savourer une bouchée moelleuse composée de fruits confits un délice absolu. « As-tu eu ton souper, chérie ? »

Elle n'avait pas une grande expérience de galas de ce genre, mais même elle savait qu'un gentleman aurait dû voir qu'elle avait tout ce dont elle avait besoin depuis longtemps, s'il n'avait pas courtisé ses bons amis dans la foule.

« Oui, merci. Essaye une de ces friandises, James. Elles sont fabuleuses. »

Il l'accepta et la fourra d'un seul coup dans sa bouche. « Puis-je avoir la prochaine ? » Elle prit un autre fruit déguisé mais il secoua la tête. « Je voulais dire la prochaine danse. C'est une polka. »

Elle mangea elle-même la friandise. « Bien sûr. »

Il se laissa emporter de nouveau par la foule et elle décida de rejoindre Andrew et Tigg près de la chambre. Tigg la vit arriver et il l'attira de côté.

« Le snobinard est dans une colère noire, » dit-il, en se mettant sur la pointe des pieds pour qu'elle l'entende. « Si j'étais vous, milady, je le planterais près du brandy et je le laisserais là. »

Il ne semblait pas en colère tout à l'heure. « Est-ce qu'il s'est passé quelque chose, Tigg ? Est-ce que quelque chose a mal tourné avec la chambre, après la démonstration ? »

Tigg baissa la tête sans répondre et alla vers la console de contrôle tandis que James approchait et lui tendait le bras. « On y va ? »

S'il était en colère, il le cachait bien et ils se fondirent dans le cercle et le rythme contagieux qui faisait fureur dans toutes les capitales européennes ensorcela leurs pieds également. Mais au beau milieu du troisième tour, James changea de sens et la fit sortir au bout de la galerie dans un jardin intérieur aménagé entre les ailes du bâtiment. « Il est temps que j'aie un peu d'intimité avec ma promise, » dit-il.

Elle n'arrivait pas à voir son visage dans le noir, elle fit donc un petit arc de cercle, en feignant d'admirer les alentours, jusqu'à ce qu'il soit face aux lumières éblouissantes du hall d'exposition. Ses yeux continuaient à ressembler à des puits sombres, et une émotion qu'elle ne discernait pas bien y jetait des étincelles.

« J'espère que tu as bien profité de ta valse avec le prince. »

« Tout à fait, merci. C'est un très bon danseur. Et un homme qui a de la conversation. »

« C'est justement la conversation qui m'intéresse, chérie, puisque tu en parles. À quel jeu joues-tu ? Qu'est-ce qui t'a pris d'annoncer ton implication dans ce projet d'une façon aussi maladroite à Ross Stephenson ? »

Il avait presque l'air décontracté. Si ce n'avait pas été pour son langage ou ses consonnes très articulées, elle n'aurait pas compris qu'il était en colère. « Il était temps qu'il connaisse la vérité. »

« Et tu es celle qui choisit le moment et l'heure ? »

« Quand cela me concerne, oui. »

« Cela concerne bien plus que simplement ta personne. J'étais prêt à vivre avec ton égocentrisme, Claire, mais la folie bornée c'est tout autre chose. Il faut que cela cesse. »

Égocentrique ! Bornée ! C'était une belle façon d'appeler quelqu'un qui essayait seulement de se défendre. « Je suis désolée que ma conduite te mette dans cet état. Mais je ne peux pas revenir sur des paroles qui ont été prononcées. »

« Tu ne peux pas, mais moi je l'ai déjà fait. Je lui ai dit que tu as outrepassé tes pouvoirs et que tu n'étais qu'une simple secrétaire. Que tu avais confondu dans ta tête le classement des projets et leur conception – »

« Qu'est-ce que tu as fait ? » chuchota Claire, si choquée qu'elle avait du mal à parler. « Tu lui a dit que j'avais menti ? »

« C'est toi qui m'y as obligé. Dieu merci, j'ai déjà effacé ton nom de la demande de brevet, car sinon il aurait été encore plus confus qu'il ne l'est déjà. »

Elle le regarda, sidérée. Ce deuxième choc la rendit complètement muette.

« Oui. J'ai enlevé ton nom de la demande. » D'un geste doux, il enveloppa le haut de ses bras de ses mains chaudes. « Ce n'est qu'une mesure temporaire, pour que Ross ne se vexe pas. Il a engagé mille livres sterling à titre d'arrhes ce soir, quand nous buvions à Hanover Square, et que je lui ai montré la demande.

C'était une mesure nécessaire. Mais ne t'en fais pas – le processus d'obtention du brevet prend quelques mois et nous pouvons ajouter un nom à n'importe quel moment. En effet, » dit-il, en l'attirant plus près de lui, « ce serait le cadeau de mariage parfait. Il n'y a rien qui me semble plus approprié pour mon épouse. »

D'abord cela avait été jusqu'à ce qu'ils signent le contrat. Maintenant ce ne serait que quand ils auraient signé le contrat de mariage. Et après ? Seulement quand ils auraient signé le registre de la paroisse à la naissance de son héritier ?

Chaque femme a un seuil à ne pas dépasser. Et à cet instant précis, Claire réalisa qu'elle avait atteint le sien.

« Non, » dit-elle.

« Non ? »

« Pas de cadeau de mariage. Tu va remettre mon nom sur cette demande, James, sinon il n'y aura pas de mariage. »

« Allons, ma chérie. Tu ne peux pas me dire qu'un morceau de papier a plus de valeur que notre union. »

« Je vais te dire ce qui a de la valeur : mon intégrité, le respect de ma personne, et mon bonheur. Et tu as bafoué tout cela, en ne laissant aucun endroit pour abriter notre union. »

« Je pense que tes émotions et ton orgueil offensé t'ont fait exagérer les choses. »

« En tous cas je suis remarquablement bien élevée, car en ce moment, ce que je désire vraiment c'est une ampoule de capsaïcine gazeuse. »

« Très improbable. Et vraiment indigne d'une dame. »

« Quelle chance que je t'aie libéré de notre engagement, alors. »

« J'ai bien peur que tu ne puisses pas le faire. Si tu te souviens bien, tu es sous la tutelle de ta mère jusqu'en octobre. Nous sommes tombés d'accord, elle et moi, sur une date de mariage, en fait. Le quinze octobre ; la veille de ton anniversaire. »

« Mets-toi d'accord sur autant de dates que tu voudras. Il faudra que tu me trouves, avant. »

Ceci dit, elle saisit d'un mouvement vif sa traîne et le quitta, envoyant valser ses chaussons de danse. Se faufilant dans la cohue, esquivant les tables couvertes de nourriture, elle aperçut Tigg près de la chambre, regardant avec envie l'assiette de quelqu'un.

« Billie Bolt ! » chuchota-t-elle en passant près de lui à toute vitesse.

Sans l'ombre d'une hésitation, il la suivit. Andrew leva les yeux de sa conversation, abasourdi. « Claire ? Tigg ? Où allez-vous ? »

Mais elle ne s'arrêta pas pour lui non plus. Si elle le faisait, James trouverait un moyen pour l'attraper, gagner du temps, et elle n'arriverait jamais à s'échapper. Avec l'instinct de lapins bondissant au-dessus des touffes d'herbe et des ronces pour rentrer dans leur terrier, ils se dirigèrent non pas vers les portes principales mais à l'arrière, vers les doubles portes qu'utilisaient les serveurs. Tigg préleva de la nourriture des tables et des assiettes en chemin, les fourrant dans sa bouche, comme s'il savait qu'il n'aurait pas d'autre occasion de le faire.

Le bruissement assourdi des conversations et des éclats de la valse suivante disparurent derrière eux quand ils arrivèrent à la pelouse. « C'est quoi qui s'est passé, milady ? » dit Tigg tout essoufflé.

Ah, il était là. La voiture de James se tenait prête, son cocher allongé sur son siège avec un verre de bière. « Vous là-bas ! » appela-t-elle. « Lord James voudrait que vous me rameniez à Hanover Square. Nous allons bientôt boire un verre avec des membres de la Société et leurs femmes. »

« Tout de suite, milady. »

C'était la première fois qu'elle volait une voiture avec son cocher.

C'était beaucoup plus facile qu'elle ne l'aurait cru.

CHAPITRE 23

Claire ordonna au cocher de la déposer, non pas sur la place où n'importe qui pouvait les voir, mais dans les allées derrière la maison. « Je dois prendre rapidement des accords avec Mme Morven, » lui dit-elle, et il ne posa pas d'autres questions. Il l'aida simplement à descendre, attendit que Tigg sorte d'un bond, et il redescendit la rue, reprenant son chemin vers l'exposition pour prendre son employeur.

Mme Morven avait entendu la voiture, et malgré l'heure tardive, les accueillit dans la cuisine, en tirant sur son châle attaché à la taille. « Mais Lady Claire ! Je pensais que vous étiez au Crystal Palace avec Sa Seigneurie. Ce n'est pas que je ne sois pas heureuse de vous voir, mais que... ? »

James lui avait volé sa réputation et son avenir. Mille livres sterling ne suffiraient pas à la dédommager. Malgré tout, on pouvait les utiliser pour d'autres choses.

« Mme Morven, je sais que vous êtes une employée loyale vis-à-vis de votre employeur, mais je dois vous prier de m'aider. »

« Bien sûr ! Et d'ailleurs pour ce qui est de la loyauté, je ne me préoccuperais pas trop de ça à votre place. J'étais fidèle, à vous et votre mère, pendant des années avant de venir ici. »

Quelque chose dans son expression fit marquer une pause à Claire. « Que voulez-vous dire ? »

« Je veux dire qu'au moins une femme pouvait gagner sa pension dans la maison Trevelyan. Sa Seigneurie n'a pas donné leurs gages au personnel depuis que je suis venue travailler pour lui. »

Claire s'arrêta en se rapprochant de l'escalier et elle se concentra entièrement sur elle. « Pourquoi devrait-il faire ça ? Il risque une mutinerie. »

« Il va bientôt en avoir une sur le dos. Il continue à nous dire qu'une fois qu'il aura conclu le marché des chemins de fer, il y aura beaucoup d'argent. Une fois qu'il vous aura épousée, Mademoiselle, nous aurons une nouvelle maison à Wilton Crescent. Une fois que le futur arrivera, autrement dit, tout sera merveilleux, mais entretemps, il faut que je concocte de beaux dîners avec rien d'autre que de la poitrine de bœuf et des pommes de terre, plus tout ce que je peux ramasser en fin de journée au marché. »

Soudain, Claire comprit pourquoi James avait insisté pour l'épouser, alors que tout autre homme l'aurait abandonnée depuis longtemps, avec sa famille sans-le-sou et son avenir sombre. Ross Stephenson était un homme sensible à l'attrait d'un titre. Il avait épousé une veuve afin d'entrer en société, pour ses enfants. Il avait noué une relation avec James, qui provenait d'une ancienne famille, et avec elle, dont les parents avaient évolué dans les cercles les plus huppés, pour qu'il puisse être introduit dans ces cercles, lui aussi. Les arrhes, qu'il avait versées avec empressement avant que les contrats fussent signés, le prouvaient.

« Lord James n'a pas d'argent, lui non plus, » dit-elle, presque à elle-même. « Il a investi vos gages dans le développement de la chambre. S'il ne signe pas le marché avec Ross Stephenson, il sera ruiné. »

« Je crains bien qu'il ne soit pas le bon parti, ni le bon

employeur que nous imaginions tous, Mademoiselle. »

« Non. C'est pourquoi j'ai rompu nos fiançailles. »

« Ah, bon ? » Mme Morven sourit. « Je savais que vous aviez du bon sens, même si votre mère désapprouvera. »

« Du bon sens peut-être, mais très peu de temps. Cela vous ennuie-t-il que nous montions dans le bureau de Sa Seigneurie ? Comme nous ne sommes plus fiancés, je ne peux pas, en toute conscience, porter ces diamants. Je voudrais les remettre dans son bureau, où ils seront en sécurité. »

« Bien sûr, Mademoiselle. Jeune homme, voulez-vous un verre de lait, pendant que vous attendez ? »

Elle espéra de tout son cœur que James ne possède pas un coffre-fort dans son bureau. Peut-être que dans l'ambiance qui s'était créée en buvant un verre avec Stephenson, il avait mis l'argent quelque part, temporairement, jusqu'à son retour à la maison. Il ne fallut que quelques instants pour fouiller son bureau et trouver une boîte à cigares ; et naturellement, il y avait dix billets de cent livres sterling dedans.

Elle n'avait pas l'intention de voler cet argent pour elle. Mais Andrew perdrait tout, une fois que la perfidie de James serait découverte, comme cela devait être le cas maintenant, puisqu'il avait perdu sa fiancée. Elle chercha un tube à pneumatique et trouva une feuille du papier à lettres orné du blason de baron.

A–
Pour toi.
J.

Il fallait espérer qu'Andrew ne comprendrait pas que le gribouillis pratiquement illisible n'était pas la signature de son associé, du moins seulement quand ce serait trop tard. Elle enroula neuf des dix billets dans le tube, ajouta la note, et le système hydraulique l'aspira, le propulsant dans le noir.

Puis, elle défit le collier de diamants et le déposa dans la boîte à cigares, le replaçant exactement là où elle l'avait trouvé et effaçant toute trace de sa présence.

Mme Morven faillit s'évanouir quand Claire lui offrit le billet de cent livres sterling. « Vous devriez diviser ça avec le personnel. Mme Morven, je m'en vais pour plusieurs semaines. Merci de tout ce que vous avez fait pour moi. Je vous considère comme une véritable amie. »

Après une brève étreinte et un baiser sur les cheveux de cette chère dame, Claire s'empara encore une fois de sa traîne, appela Tigg qui était à la table de la cuisine, et les deux disparurent dans la nuit.

~

À : PEONY CHURCHILL, CANADIAN PACIFIC HOTEL, EDMONTON

DE LA PART DE : CLAIRE TREVELYAN, LONDRES

JE VAIS TE REJOINDRE STOP PRENDS LE TRAVERSIER POUR PARIS PUIS *PERSEPHONE* STOP ATTENDS MOI DEUXIÈME SEMAINE SEPTEMBRE STOP PLAQUÉ JAMES STOP BESOIN CÂLINS FIN

QUAND CLAIRE REVINT du bureau du télégraphe, elle était si concentrée sur la liste des choses à faire, qu'il lui fallut un moment pour réaliser qu'il y avait un magnifique landau à vapeur Bentley garé au-dessus de la rivière, à l'endroit réservé habituellement au sien. Elle arrêta la Henley et entama la séquence de refroidissement, en faisant les manœuvres de façon automatique.

Qui diable... ?

La sentinelle sur la plate-forme du fleuve avait sa réponse. « On a d'la compagnie, milady, » cria-t-il d'en haut. « Un lord et une lady – la maman et le papa de Willie. »

« Les Dunsmuir sont ici ? » exclama-t-elle avec stupeur.

« Comment diable nous ont-ils trouvés ? »

C'était une catastrophe. Elle avait compté sur le fait d'être invisible pendant les quelques jours nécessaires à arranger ses affaires et s'embarquer sur le *Princess Louise* pour Paris. Bien sûr elle aurait pu voler avec le *Persephone* de Southampton, mais un stratagème initial pour dépister James, au cas où il poserait des questions, valait bien le jour ou deux de retard de son véritable voyage.

Elle n'avait pas encore informé les enfants. Et redoutait le moment où elle devrait le faire.

La sentinelle se mit à rire. « Willie, bien sûr, milady. Y sait comment rentrer à la maison, comme nous tous. »

Bien sûr. Le soulagement l'envahit. Elle devrait juste demander à Lord et Lady Dunsmuir de garder le secret, voilà tout.

Elle trouva le couple dans le jardin, en train de regarder Willie, fou de joie de revoir les poulets. « Bonjour, Lady Claire. » Lord Dunsmuir lui serra la main, mais Lady Dunsmuir l'étreignit vigoureusement ce qui fit penser à Claire qu'elle était en train de récupérer ses forces à pas de géant, maintenant qu'elle avait son fils adoré de nouveau à la maison. « Nous venions juste d'admirer votre poulailler ambulant, » continua Sa Seigneurie. « Mademoiselle Lizzie dit que le Docteur Rosemary Craig les a aidés à le construire. C'est étrange. »

« Une histoire pour une soirée d'hiver, » dit Claire en souriant. « Mais je dirais simplement que le Docteur Craig est parfaitement saine d'esprit et en bonne santé, et qu'en ce moment elle profite de ses voyages à l'étranger. »

Rosie s'avança et tira sur sa jupe, réclamant son attention, et Claire la souleva. La poule se nicha dans ses bras avec l'air d'une reine se reposant sur ses coussins ornés de pierres précieuses, et surveilla son royaume de ce perchoir.

« Très étrange, » murmura Lord Dunsmuir.

Deux des garçons sortirent la table au soleil, et Granny Protheroe la dressa pour le thé.

« Où vous êtes allée, milady ? » voulut savoir Lizzie.

« Vous n'êtes pas allée au laboratoire ? » demanda Tigg. « Si le snobinard avait été là, vous auriez été en danger. »

Les sourcils de Lady Dunsmuir se haussèrent et Claire se dépêcha d'expliquer tout en prenant un siège. « Je ne suis pas allée au laboratoire. J'ai rendu visite à M. Arundel et j'ai envoyé des télégrammes. »

Elle les regarda tous – Snouts, Jake, les Mopsies, Lewis, Tigg, et les autres – et son cœur se brisa à l'idée de les quitter. Mais il fallait le faire. « Est-ce que Tigg vous a dit que j'ai rompu mes fiançailles avec Lord James ? »

Les Mopsies acquiescèrent. « Et bon débarras, aussi. »

Lady Dunsmuir émit un son ressemblant à un petit rire, prit la théière, et commença à le verser à tout le monde, tout en recomposant son visage de façon plus appropriée.

« Il ne le prend pas très bien. J'ai vraiment peur qu'il m'oblige à l'épouser avant mon dix-huitième anniversaire, et donc je vais partir en voyage. » Ils se trémoussèrent et se regardèrent les uns les autres, dans un mélange d'excitation et d'appréhension. « Je vais rendre visite à Mademoiselle Churchill et au Docteur Craig aux Canadas. Je reviendrai dans six semaines, après mon anniversaire, donc je serai de retour en un rien de temps. »

Maggie se faufila près d'elle et caressa les plumes de Rosie ; puis Willie vint de l'autre côté, et posa sa petite main sur son genou. « Et nous, milady ? Est-ce qu'on va y aller aussi ? »

« Malheureusement non. J'ai encaissé mes actions des Chemins de fer Midlands – » *Et j'en ai placé la moitié dans des parts de la société des dirigeables du comte Zeppelin.* « – mais malgré tout, je ne peux me permettre que la place pour une personne. »

« On y va pas ? » Les yeux de Maggie se remplirent de larmes.

« Mais vous avez promis. On est des copains de troupeau. On restera toujours ensemble. C'est c'que vous avez dit. »

Mon Dieu. « Je sais, mais c'est seulement pour – »

« Vous *l'avez dit* ! Vous *l'avez promis* ! » Maggie fondit en larmes, et Lizzie l'imita, puis Willie aussi.

Claire sentait ses propres yeux se remplir de larmes et, soudainement, toute la tension et les bouleversements émotionnels des derniers jours la submergèrent, et son souffle se termina par un sanglot. « Je suis désolée, » réussit-elle à dire. « Je dois aller là où il ne peut pas m'atteindre – je ne sais pas quoi d'autre – »

Lady Dunsmuir télégraphia un message urgent à son mari avec ses beaux yeux expressifs.

« Lady Claire, puis-je faire une proposition ? »

On l'entendait à peine au-dessus des gémissements. Rosie, dérangée par le bruit et par le chahut, sauta des genoux de Claire et elle s'éloigna vers la tonnelle de pois, où elle défoula son mécontentement sur le malheureux coq.

Claire avait du mal à se contrôler ; elle essuyait ses joues mouillées de la paume de sa main. « Oui, m-milord ? »

« Il semblerait que ce soit la bonne saison pour prévoir des voyages. Depuis que Willie nous a été rendu, Davina et moi avons fait l'objet de harcèlements de la part de reporters campant devant notre porte, et de divers commérages galvaudant nos noms en public. Nous avons décidé de faire le tour des propriétés et des entreprises de ma famille aux Canadas, jusqu'à ce que toute cette excitation retombe. En fait, nous partons demain. Voilà pourquoi nous sommes venus en visite – Willie n'aurait pas eu de repos tant qu'il n'aurait pas salué tous ses amis, y compris cette poule extraordinaire. »

Claire glissa une main autour des épaules de Willie et l'embrassa sur le dessus de la tête. « Mon trésor ! Toujours à penser aux autres avant de penser à toi. » Elle renifla. « Nous aurions été terriblement désolés d'être venus et de voir que vous étiez tous partis. »

« Claire, qu'en diriez-vous de nous accompagner ? » La voix douce de Lady Dunsmuir fit taire les pleurs, et les petites filles à présent ne faisaient que renifler. Claire sortit son mouchoir de sa manche et le tendit à Maggie. « Et les enfants aussi, tous ceux qui veulent venir en tous cas, pour que vous ne soyez pas séparés, et que Willie ait des camarades avec qui partager cette aventure ? »

La réaction de Claire fusa dans le désordre : « Mon Dieu, comme vous êtes gentils – mais on ne pourrait pas – la dépense ! »

Lord Dunsmuir fit des gestes de la main. « Oh, nous ne voyageons pas avec le *Persephone*. *Lady Lucy*, l'aéronef de la famille qui porte le nom de ma grand-mère est ancré à Southampton. Entre mon père, paix à son âme, et mes plus jeunes frères, l'un de nous a toujours été dans les airs pour faire la navette avec les Canadas, pour nos affaires. Croyez-moi, il y a de la place pour vous et votre maisonnée, si vous nous faites l'honneur d'être nos hôtes. »

Un aéronef privé ! Bonté divine, les Dunsmuir devaient être plus riches qu'elle ne pensait.

« Nous sommes à l'hôtel à Waterloo Station et nous prendrons le train de sept heures pour Southampton demain matin. »

Et voyager avec la présence et le soutien d'une famille qu'elle avait appris à respecter... soudain la perspective de voyager seule pour se rendre de l'autre côté du monde n'avait plus aucun attrait. « J'adorerais partager cette aventure avec vous, » dit-elle. « Et les enfants – vous êtes sûrs – ? »

« S'ils sont d'accord pour venir je peux parler avec le Bureau de l'Intérieur et me faire préparer des papiers en une heure. Je suppose que vous avez les vôtres. »

Elle les avait, les ayant mis à l'abri pendant les courses de ce matin. Bonté divine. Bien. Tout ce qui restait à faire était de déterminer qui ferait le voyage. « Mopsies ? qu'est-ce que vous en dites ? »

« On vient, » dit Maggie sans hésiter. « J'aime les aéronefs. » Lizzie avait l'air un peu malade, mais là où sa jumelle allait, elle allait aussi.

Willie fit un grand sourire, se détacha de Claire et alla embrasser sa mère, comme s'il la remerciait d'avoir arrangé tout le voyage.

« Tigg ? »

« Je sais pas, milady. Je me sens redevable de M. Malvern, mais je veux rester près de vous. Et puis, il faut penser au landau. »

« Vous avez un landau à vapeur ? » demanda Sa Seigneurie.

« Encore mieux. Le nôtre vient avec nous sur le pont des marchandises. Le vôtre va contrebalancer le chargement. Il faudra juste les conduire dans un wagon couvert et attacher les roues au plancher. »

Pour chaque problème il avait la solution. Quelle chance avait Lady Dunsmuir d'avoir un homme qui vivait de façon positive et pas négative.

« Si le landau et la dame y vont, alors j'y vais, » dit Tigg, levant le menton comme s'il défiait quiconque l'aurait contesté. « Je suppose que M'sieur Malvern comprendra, puisque notre projet est fini et que j'sais pas à quoi y va travailler après. »

« Snouts ? » demanda Claire. « Jake ? Lewis ? »

Lewis secoua la tête. « Pas d'aéronefs pour moi, ni pour Rosie d'ailleurs. Je resterai pour m'occuper des poulets. »

« Moi non plus, » lui dit Snouts. « Sauf vot'respect, milady, mais j'suis mieux les pieds sur terre, là où je sais quoi est quoi. Faut bien que quelqu'un se charge de cette famille, et ce sera pas toi, Lewis. »

Jake marmonna quelque chose, et encouragé par Claire, il dit :

« La Dame m'avait donné le manteau de votre oncle. Dommage de gaspiller. »

« Ce serait dommage, en effet. J'apprécierais ta compagnie et ta protection, Jake, si tu venais. »

Il jeta un coup d'œil de dessous ses cheveux hirsutes vers le Comte de Dunsmuir. « Si Sa Seigneurie veut bien ? »

« Absolument, » dit-il fermement. « Je serais heureux d'avoir la compagnie d'un homme. Et ça ne fait pas de mal d'apprendre une ou deux choses sur la navigation aérienne. Le Commandant Hollys est un bon professeur, malgré le fait que cela lui a pris des années pour faire rentrer certaines choses dans mon crâne épais. »

Lady Dunsmuir tapa des mains comme une enfant enthousiaste. « Alors nous sommes d'accord. Nous allons partager cette aventure tous ensemble. En fait, si vous pouvez réunir vos affaires avec un aussi court préavis, nous pouvons partir maintenant et passer la nuit à l'hôtel. On m'a dit qu'ils servent un rosbif particulièrement goûteux et du Yorkshire pudding. »

Ce fut donc décidé, sans tambours ni trompettes, en tous cas moins que pour organiser un dîner.

Claire demanda seulement un peu de temps pour emballer ses vêtements et ceux des petites filles, avec quelques cahiers pour enregistrer leur voyage – la seule difficulté étant de cacher le fusil à éclairs, car elle ne voulait pas le laisser. Enfin, elle décida de l'envelopper dans son pardessus pour conduire et l'attacha à l'extérieur de sa valise, qui était remplie du poids supplémentaire de la robe de bal en satin bleu et de son corset en cuir, les lunettes d'aviateur et le chapeau de chasse.

Elle ne voulait pas non plus laisser son costume d'aventurière, ni d'ailleurs un petit approvisionnement de capsaïcine gazeuse et suffisamment de petites pièces et d'engrenages pour construire une ou deux lampes.

SHELLEY ADINA

Parce qu'il y avait tout un monde là-bas, et on ne pouvait pas savoir ce qui pourrait se passer.

Une dame avec des ressources et un esprit devait toujours se préparer à affronter l'avenir.

ÉPILOGUE

*C*hère Claire,

    Je vous écris en proie à la honte et au désespoir. Après votre départ du Crystal Palace la nuit dernière, un énorme scandale a éclaté, impliquant quelqu'un que nous connaissons bien tous les deux.

    Je ne sais même pas comment vous le dire, et donc je l'écrirai tout de go: James a pris la fuite avec notre chambre. Pire, il l'a vendue à un consortium de Texicans qui ont promis de tripler la somme que Ross Stephenson lui offrait. Je dis 'lui' parce que j'ai été complètement écarté de l'affaire. Tout ce que j'ai, ce sont les boulons qui sont restés sur le sol de l'exposition après qu'ils aient transporté toute la chambre au petit matin. D'après ce que j'ai pu découvrir, James et les Texicans ont prévu de se frayer un chemin sur l'un des aéronefs transatlantiques qui acceptent les marchandises lourdes, et de s'enfuir avant que les agents de la Compagnie de chemins de fer Midlands ne les rattrape.

    Pour une raison que j'ignore, il a essayé de me dédommager en m'envoyant de l'argent. Je m'en servirai pour les attaquer en justice. Inutile de dire que c'est mon gagne-pain et ma réputation qui sont en jeu.

    Je jure, Claire, que je ramènerai la pile cinétike. Le Docteur Craig a dit qu'elle était à vous. C'est une chose de s'en servir pour gagner sa vie d'une façon honorable; c'en est une autre de subtiliser l'artifice tout entier et de s'enfuir du pays. Mais sans la pile, la chambre ne sera rien de plus que du verre et du laiton, et nous verrons si les Texicans sont assez malins pour carbonater du charbon sans elle.

Je ne sais pas quand je vous reverrai.

J'espère que vous penserez à moi avec bienveillance.

Hâtivement vôtre,

Andrew Malvern

FIN

CONCLUSION

Cher lecteur,

J'espère que vous aimerez lire les aventures de Lady Claire et de la bande des Magnifiques Artifices autant que je prends plaisir à les écrire. C'est votre soutien et votre enthousiasme qui m'insufflent de l'énergie, comme la vapeur dans la chaudière d'un ballon dirigeable, pour maintenir à flot tout le système et le tenir prêt pour de nouvelles aventures.

N'hésitez pas à laisser un commentaire sur le site de votre vendeur préféré pour parler des livres à d'autres ; et vous pourrez trouver les versions imprimées de toute la série en ligne.

Venez consulter mon site web à www.shelleyadina.com, qui comprend la correspondance personnelle de Claire dans la série « Lettres de la Dame » de mon blog. Je vous invite à vous inscrire aussi à ma Newsletter qui s'y trouve.

Et maintenant, si vous désirez lire un extrait du prochain livre de la série, je vous invite à tourner la page...

EXTRAIT

MAGNIFIQUES ARTIFICES

SHELLEY ADINA

Magnifiques Artifices • Livre Trois
© 2017

CHAPITRE 1

Quelque part au-dessus de l'Atlantique
Fin septembre 1889

L'homme, à ses derniers moments, avait les yeux exorbités et il la fixait brutalement d'un regard accusateur. « Tu – » il s'étouffa. « C'est toi qui l'a fait... tu le regretteras... ».

Elle recula en chancelant, mais elle s'empêtra dans ses jupons vert pomme et ne put pas courir. Et il dardait toujours son regard sur elle.

« Tu – » Ces yeux, qui remplissaient sa vue. Des yeux noisette sous des cheveux auburn. Les yeux de James dans le visage d'un autre homme. Et ils se mirent à bouillir, puis à grésiller comme du petit salé sur un gril, et ils sortirent des orbites et elle hurla –

– et se réveilla. L'air quitta ses poumons et Lady Claire Trevelyan retomba sur la couchette avec un haut-le-corps. La transpiration ruisselait le long de sa tempe.

Respirer. Tu dois respirer.

Lightning Luke avait rencontré son Créateur il y a quelques semaines par son truchement et lui, avait peut-être trouvé la paix, mais pas elle. La plupart du temps elle arrivait à apaiser son sentiment de culpabilité d'avoir raccourci la vie d'un autre être humain. Ce fut un accident ; mais au plus profond de la nuit son visage lui apparaissait de nouveau, tordu et bouillant et l'accusant jusqu'à son dernier souffle.

C'était toujours très réel, même si elle n'avait jamais vu ses yeux en réalité. Son cerveau avait placé ceux d'un autre dans ce visage, d'un homme qu'elle avait trompé, comme si il –

Quelque chose bougea dans le noir.

Claire retint son souffle. Ce n'était pas Lightning Luke. Il était mort et enterré, à sa connaissance. Ce n'était même pas Lord James Selwyn, qui se trouvait à Londres. Elle était en sécurité à bord de la Lady Lucy, l'aérostat luxueux appartenant au comte John Dunsmuir et à sa femme Davina, auxquels elle avait rapporté Willie, leur fils, moins d'une semaine auparavant.

Sa cabine, bien que confortablement fournie de couvre-lit en velours sur un lit encastré dans une sorte de placard courbé, et merveilleusement marquetée ce qui compensait les chaises de fortune, n'était pas grande. Elle pouvait aller de bout en bout en six pas seulement, et maintenant, la troisième nuit de leur voyage, elle en connaissait chaque recoin.

« Maggie ? » chuchota-t-elle. Peut-être que l'une des Mopsies s'était réveillée pendant la nuit et avait besoin d'elle. « Lizzie ? »

Un bruit sourd fut suivi de crissements qui trahissaient une certaine agitation. Cette fois-ci, elle put localiser le bruit de façon précise : au-dessus, dans les tuyauteries en cuivre qui couraient le long des sols et des plafonds pour diffuser la chaleur, le gaz et autres services dans un aéronef de cette taille.

Elle chercha un globe lunaire. C'était comme ça que la comtesse les appelait, car elle était dotée d'un esprit gentil et plein d'imagination. Claire avait demandé au chef steward ce que c'était, et il s'était lancé dans une explication tellement enthousiaste de ses propriétés (« On en peut pas avoir de lampes ni de flammes dans un dirigeable, milady – pensez seulement au gaz du fuselage au-dessus de vos têtes ! ») qu'elle-même avait été étonnée qu'autant de chimie intelligente puisse être contenue dans sa main. Elle secoua le globe et il s'alluma de l'intérieur tandis que les produits chimiques se combinaient entre eux et éclairaient toute la pièce.

Il n'y avait personne.

Mais il y avait quelque chose. Quelque chose qui grattait, claquait et – était-ce un battement ? Bon sang, est-ce que des chauves-souris avaient élu domicile dans les hauteurs de plafond du pont des passagers ?

Elle souleva le globe et regarda par en-dessous, et une énorme ombre ailée tomba d'un bond sur sa tête.

Elle étouffa un deuxième cri, qui aurait fait trembler la tuyauterie et essaya de saisir l'ombre. Elle réagit en se battant, une boule belliqueuse sans membres, griffue et pleine de plumes qui –

Plumes ?

Claire s'empara du globe lunaire qu'elle avait lâché et le tint en hauteur.

Les griffes et les plumes belliqueuses atterrirent sur la table de nuit et se transformèrent en une petite poule rousse, qui s'ébrouait pour remettre de l'ordre dans son plumage et la regardait d'un air de dignité offensée.

« Rosie ? » Les genoux de Claire cédèrent et elle s'assit brusquement dans l'alcôve de sa couchette. Cela ne pouvait pas être Rosie, la poule alpha du troupeau des poulets rescapés au cottage de Vauxhall. Les Dunsmuir devaient avoir un petit troupeau à bord pour les œufs, bien qu'avec les miracles de la réfrigération moderne, cela pût sembler plutôt bucolique et inutile.

La poule sauta délicatement de la table de chevet puis sur ses genoux, s'installant douillettement comme si elle avait l'intention d'y passer la nuit.

Elle faisait toujours comme ça. Et ça ne marchait jamais.

« Rosie, pour l'amour de Dieu ! Comment diable as-tu pu

monter dans le Lady Lucy, alors que je pensais que tu étais en sécurité à la maison ? » Elle caressa à plusieurs reprises la poule tout en lui parlant doucement. « Lewis doit être hors de lui... sans parler du reste du troupeau. Tu vas être remplacée par ce coq, ma fille, et il n'y aura pas moyen de revenir en arrière. »

La porte s'ouvrit en grinçant et dans la lumière opalescente verte du globe lunaire, Claire vit un éclat de cinq centimètres de nuisette en batiste blanche. « Entre, Maggie. »

« J'ai entendu un bruit, milady. Tout va bien ? »

« Oui, très bien. Viens voir qui s'est embarqué avec nous. »

Si elle s'était attendue à ce que Maggie se pende au cou de Rosie, folle de joie, elle pouvait rester sur sa faim. Elle avait l'air presque... coupable. « Oh, salut Rosie. » Elle frotta gentiment les plumes luisantes de ses petits doigts, et Claire en tira les conclusions qui s'imposaient.

« Maggie, savais-tu que Rosie s'était planquée ? »

Maggie mordilla sa lèvre inférieure. « Elle embête pas, milady. Elle a déjà couché avec nous. »

« Les deux choses sont vraies. Mais cela ne répond pas à ma question. »

Les yeux de la fillette de dix ans se remplirent d'un air suppliant. « Elle voulait venir, milady. Alors je l'ai cachée dans mes bagages et elle a été sage comme une image... jusqu'à ce qu'elle découvre qu'elle pouvait se percher là-haut. » Quand elle leva les yeux vers les tuyaux, une larme coula le long de sa joue. « Elle est restée un jour et demi dans les tuyaux et j'suis pas arrivée à la faire descendre. »

« Alors elle doit avoir faim. »

« Sûr ! et soif ! »

« Alors nous allons nous rendre à la salle à manger. Tu sais que M. Skully garde un repas froid sur le buffet au cas où la famille aurait envie de grignoter pendant la nuit. »

« Je sais. Lizzie et moi, on y a trouvé Willie et Tigg deux nuits d'affilée. Willie ne résiste pas au trifle. Lizzie non plus, sauf quand elle est sous nos pieds dans la salle de garde et dans la nacelle. »

Les petits futés. « Est-ce qu'il y a un endroit sur cet aérostat où vous n'êtes pas allées ? Le commandant Holly m'a fait faire le tour de la nacelle, mais je n'aurais pas su dire où était la salle de garde. »

« En-dessous et vers l'arrière, » dit Maggie. « Juste devant le hall entrepôt où se trouvent les landaus. »

« Bravo! » Claire glissa une main sous les pattes de Rosie et l'emmena dans le couloir, en refermant la porte derrière elles. « Tu parles comme une vraie aviatrice. »

« C'est juste que Willie s'est moqué de moi quand j'ai pris la proue pour le devant. » Elle suivait Claire sans effort. Des repas réguliers, de l'exercice et de l'espoir la faisaient grandir. Bientôt, elle dépasserait l'épaule de Claire et demanderait à ce qu'on lui descende l'ourlet des jupes. « Il a pas de quoi se vanter – il y a un mois, il aurait dit ni devant ni proue. »

« Il ne voulait pas en fait, Maggie. Et tu sais pourquoi. »

« Je sais. Mais quand même. Il aurait pas dû se moquer et m'appeler 'pauvre débile'. »

Elles se rendirent à la salle à manger et fermèrent la porte derrière elles. C'était une règle à bord : les portes laissées ouvertes avaient tendance à osciller d'avant en arrière et à claquer contre les parois et les gens quand les rafales de vent affectaient leur huisserie. Près du buffet se trouvaient deux petites figures en robes de nuit, et une plus grande avec la chemise de nuit fourrée dans son pantalon. Willie se retourna en entendant la porte s'ouvrir et il fit un sourire plus éclatant que le globe lunaire posé sur l'étagère au-dessus des plats de nourriture.

« Milady ! Je vous ai gardé un peu de trifle. »

« Mon œil. » Lizzie ne tolérait les mensonges que quand c'était elle qui les disait. « Tu aurais tout mangé vite fait, si elle était pas arrivée. »

« C'est très aimable, Lord Wilberforce. » En tant que fils d'un comte, Willie avait un rang supérieur au sien, même s'il n'avait que cinq ans. « Mais il faut d'abord que je pense à Rosie. »

« Vous l'avez trouvée. » Lizzie sourit à sa jumelle. « J'avais peur qu'on y arrive pas. »

« Elle s'est frayé un chemin jusqu'à ma cabine, en vraie Dame débrouillarde, » dit Claire affectueusement, en émiettant un scone aux myrtilles dans une soucoupe en porcelaine Spode, et en mettant une poignée de petits raisins rouges dessus. Rosie fondit sur la nourriture, et Claire remplit une deuxième soucoupe d'eau qu'elle versa d'une carafe en cristal taillé. « Maintenant que je sais qu'elle voyage avec nous, j'en parlerai avec M. Skully. Il veillera à dire à l'équipage qu'elle fait partie de notre groupe et ne sert pas à un futur repas. »

Willie eut un haut-le-corps. « Personne ne va manzer Rosie, n'est-ce pas ? Papa les zettera par-dessus bord s'ils le font. »

Il zozotait de moins en moins ; cela refaisait surface seulement dans les moments de tension. « On n'arrivera pas à ça, milord. »

« Milord, » répéta Lizzie en minaudant avec son meilleur accent d'école privée, et elle donna un coup de coude à Willie, si fort dans les côtes que la crème fouettée qui couvrait son trifle trembla et que la mûre qu'il avait si soigneusement posée sur le sommet roula par terre.

Rosie s'en empara à la vitesse d'un cobra constrictor.

Les traits du petit garçon se contractèrent et Claire remplaça la mûre par une autre, puis en donna une autre à Rosie, avant que la tempête n'éclate. « Rosie vous remercie pour la mûre, Votre Seigneurie, » dit-elle. « et pour votre comportement de parfait gentleman qui laisse toujours servir les dames en premier. »

Les cieux s'éclaircirent et Claire ne souligna pas qu'il avait déjà mangé la moitié du trifle qu'il lui avait offert. Elle coupa une tranche de tourte à la pomme, en revanche, et versa de la crème par-dessus.

Même maintenant, elle n'arrivait pas à croire que la nourriture n'allait pas disparaître comme par enchantement, comme elle était venue. En tant que fille d'un marquis, elle avait grandi en mangeant des montagnes de nourriture, présentées dans de nombreux plats – au point qu'elle revenait souvent à la cuisine sans avoir été mangée, pour être transformée en quelque chose d'autre ou distribuée aux pauvres. Mais pendant les sombres journées qui s'étaient déroulées entre sa sortie forcée de son foyer de Wilton Crescent et son installation dans le cottage de Vauxhall près du fleuve, elle avait fait l'expérience de la faim pendant plusieurs jours d'affilée. Elle avait été obligée de fouiller dans les restes de nourriture que l'on avait jeté, et elle ne l'avait jamais oublié.

Elle ne considèrerait jamais plus la nourriture, un toit sur la tête et la camaraderie comme allant de soi.

La fermeture de la porte signala l'arrivée d'un autre maraudeur nocturne. Jake les rejoignit et commença à empiler viande froide et fromage sur une tranche épaisse de pain.

« Tu n'arrivais pas à dormir, Jake ? » Claire coupa une tranche de bœuf en morceaux suffisamment petits pour être picorés, puis les mit dans la soucoupe de Rosie.

Jake la suivait du regard. « Vous l'avez trouvée, hein ? »

Il était clair qu'elle était la seule qui n'avait pas été mise au parfum au sujet de la passagère clandestine. « Elle est venue jusqu'à ma cabine par les tuyauteries. »

Il hocha la tête, la bouche pleine. « J'leur avais dit qu'elle descendrait quand elle aurait faim. Les oiseaux sont pas bêtes. »

« Elle ne se sentait pas en sécurité, » l'informa Maggie. « Je pense qu'elle est vraiment intelligente puisqu'elle a trouvé la Dame toute seule. »

« Moi non plus je n'me sens pas vraiment en sécurité, » marmonna Jake près du rôti de bœuf. « Combien de temps encore on va flotter dans les airs sous ce gros sac de gaz ? »

« Bizarre, Jake, » dit Claire un peu surprise. « Je pensais que tu aimais bien t'affairer dans la nacelle avec le commandant Hollys. »

« J'aimerais mieux si je ne pouvais pas voir dehors. » Il commença à se fabriquer un autre sandwich. « La nacelle c'est en fait du verre tenu ensemble par des bandes de laiton et des bouts de bois ondulé. Ça vous donne la nausée. »

« Difficile de naviguer si on peut pas voir dehors, » remarqua Tigg.

Jake lui donna une tape sur l'épaule, mais comme il le fit de la main qui tenait le sandwich, ce ne fut pas vraiment une claque.

« J'aimerais te voir là-haut avec les plans de navigation et rien d'autre que les étoiles et les vagues pour t'orienter. »

« Pas moi, » dit Tigg, apparemment insensible. « J'suis heureux à l'arrière dans la nacelle, avec les p'tites fenêtres et les gros moteurs. M. Yau – c'est le mécanicien en chef – il dit que j'sais y faire avec ça. »

« Dur de savoir y faire avec n'importe quoi, après seulement trois jours. » Jake essuya les miettes de son visage avec sa manche et fixa la tourte.

« Jake, ce n'est pas gentil, » dit Maggie. « Qui m'a dit déjà que le commandant l'a laissé prendre la roue du gouvernail pendant dix minutes ? Tu n'as aucune raison de parler à Tigg de cette façon, alors que d'après ce qu'on dit, il est aussi bon que toi. »

« Trois jours ça suffit pour vous montrer tout c'que vous savez pas. » Jake coupa la tourte avec le couteau qu'il gardait à la ceinture, et l'engloutit sans même se servir d'une assiette.

« Moi, j'sais rien, voilà c'que je sais, » dit Tigg avec courage. « Mais j'y travaille ; j'me plains pas de c'que j'fais. »

Quand Jake poignarda le gâteau pour la deuxième fois, Claire ouvrit la bouche pour lui reprocher à la fois sa gourmandise et son manque de gentillesse. Mais quand il offrit la deuxième tranche à Tigg, et que celui-ci la prit, elle tourna son regard vers Rosie, dont la faim était enfin assouvie. Des excuses avaient été offertes et acceptées, et il aurait été insensé qu'une femme se mêle de questions d'honneur entre gentlemen.

Elle espérait qu'ils deviendraient des gentlemen, de toutes les façons. Un jour.

Même Jake.

...

Caught You Listening

Caught You Hiding

The Wedding Scandal (a Four Weddings and a Fiasco novella)

PARANORMAL

Immortal Faith

À PROPOS DE L'AUTEUR

Shelley Adina est l'auteur de 24 romans publiés chez Harlequin, Warner et Hachette, et d'une douzaine d'autres publiés par Moonshell Books, Inc., sa propre maison indépendante de presse. Elle écrit de la romance steampunk et contemporaine, et sous le nom de plume d'Adina Senft, écrit des romans féminins Amish. Elle possède une maîtrise en Beaux-arts d'écriture de romans populaires, de l'Université Seton Hill de Pennsylvanie, où elle est professeur auxiliaire, et s'engage cette année dans un programme doctoral. Elle a reçu le RITA Award® des écrivains américains de romance en 2005, et a été finaliste en 2006. Quand elle n'écrit pas, Shelley fabrique des courtepointes, coud des costumes historiques, ou se promène dans le jardin avec son troupeau de poules, sauvées de l'abattage.

www.shelleyadina.com
shelley@shelleyadina.com